中华传世藏书

【图文珍藏版】

# 纳兰性德全集

[清] 纳兰性德⊙原著

王书利⊙主编

第二册

线装書局

# 《纳兰词》赏析

　　"人生若只如初见"，"当时只道是寻常"。三百多年来，还是会有人常常这样掩卷叹息。

　　情深不寿，强极则辱。用情太深就不易长久，太执着了更容易失去。死生契阔，与子成说。那一刻，曾经以为会天长地久，但最终，却恨不能一夜白头。谦谦君子，温润如玉。轻轻翻开纳兰的词，仿佛可以看到三百多年前那位谦谦君子在低眉吟诵。

# 忆江南

**【原文】**

江南好，建业旧长安<sup>①</sup>。紫盖忽临双鹢渡，翠华争拥六龙看<sup>②</sup>。雄丽却高寒<sup>③</sup>。

**【注释】**

①建业旧长安：谓江宁（南京）为六朝故都。语出李白《金陵》三首之三"晋家南渡日，此地旧长安。地即帝王宅，山为龙虎盘"。建业，今江苏南京，汉代为秣陵县，《三国志·吴主传》载，建安十六年，孙权将治所迁至秣陵，翌年修筑石头城，改称秣陵为建业。

建业于历代屡易其名，以金陵一名最著，至清代为江苏江宁府。

长安，今陕西西安，为汉唐故都，后代诗人常以长安代指都城。

②"紫盖"二句：紫盖即紫色的伞盖，帝王仪仗之一种。双鹢即鹢首，船的代称。《淮南子·本经》有"龙舟鹢首，浮吹以娱"，高诱注称鹢是一种大鸟，将它的形象画在船头可以抵御水思。《汉书·司马相如传》有"西驰宣曲，濯鹢牛首"，颜师古注："鹢即鹢首之舟也。"据《方言》郭璞注，鹢为鸟名，晋代江东豪贵船头所画的青雀图像即是鹢鸟。明人徐应秋《玉芝堂谈荟》卷二十八载，鹢首，是在船头画鹢鸟的样子以震慑水怪。《饮水词笺校》注引《韵集》谓："鹢首，天子舟也。"实则"鹢首"常用来泛指舟船，并不限于天子之

舟。陈维崧《望江南》有"红板闸喧停画鹢"。

翠华，以翠羽作装饰的旗幡，和紫盖一样都是帝王的仪仗。六龙，按照古代的礼制，天子的车驾用六匹马，故称六龙。这两句是描写康熙帝巡游江南时的盛况。"翠华争拥六龙看"，倒装句，语义当作"争拥翠华六龙看"。

③雄丽却高寒：张孝祥《水调歌头·金山观月》有"江山自雄丽，风露与高寒"，性德化用了这两句词，把意思变化了一下，指帝王仪仗的雄丽消退了江山秋光的高寒。却，在这里并非表示转折的连词，而是退却、止住的意思。

【赏析】

"忆江南"这一题，最有名的应属白居易一句"日出江花红胜火，春来江水绿如蓝"，写尽了江南之美，着尽了江南之色。当年，康熙帝巡行江南，纳兰扈驾前往，头一次来到此地，见到白居易口中之景，忍不住挥笔描绘眼见之美。

也难怪纳兰如此喜爱江南，小桥流水人家的生活，总是随处可见。四季不同的景致，也各有其不同的雅致。江南潮湿，冬天是冷到骨头里的湿凉，夏天是热得汗流浃背非得在屋里待着不可，可它却总是叫人觉得精致而令人怜爱的。"万柳堤边行处乐，百花洲上醉时吟。"若是没有那样的景致，大概也不会有那么多的书卷中人行处而乐，醉时而吟了。有那婉约清丽的江南，才有纳兰如此的赞叹。纳兰于此，如同风拂其心，柳醉其情。江南温婉柔美，纳兰细腻婉约；江南水汽氤氲，纳兰雾眼迷离；江南和风絮语，纳兰文墨写意。才子江南，气质相合，相见恨晚，很快人景就相融了。

景有致，城也是个厚重的城，这"旧长安"，本是八代王朝的都城，历史风尘，留下厚重的城墙，是个卓有雅韵的地方。对于南京古城，个人十分喜爱，那沿途的树木，即使是秃了树干的，都有意味。那更别说当年的旧长安了。古城，文人大都是喜爱的。

然而在这城中，忽然迎来了皇帝的驾临，紫盖双鹠，可见，车队船队十分壮观，百姓围凑在四周看着热闹，看这难得一见的壮观车队，这架势，或者还想目睹回龙颜。此时的纳兰身处仪仗之中，也是这热闹之中的"幸福者"，却唯独他一番热闹的描述之后，会觉得"寒"。雄丽之景，却觉高寒，众人皆醉我独醒，应当算是幸运还是不幸？

不得不想起东坡的"高处不胜寒，起舞弄清影，何似在人间"，高处起舞的寒凉，怎比得上人间的平凡生活？也不知，纳兰这一声"高寒"，是替自己悲哀还是为康熙而觉得悲哀。也许是为自己那始终被限制的人生而觉得拘谨不安，也许是为了生活毫无选择、毫无空间的喘息颇为难耐，也许是为着迟迟不能如愿的抱负而深感无奈，也许是为着感情无法自己的愁苦而心有凄凉。而康熙呢，高高在上的帝王，他享尽了荣华富贵，权力欲望，都不需要受到阻挠，没有人压迫他的理想，没有人夺走他的爱人，这样的出行，翠华六龙，百姓围观人声鼎沸。他坐在他的华盖下着他的龙袍，被保护，簇拥，可是却从没有可能能享受百姓平凡生活的欢愉，这样的高处，他不觉得寒冷吗？

康熙怎样想，又从何知晓呢？纳兰这一叹"高寒"，又悲凉，又无奈。喧闹的人声之中，也难得有个纳兰，顿觉高寒不已，由衷地觉得悲哀。

即便家家都争唱饮水词，这纳兰的心事，又有几人知晓呢？

# 忆江南

**【原文】**

昏鸦尽①，小立恨因谁？急雪乍翻香阁絮②，轻风吹到胆瓶梅③。心字已成灰④。

**【注释】**

①昏鸦：黄昏时天空飞过的乌鸦群。

②香阁：古代青年女子居住的内室。

③胆瓶：长颈大腹的花瓶，因形如悬胆而得名。

④心字：即心字香，一种炉香名。明杨慎《词品·心字香》："范石湖《骖鸾录》云：'番禺人作心字香，用素馨茉莉半开者着净器中，以沉香薄劈层层相间，密封之，日一易，不待花蔫，花过香成。'所谓心字香者，以香末萦篆成心字也。"

**【赏析】**

又是黄昏。乌鸦的翅膀再也无法安慰你这位千古伤心的书生。一声又一声，四季的风呼喊心上人的名字。你伫立的幽恨，是一泓清泉，流不进千里之外，她的眼眸。

你说，柳絮是飘在春夏之交的另一场雪，是春与夏的定情信物。只是宫闱里的伊人，很难对她说，相思相见知何年，此时此夜难为情。

于是，你想起李商隐：一寸相思一寸灰。只是不知，他的这句诗，原是写在一堆骨灰上的……

想你，你比银河还远。所以，就点燃自己。想你一寸，就燃烧一寸自己，就落下一寸自己的灰。

此为《饮水词》开篇之作。"昏鸦尽"一句语简意明，渲染全篇气氛。古人写飞鸟，多是杜宇、金衣、乌鸦。国人谓鸦为不祥之鸟，但以鸦入境者颇多佳句、点睛之笔，如"时见栖鸦，无奈归心，暗随流水到天涯""枯藤老树昏鸦"等。容若气势陡出，开篇即以"鸦"入境。昏鸦已逝，词人临风而立，是等候？是沉思？无言以对。

"小立恨因谁"？因谁？其实词人自己知道，除了表妹谢氏，还有谁曾在他心中播下甜蜜而苦涩的种子？他与表妹青梅竹马，从小就一起玩耍嬉戏，一起吟诗作赋，虽然没有挑明爱情关系，但纳兰心中一直深深地爱着她。可如今，表妹走了，走进了皇宫，当了妃子。一场朦胧的初恋就这样成了泡影，谁人不心痛？表妹走后，纳兰曾经装扮成僧人进宫去见过表妹一面，可此种举动，何其危险！一被康熙皇帝发现，定然杀头！匆匆一面，而且还隔着宫廷里的帏幔，回来后良久放不下，他思念表妹的心情谁又能了解呢？于是，他便经常一个人在黄昏时小立，望着宫廷的方向出神。

可是这一番守望，究竟徒劳。于是，他悲愤，他痛苦，他怨恨，他心如刀割，他心灰意冷。且看这句"心字已成灰"——"心字成灰"并非仅指心字檀香成灰，还指内心世界的黯然神伤。容若此类小令，不经雕饰，全无绮丽言语，韵味凄苦悲凉，久读伤人心深矣！

整首《梦江南》，读毕，只是一阵心痛，如此之男子，是不属于这个世间的，那么透明，如同水晶一般，让人心生爱慕。如此之男子，在世间太委屈，又发出了太夺目的光彩，以至于那么早就只给世人留下了一个背影，还有那缠绵清婉的词，永远地离去了。

诗词中有种不成文的划分，便是依据字数多少进行的划分。长篇且不必多说，即便是一篇名篇，也未必不允许其中有些败笔赘言。但是所谓的"短篇""小制"就不行了，若是名篇，是绝不会允许的，不仅仅是败笔赘言，就算平庸的句子也是不允许的，因为这样一来，就浪费了诗歌给人营造惊奇的"可能性"。诗歌给人以好的感觉，是离不开这种"可能性"的。这首《忆江南》字数极少，是小令中的单调，在诸多词牌名中，也是字数最少之一。这一词牌写得好的，如：温庭筠的"梳洗罢，独倚望江楼。过尽千帆皆不是，斜晖脉脉水悠悠，肠断白蘋洲"。用字上讲求自然少造作，无赘言败笔。

纳兰这首词中"心字已成灰"巧妙而自然地用了双关的修辞手法。一方面在意象上指的是心形的熏香燃烧完后，在地面上留下的心形的灰烬；另一方面又可以来指词中人物的情感上的"心如死灰"。在黄天骥的《纳兰性德和他的词》中，他说这首词"语带双关，耐人寻味，但情调过于灰暗"，似乎觉得不合先贤的"哀而不伤"，可这样真挚的情感表现方式，也正是纳兰的词令人感动的根本。

事实上这里还透露了词人的另一重心境。纳兰出身贵胄，然而他自己受到十分鲜明的汉族文化熏陶，具有极强的归隐意识，这在他内心一直存在。他自己是帝王身边的一等侍卫，父亲是当朝宰相。这些高贵的身份几乎就是被命运安排的，不可更改。一方面有遁世淡薄，另一方面身在朝阙，处在与自己性格极为不协调的名利中，内心的痛苦与努力的挣扎是多么惨烈。纳兰一语双关的"心字已成灰"一语，是对他所描绘的女子情感的完结，也无意中透露出了自己的心态。

# 忆江南

**【原文】**

江南好，真个到梁溪。一幅云林高士①画，数行泉石②故人题。还似梦游非？

**【注释】**

①云林：元代画家倪瓒的别号。纳兰性德好友严绳孙擅长画山水，此处借

指严绳孙。高士：品行高尚的人，超脱世俗的人，多指隐士。

②泉石：指山水。

**【赏析】**

纳兰的词，有两个最让人称道的主题，一为爱情，二则友情。身为一世才子，纳兰是个极重友情之人。这词便是他到了好友顾贞观的故乡无锡所作。

见到了梁溪，就知无锡宝地已抵达，环顾四周，"一幅云林高士画"，江南水乡如同好友倪瓒的山水画一般，浓淡动静，结合得天衣无缝。"数行泉石故人题"，这里的风景透露出一股高傲隐逸的气概，行走之间，竟能在泉石上看见好友顾贞观所做的诗句，就连题字都是他的笔迹。这一切让纳兰悲喜交加——故友难遇一回，如今，两人以这种方式再聚，"还似梦游非"，难道不像是在做梦吗？

话说，纳兰容若与顾贞观是一对难得的知己，可是，二人却因地域、地位的关系，聚少离多，难于会面。顾贞观生性风流倜傥，洒脱淡泊，广交朋友，恣意享受人生。而纳兰却是个忙忙碌碌的三等侍卫，在官场上奔波操劳，少有享受生活的闲暇。二人每每道别之时，纳兰都会伤怀无限，与好友坐下饮酒填词，好好地谈天说地一阵。

这一次，容若来到顾贞观的故乡梁溪，与朋友相聚的念头便尤其热切。可是，他怎么也没想到，自己会在泉石上见到顾贞观的题字。见字如面，以这种方式与朋友相聚，不知纳兰是怎样的心情。是欣喜、遗憾、熟悉，还是失落、亲切、无奈？罢了，罢了，多少算是于此重逢了，即便没能当面问候一声，也已触及友人身上夹带的水汽，闻到了他指尖流淌的清香。

然而，"别时容易见时难"，遗憾的是，两人终究没能见上一面。不知友人面容如何，身体是否安好，学识可否又有长进……心中怀揣着对挚友的种种思念，终于没有机会当面说出。

纳兰身处京城，没有挚交交心，内心有如浮萍飘摇，没有归属之处。而来到梁溪，山水之间到处可见熟悉的知己的题词，归属感突然萌生。这一切是在梦游吗？即便是梦，也是个美梦罢。

# 忆江南

宿双林禅院①有感

**【原文】**

心灰尽，有发未全僧。风雨消磨生死别，似曾相识只孤檠②，情在不能醒。

摇落③后，清吹④那堪听。淅沥暗飘金井⑤叶，乍闻风定又钟声，薄福荐⑥倾城⑦。

**【注释】**

①双林禅院：指今山西平遥西南七公里处双林寺内之禅院。双林寺内东轴线上有禅院、经房、僧舍等。

②孤檠：孤灯。

③摇落：凋残，零落。

④清吹：清风，此指秋风。

⑤金井：井栏上有雕饰的井。一般用以指宫廷园林里的井，也指墓穴或骨瓮。

⑥荐：进献、送上。

⑦倾城：形容女子艳丽，貌倾全城。

【赏析】

这是一篇悲悼卢氏的悼亡词。卢氏于康熙十六年五月去世后，直到康熙十七年七月才葬于皂荚屯纳兰祖坟，其间灵柩暂置于双林寺禅院一年有余。容若在这一年多时间里，不时入双林寺守灵，写下了多首悼亡词，除这篇外，还有《忆江南》（挑灯坐）、《寻芳草·萧寺记梦》《青衫湿·悼亡》和《清平乐》（麝烟深漾）。此阕《忆江南·宿双林禅院有感》，哀感凄绝，词人心灰意冷之情，历历溢于言表。

"心灰尽、有发未全僧"，劈头就表述心曲：如今已是心如死灰，除了蓄发之外，似乎与僧人无异了。"有发未全僧"，出自陆游《衰病有感》"在家元是客，有发亦如僧"。陆放翁是国仇家恨，郁郁于心，千回百折，遂有万事聚灰之感，所以是"有发亦如僧"；容若纵然槁木死灰，然而仍是不能忘情于卢氏，所以是"未全僧"。但何以如此呢？"风雨消磨生死别"，只缘与所爱者作了"生死别"，而风雨凄厉，无情地消磨着伤心的岁月。如今，昔欢成非，似曾相识的也只有这盏孤灯，相伴在凄苦的夜晚。"似曾相识只孤檠"，这句不禁让人想到白居易的"同是天涯沦落人，相逢何必曾相识"，然而乐天罹厄贬官，还可以听琵琶曲暗抒幽怀，与琵琶女互相同情，互诉衷肠，然而容若只今唯有独对"只孤檠"，可以从中找寻几许旧日踪迹，却始终不能从痛苦中解脱。"情在不能醒"，一句于执迷中道破天机：不是不想自拔，而是人在情中，"心似千丝网，中有千千结"，不能由己。

卢氏的确是已经不在人世了，可是他不敢相信，不愿相信，然而事实竟又是如此残忍冷酷地摆在他面前。"摇落后，清吹那堪听"，她的逝去像花朵一样凋零，夜间在她灵前的奏乐声，凄清难以听闻。"淅沥暗飘金井叶，乍闻风定又钟声"，淅沥的风雨中，寂寂的金井旁，梧桐树叶，怅然飘落满地；好不容易风声初定，寺庙凄冷清凉的钟声复又敲响，于是薄福之人叫来僧侣，让他们念经以超度妻子的亡魂……"薄福荐倾城"，凄艳至极，沉痛至极。

# 忆江南

【原文】

昏鸦尽，小立恨因谁？急雪乍翻香阁絮。清风吹到胆瓶梅，心字已成灰[1]。

**【注释】**

①心字：即心字香。明杨慎《词品·心字香》："范石湖《骖鸾录》云：'番禺人作心字香，用素馨茉莉半开者著净器中，以沉香薄劈层层相间，密封之，日一易，不待花蔫，花过香成。'所谓心字香者，以香末萦篆成心字也。"

**【词评】**

韩慕庐："容若读书机速过人，辄能举其要。诗有开元风格。作长短句，跌宕流连以写其所难言。"　　　　　　　　　　　——冯金伯《词苑萃编》

徐健庵："容若自幼聪敏，读书过目不忘，善为诗，尤工于词。好观北宋之作，不喜南渡诸家，而清新秀隽，自然超逸。"　　　　——冯金伯《词苑萃编》

顾梁汾："容若词，一种凄婉处，令人不能卒读，人言愁我始欲愁。"

——冯金伯《词苑萃编》

**【赏析】**

这首词，是一切哀伤者的剪影。这样的剪影，无边红尘之下，况瘁羁旅途中，放眼望去，在在皆是。闹中取静，则静中有波澜万丈；情到尽处，故万念俱灰。或因运命之播弄，或由人事之浮沉，或起于青萍之末，或散于云淡风轻。情怀越惨烈，越无法言喻。即如此小令，不过二十七字，字字平常，但意象无不浅淡而沉痛：昏黄时分，别有怀抱之人缄默独立，但闻"桀桀"枭叫的乌鸦穿越云而去。香阁中，隐然有如柳絮疾飞之雪花，飘散刹那终于说破了人世无常；瓶中梅，虽于清风中贞然不动，终究无根。此情此景，此生此世，离人心已成灰。

容若词好写"乌鸦"。乌鸦是古人眼中神物，可沟通天与人。在《俄藏敦煌文献》第十三册收有一件占卜文书，记载了古人借乌鸦之翻飞鸣叫占卜吉凶之法。它如文人诗词中，乌鸦之意向也多见，且多饱含寂寥之意。如张继《枫桥夜泊》"月落乌啼霜满天，江枫渔火对愁眠"。乌鸦之凄厉旷远鸣叫与浅淡的月色、浓郁的秋霜相呼应，景色愈萧索，愁绪愈深重。又如马致远《天净沙·秋思》，起句即为"枯藤老树昏鸦"，依然是连串落魄意向的叠用，未更加渲染但漂泊之情尤甚，故为"秋思"之祖。到这首《梦江南》，容若笔法奇特，将凄清的"昏鸦"，与缠绵之"柳絮"（急雪），孤艳之"瓶梅"融入同一画面，对照之下，反得奇效。悱恻情感中，更能说清心字成灰的绝望。王国维《人间

词话》云："纳兰容若以自然之眼观物，以自然之舌言情。"这首词中，乌鸦、柳絮、梅花无一不是世间眼前常见之物，然而，"以我观物，故物皆著我之色彩"，雪花之飘零，瓶梅之无力追踪，离人深恨，可见一斑。

"心字"本为"心字香"，同样的用法见晏几道《临江仙》："记得小苹初

见，两重心字罗衣。"容若有《忆桃源慢》："篆字香消灯炧冷，不算凄凉滋味。"也是指做成心字形状之香。但此首《梦江南》中的"心字"却并非仅仅指形如心字的香，更暗指容若胸中那颗鲜活的"心"。心字成灰，则容若之心已成灰烬。此诗作于何时未有定论，或言容若伤生离之初恋，或言成德悼死别之亡妻。但无论心声说与何人，"哀莫大于心死"，容若的热情毕竟已经被不如意之世事耗尽。这种心灰意冷，这种万事皆休，在容若的许多词中都有踪迹可寻。如"紫玉拨寒灰，心字全非"（《浪淘沙》）；又如"心灰尽，有发未全僧"（《忆江南·宿双林禅院有感》）；再如"向西风、约略数年华，旧心情灰矣"（《剪湘云·送友》）。

容若有《拟古四十首》云："予生未三十，忧愁居其半。心事如落花，春风吹已断。"贵胄公子、天子近臣，富贵荣华不可尽数，何以心境如此悲怆？只因"情"之一字。至情之容若，无论亲情、友情、爱情，皆深切于常人。如此词中流露的爱情之惨痛体验更过于常人。

爱情是人类感情中最兴风作浪的一幕。它是无解的，可令春风化雨，也令盛夏冰凉，几乎无人能逃脱。对善感的心灵而言，爱情的每一次出现都如履薄冰，这灼热情感带来的慰藉等同于它所带来的危险。对少数极敏锐的灵魂而言，激情的消退是不可原谅的，他们自始至终以全部的意志和想念去爱，生活中的一切都将为这爱情让路，也将为爱情燃烧。这样的激烈总使爱情变得过于沉重深情，极美而极易受挫。情深不寿——这并非一种叹息，而是情理之中的逻辑，因为，世间万物，自有它生发、成熟，而后消亡的规律，"积聚皆消散，崇高必堕落，合会终别离，有命咸归死"。天地的生生不息，情感的春生夏灭，都是自然。什么都能违抗，唯独自然是难以违抗的。

深于情者的心是一张薄薄的纸片，情感世界里每颗划过天际的流星，都在他的内心留下难以磨灭的印记。那些应当遗忘的伤痛将永远不能遗忘，那些内心的波澜将一次次重复出现在不可思议的时刻。当这些记忆最终无法承受，一切情感终必成空，如灰如烬，如同纳兰容若的心。（何灏）

**【词人逸事】**

纳兰性德出身显赫。父亲明珠，官至大学士、太傅，是康熙初期的四权相之一，母亲是努尔哈赤的孙女、英亲王阿济格之女爱新觉罗氏。纳兰性德更是

一位俊秀飘逸，放荡不羁、功名利禄皆唾手可得的贵公子。尽管如此，这位责公子的一生中也有真正的向往和遗憾。相传他有位青梅竹马的表妹，并且将表妹视为红颜知己，然而造化弄人，最终这位才色双绝的表妹却被选进皇宫，成了康熙的妃子。爱情一时间化为泡影，使得重情的纳兰性德痛苦万分。为了能再见表妹一面，纳兰性德不顾杀头的危险，在国丧时装扮成每日进宫诵经的喇嘛混入宫中，隔着宫廷的帏幔与表妹匆匆见了一面，然而却连一句话都没能说上。纳兰性德带着无限遗憾怅然而去，于是在他的爱情词中总是透着无尽的伤

感和酸楚！

# 忆江南

【原文】

江南好，水是二泉清①。味永出山那得浊，名高有锡更谁争②，何必让中泠③。

【注释】

①二泉：指无锡惠山泉，又名"陆子泉"，因其有天下第二泉之称，故名。

②名高：崇高的声誉，名声显赫。

③中泠：泉名，即中泠泉。在今江苏镇江西北金山下的长江中。今江岸沙涨，泉已没沙中。相传其水烹茶最佳，有"天下第一泉"之称。宋苏轼《游金山寺》云："中泠南畔石盘陁，古来出没随涛波。"

【赏析】

说到二泉，不得不想到《二泉映月》一曲，也就不得不想到盲人阿炳，好似见他右胁夹着小竹竿，背上背着一把琵琶，二胡挂在左肩，就这么咿咿呜呜地拉着，在飞雪中，发出凄厉欲绝的袅袅之音。二泉边上的这支曲子，便是这样来的。好曲有映衬之景，也不难想象二泉动人的景致，这才使着可怜可敬的身残者日日夜夜演奏不止。

这二泉，便是如今无锡的惠山泉，又被叫作"陆子泉"，被唐人称为"天下第二泉"，在那个时候，二泉在无锡被人熟知，也因泉水清澈适合煎茶而远近闻名。而无锡之所以为"有锡"，也是有典故的。当年无锡近处有一座山峰，在周秦时代盛产铅锡，因此得名锡山。到汉代，锡山之锡渐渐被采尽，山边之县于是得名为无锡。待到新莽时代，锡山锡矿复出，传为奇迹，故此县名改为有锡。后至东汉。光武年间锡矿再次枯竭，有锡自此被唤为"无锡"。

纳兰对二泉心怀眷恋，咏起杜甫的"在山泉水清，出山泉水浊"，引的是反意，说二泉之水，不论在山抑或出山，都是清澈的，不受污染，不变浑浊。纳兰以为，二泉之水已然天下无双，更有谁争？又何必让给中泠"天下第一泉"的称号呢？不服气的一个"让"字，巧而不显地做了一个隐藏的对比。

"天下第一泉""中泠"一名出自苏东坡诗句："中泠南畔石盘陁，古来出没随涛波。"江岸沙涨，如此天下第一，已然埋没于沙中留下永久的遗憾了。出水而浊，难怪纳兰要不服气。

看似只是写第一第二之别的泉，实则是将人和物再次巧妙地结合起来了。"出淤泥而不染，濯清涟而不妖"，实际上与"在山泉水清，出山泉水浊"，探讨同一个问题。两者反意行之，纳兰的心思确实明显。在山水清，出山如是。

身浮宦海，纳兰写这小词，写的是自己不愿被俗世之欲吞噬的决心和意愿。如此顽固的"不服气"，真是其顽固不服从于俗世条框的唠叨之言。听上去，反倒让这才子显得更为可爱。"举世皆浊我独清，众人皆醉我独醒"的人一定是寂寥的。毕竟身在其中，身不由己，看着众人醉，唯独自己不醉，痛楚难耐。但就是不愿与人们一同醉去，因这尘世也需清醒之人啊！此时的纳兰已经下了辞官隐退的决心，官场清浊，古往今来论述甚多，文人辞官的亦有不少。不愿与人同醉，只能放下金樽，不与人共饮就罢。

从另一个方面也有不同的理解。此时欣然期待回京娶得佳人归的纳兰日夜思念着南方的沈宛，这个江南的女子已将他的心牢牢俘获，却奈何总是离多聚少，心怀亏欠。"相见时难别亦难"，这时，纳兰急切地想要对爱人表明他坚定的决心和距离阻隔的思念。不知她可能听见？缠绵之情，金石可鉴。任凭时空如何变幻，这思念都是连绵不可断的。

在山水清，出水如是。

# 忆江南

【原文】

江南好，城阙尚嵯峨①。故物陵前惟石马②，遗踪陌上有铜驼③。玉树夜深歌④。

**【注释】**

①城阙：城市，特指京城的城郭宫阙。嵯峨：形容山势高峻。

②故物：旧物，前人遗物。石马：石雕的马，古时多列于帝王及贵官墓前，这里指前代帝王陵墓前的石刻。

③遗踪：旧址，陈迹。陌上：路上。铜驼：铜铸的骆驼，多置于宫门寝殿之前。这里指铜驼街，在今河南洛阳古城中，以道旁曾有汉铸铜驼两尊相对而得名，为古代著名的繁华区域，后以之代指游冶之地或指繁华之地。

④玉树：乐府吴声歌曲名，南朝陈后主所作歌曲《玉树后庭花》的简称，被视作亡国之音，这里泛指柔美的曲调。

**【赏析】**

历史古城自有它的风韵。

　　纳兰这一回江南之游历，看到南京城这一派繁华，自然是有了些许的感叹，却又不由得担忧惆怅起来。纳兰就是纳兰，心思太过细腻敏感，才致使他活得那样苦痛，却也只有那样一颗愁肠万千的心，才有了让人读起来也备感痛心的千古词句。

　　看看南京城，城墙巍峨，历史沧桑变化万千，反倒是这巍峨，让人怀念起故物了。

　　杜甫在《玉华宫》有道："当时侍金舆，故物独石马。"这石马，指的便是前代陵墓前的石刻。传说唐太宗嗜马如命，善驾驭，善识别，因而其死后便有了"昭陵六骏"，即是六块浮雕石刻。多年后高宗为其修建纪念祠堂，神道两旁石雕之一，便是那杜诗之中的"石马"。

　　又有晋陆机于《洛阳记》中道："洛阳有铜驼街，汉铸铜驼三枚，在宫西，四会道相对。俗语云：'金马门外集众贤，铜驼陌上集少年。'言人物之盛也。"这洛阳铜驼陌（街）原是繁华的地方，风流少年多会于此，故后以之代指游冶之地或指繁华之地。

　　前人的遗物前还有石马仍在，前人的繁华的遗踪旧址也还似在眼前，只可惜当下之景已不是当年之景了，当下的王朝已不是当年的王朝。江山易主，当下的时代已不再是从前的时代。一番对旧物的怀念，可见王朝兴盛衰落。回头凭吊，实在是太过于迅疾的事情。"人们面前拥有一切，人们面前一无所有"（狄更斯）这样的惆怅迷茫，大概是不会少的。谁知何时一个动荡的年代会随新城池的产生而消逝，谁知何时一个兴盛的王朝会随城墙倒塌而沉沦，谁知何时我们亦会成为今后这里人们眼中之故物，谁又知当下拥有的一切景致是由何衍生而来？雕栏玉砌犹在，却只是朱颜已改，历史兴亡，各带有各自的注脚，只是回头望去觉得尤其迅疾。这"恰似一江春水向东流"的愁绪，是触景而伤情。

游着看着想着，夜深之时竟也许是深陷其中，好似听见了那陈后主所做的《玉树后庭花》，那宫女们不断吟唱：

丽宇芳林对高阁，新装艳质本倾城；

映户凝娇乍不进，出帷含态笑相迎。

妖姬脸似花含露，玉树流光照后庭；

花开花落不长久，落红满地都归于乐寂中，陈后主沉醉在他温柔的美梦里，听着听着，最后果真是不长久地归于沉寂，一朝盛世因这一阕好曲有了声名，同时因这一阕好曲丢了盛世本可继续延续的命运。这落红可是如此之美，只惜昙花一现，并不长久，落地无声，花开易见，花落难寻。可惜，可叹，可悲啊！

不知纳兰写这《玉树》，是不是也怀有"商女不知亡国恨，隔江犹唱《后庭花》"的心情呢？是否有那感时伤怀的痛楚呢？是否有无边的忧虑呢？

反复吟这词，便不再觉得这"尚"字有些许别扭了。城阙尚在，故物已不见踪迹了，令人想起刘禹锡的"山围故国周遭在，潮打空城寂寞回"。这石头城，也不过是目睹了时代变化万千，一轮一轮，都是让人感叹物是人非的惆怅之处。故国周遭仍在，空城啊，从前已不过只是从前了。在人们的笑靥中，在喧嚣的集市里，在那巍峨的城墙下，原本昌盛的城池，在那热闹繁华的景象之后，早已没落不见痕迹了。此时的盛景，与没落的年代对比，顿时令人想要逃遁这思潮暗涌的沉重。此时"尚在"的城池，谁知何时就会成为"惟有"的旧物？

也难怪李易安会感叹："物是人非事事休，欲语泪先流。"纳兰亦如是罢。

# 忆江南

【原文】

江南好，怀古意谁传？燕子矶头红蓼月①，乌衣巷口绿杨烟②。风景忆当年。

【注释】

①燕子矶：地名，在江苏南京东北郊观音门外，突出的岩石屹立长江边，三面悬绝，宛如飞燕，故名。红蓼：蓼的一种，多生水边，花呈淡红色。

②乌衣巷：地名，在今江苏南京，是东晋士族名门的聚居区。晋宋时期王、谢等名门望族住于此。

【赏析】

这首词还是作于南京。纳兰随康熙帝南巡，十唱江南好，而南京独占三成，足见南京的不凡气度。

南京不是寂寞的，那里有夫子庙的琅琅书声，秦淮河上的莺歌燕舞，帝王将相麾下的金戈铁马，文人墨客胸中的家国情怀。当书卷气、脂粉气、东来紫气在一起汇聚撞击，便融合成这座古老的新城。或许正因为它古老，漫长到坐看千百年来风雨楼台依旧，几代江山易主，一双浊眼洞悉人世间的沧桑，教人恍然一梦后幡然醒悟。前世今生不过虚幻，旧时金陵方孕育了《红楼梦》这样的奇书。

"四百年来成一梦"，临川先生在这一片蓊蓊郁郁中的帝王州见晋代时的衣冠冢，莫回首，那些尘封在泥土中的往事早已随长江东逝了吧？只是记忆的影子微晃一下，今人便叹息一地。只有台城柳最是无情，十里堤上依旧烟笼。

南京，千年文化古城，一砖一瓦都凝固着流动的岁月希声的歌。正如余秋雨先生所言，鸡鸣寺的钟声，夫子庙的深处，至今可探；而栖霞山的秋叶，紫金山的架势，连同秦淮河的流水，年年依旧。南京，值得纳兰感叹的地方远不止于今人所见。可纳兰没有将笔端流连于这些地方，只是将这一番感慨洒在了燕子矶头。

燕子矶与岳阳城陵矶、马鞍山采石矶，并称"长江三矶"，自古便是登临怀古的去所。燕子矶坐落于南京城郊直渎山上，山石兀立江面，三面临空，如燕子展翅一般，因此得名燕子矶。康熙、乾隆两帝下江南时都曾在燕子矶泊舟览景，特别是乾隆帝六下江南五登燕子矶，并留下了诗文墨宝，更是使燕子矶名满大江两岸。

只是，纳兰坐在燕子矶头所思为何呢？陈子昂登幽州台定是忆起战国时的燕昭王筑此台招贤士的旧典故吧。不过此时此地，不见古人，不见来者，空余一孤人怆然。可就在这悠悠天地间，相信陈子昂是看见了过去的天下兴亡之事循着历史缓缓前行的轨迹，像被安排好剧本的演员，按部就班地一幕幕上演。

纳兰或许也是有此忧思的吧。纳兰身前有明太祖朱元璋将燕子矶比成一秤砣，数江山几多，不知是燕子矶的哪块山石引得这位开国皇帝有此豪迈语。更近的，有明末抗清名将史可法矶头所作血泪之书：

来家不面母，咫尺犹千里。

矶头洒清泪，滴滴沉江底。

这首《燕子矶口占》至今仍流传在燕子矶头。或许史可法滴滴孤泪已随着岁月东去了吧，但它们已滴入历史的那一瞬，就被长久地沉淀保存于那些尘埃落定的日子中了。

"白云悠悠矶头月涌千艘过，往事渺渺江上风清一燕来"，这副楹联不知何时起刻在了燕子矶头。六朝古都，不知染了多少斑斓色彩。最没耐心的便是时光，任凭时人时物如春花般明媚，日历一页页翻过后，纵然有踪迹也便是干花几片。早已凋落的枯黄的颜色，薄薄的似泛黄的古书，却又沉甸甸地隐着多少千古事。那些泛凉的低叹，微凉的浅唱，悲凉的吟啸徐歌，盘桓在长江雾笼的水汽中。沐在阳光，它们蒸腾不见，如云消雾散后的清澈，是清丽雄壮的南京。浸在月光下，那些旧事又笼上心头，聚在眉峰，流转于眼波间，默数心下事，不觉夜已阑珊。

　　现在的乌衣巷又立起了王谢故居，这是后话。三国时乌衣巷本是吴国驻南京部队的营房所在地。因为那时的军装都是黑色，故称驻军之地为"乌衣巷"。人们熟悉的王谢堂前燕，想来也是在这里的微风细雨中双双飞过的吧。

　　纳兰也应当曾想过刘禹锡的《乌衣巷》。当年刘禹锡作《金陵五题》时，也曾夕下之时踱过巷口野花。只是，千年过去，秦淮河上的桨声灯影明明灭灭间，燕子依旧似曾相识，却已物是人非。

纳兰说的"风景忆当年",不知是哪年风物。是否正如现代的我们看燕子矶时便会想起1937年那血染长江的当年,他看到的可也恰是史可法那滴滴沉江泪?"我轻松地说东道西,把我的心藏在语言的后面",纳兰身对燕子矶,眼前飘过乌衣巷前绿飞烟,而藏在言语中的思绪应已替代了他的形骸,应是游弋于心系的他方了吧。

# 忆江南

【原文】

江南好,虎阜晚秋天①。山水总归诗格秀②,笙箫恰称语音圆③。谁在木兰船④。

【注释】

①虎阜:即虎丘,山名。在江苏苏州市西北,亦名海涌山,唐时因避讳曾改称武丘或兽丘,后复旧称,相传吴王阖闾葬此。汉袁康《越绝书·外传记·吴地传》:"阖闾冢在阊门外,名虎丘……筑三日而白虎居上,故号为虎丘。"其上有虎丘塔、云岩寺、剑池、千人石等名胜古迹。

②诗格:诗的风格,此处指山水极富诗情画意。

③笙箫:笙和箫,泛指管乐器。

④木兰船:木兰舟。南朝梁刘孝威《采莲曲》:"金桨木兰船,戏采江南莲。"

**【赏析】**

秋天，到了苏州水边的柔美之地。山山水水，总归要比热闹的城要来得更多。离自然愈近，愈是能够感受到江南独有的水汽氤氲和秀美如画。更有江南之地吴侬软语和那江上雾里的笙箫之声，应和得别有情趣，煞是动听。

对于纳兰这样的词人来说，诗情画意大概是形容柔美景致最美的词。山水秀丽，铺陈在眼前，水墨画无法画出它立体的环绕的惬意，墨汁也书写不出那淋漓而精致的洒脱。人在这山水之中，只想要吟诗作赋一通，淋漓地念它几阕。江南之秀，果然与这词人的气质契合得恰到好处。许是命里注定是与那山水，会有千丝万缕的联系。

此时一叶轻舟划过，纳兰自问：那木兰船里不知渐行渐远的，是何人呢？是被沈宛一并带走的江南风韵，还是自己对这江南女子的惆怅的思念呢？景致柔美，一叶小舟却就让纤细之心又敏感起来。江南之景，总少不了发生些感情之事，历朝历代的诗文里都有所体现。人与自然本就为一体，两者互相影响牵动。因而有了纤细柔和的景色，也便有了柔软细致的心绪。

关于沈宛和纳兰的相遇，典故传说甚多，各有不一，可以肯定的是江南女子确实曾攫取了纳兰之心、之情。为这女子，纳兰苦苦思念，为了那两情可以久长时，深情守候。可因他生于名家的身世，不得不接受很多无可奈何的条规限制，满汉之恋，如何能被接受？大概他从爱上她的那时起，就预料到想要执其手会背负很多的艰辛了吧？不断地错过，时间空间，不知道下一秒两人会分别处在何地，分别多远。"自古多情伤离别"，更何况是朝朝暮暮都难以相见。在思念之中维持的爱恋，也不知道会不会随这木兰船远去。

惆怅之中，纳兰望着水上小舟，轻诵刘孝威的采莲之曲：

金桨木兰船，戏采江南莲。

莲香隔浦渡，荷叶满江鲜。

房垂易入手，柄曲自临盘。

露花时湿钏，风茎乍拂钿。

木兰船要将你带往哪里去呢？

惆怅虽然能读出几分，但总的还是欢愉。纳兰描写的所有景致，措辞融情，都让人感觉到他的喜爱和洒脱。面对江南美景，那时的纳兰对官场已然厌倦无力，疲惫不堪，还是年轻才俊就如同看破红尘确实是有违常情。但纳兰想必注定与官场抵触，功名利禄的追求之心，他并无期冀；人际上淡薄相交，也不至于树敌。可是他对官场生活那般抵触，已演变为无法抑制的逃离之心。决心退离官场隐归田园的纳兰，此时应是充满着期待和向往之心，在山水之间尽享着人间自然之乐。只需在那茶楼酒水之中笑看世间百态，只需在那石桥小屋里静听小桥流水，如此足矣，又何必追求无尽的繁华富贵呢？无尽欲望吞噬了人间乐事，官途再平坦，对于纳兰而言，那仍旧是让他感受到压抑的，不属于他的另一个人间。

于是终究还是下定了决心，重返京城以后，辞官隐退，迎娶沈宛，同心爱之人共同安宁生活，享受人间最淳朴诚挚的生活，木屋，石凳，竹椅，诗书，茶酒，佳人，足矣。想想，都会觉得有所期盼了。也就带着这么一个美好的念想，游历江南的景色，规划着未来新的平淡的生活，难怪那些景色都着上了欢愉的色彩。只是那一叶小舟，却禁不住勾起了忧虑和遐思。

木兰船上渐远的娇媚，是否会同这江南的风一样？爱人，是否仍旧在那里？皇命难违，只得再次与那纤细的身躯娇柔的身影错过，小舟或许带去他无边的相思之苦和勾勒起的小桥流水人家，又或许带来他对未来的期许，但沉醉着，无边地深思着，不禁想唤它，可否慢一些驶离？

# 忆江南

**【原文】**

江南好，佳丽数维扬①。自是琼花偏得月②，那应金粉不兼香③。谁与话清凉④。

**【注释】**

①佳丽：美丽。维扬：扬州的别称。《尚书·禹贡》谓"淮海惟扬州"，《毛诗》将"惟"字作"维"，后因截取二字以为名。

②琼花：一种珍贵的花，扬州琼花为绝世之珍，叶柔而莹泽，花色微黄而有香味，有"维扬一枝花，四海无同类"一说。宋宋敏求《春明退朝录》卷下："扬州后土庙有琼花一株，或云自唐所植，即李卫公所谓玉蕊花也。"宋淳熙以后，多为聚八仙（八仙花）接木移植。此花虽无古琼花异香芳郁，但树姿与花形皆似当年之琼花。

③金粉：黄色的花粉，这里指琼花。

④清凉：凉而使人清爽的。

【赏析】

江南之美赏了不少，终于来到了精华之地——扬州。这块宝地，历代总少不了被当作文人墨客吟诗作赋的背景之一，因它清雅不俗的景色和温润宜人的气候，似乎总能令人遐想万千。正如纳兰念道：佳丽数维扬。美中之美，还数扬州。

扬州的景物，最为人称道的，一是琼花，二是月色。琼花为扬州市花，自古有许多名流之士对它爱不释手。相传隋炀帝开凿大运河，其因之一正是为到扬州赏琼花。琼花有"举世无双"之称，欧阳修任太守时在琼花观中曾题下"无双亭"，更是证明了这花坚实的地位。到宋代，仁宗皇帝和孝宗皇帝不忍释手，尝试移栽琼花，但都无法使它成活。大概琼花与扬州，自是不可分离罢。可惜今天琼花已不存在，元兵攻入扬州的时候，琼花便消失了。但扬州人对琼花的喜爱不减，因而有了我们现在见到的"琼花"，实际应该唤为"聚八仙"。琼花之独特而又不乏风韵，引得诸多文人总要驻足称颂一番。扬州的琼花也就自然地与这个城市紧密相连在一起。既下扬州，必寻琼花。

月这一景物，在诗词中应属最为常见了，扬州之月，亦是尤其享有盛名。有杜牧之词"二十四桥明月夜，玉人何处教吹箫"，亦有徐凝的"天下三分明月夜，二分无赖是扬州"，更有陈羽"霜落寒空月上楼，月中歌吹满扬州"。月中扬州，优雅引人。如今人们熟知的《春江花月夜》，其诗灵感正是来自扬州月夜。由此足以可见扬州月光的特别。也许是雾色的关系，也许是花花草草的映衬，夜间芳香使月光更令人陶醉。古城之月，将纳兰的心柔化了。

此时，有花有月，"竹西亭边花留倩影，月明桥下柳拂清波"（竹西亭楹联），好似万事无缺，舒适惬意。

可在这金粉兼香之地，纳兰却不禁问道：与谁能话得清凉？一个人的景致再美再雅，也无人共赋几曲，对吟几句。寂寥之中，他的思念愈加浓烈。自己在此赏花观月，不知北方佳人，是否垂颜叹息着爱人总无法相伴呢？沈宛这个女子，善于诗词，颇有才气，善解人意，也因此能让纳兰对她真心爱怜。江南女子如何，汉人如何，对于纳兰来说，世俗的阻碍，无法隔断感情的维系。即便远隔千里，思念相携，总能等到与心爱的女子重逢。"若有情，天涯也咫尺。若无情，咫尺也天涯。"可睹物思人，才下眉头，又上心头。

花月历来与美人脱不了关系，加上江南烟雾缭绕，不难由景及人。"人有悲欢离合，月有阴晴圆缺"，蓦然回首，灯火阑珊处，你还伫立在窗前，倚楼看月明。可惜只是相思无数，隔了南北之遥，享受着江南的景致，心却在北方爱人之处，无心再赏和风、细雨、柳絮、琼花。再美之景，只能一人独赏，无处话凄凉。一人的欢愉，哪称得上是欢愉？

对着一番好景，却只能感叹：花前月下，美人何处？

# 忆江南

【原文】

江南好，铁瓮古南徐①。立马江山千里目②，射蛟风雨百灵趋③。北顾更踟蹰④。

【注释】

①铁瓮：即铁瓮城，江苏镇江古城名，三国时孙权所建。宋王令《忆润州葛使君》云："金山寺近尘埃绝，铁瓮城深气象雄。"南徐：古州名。东晋置徐州于京口城，南朝宋改称南徐，即今江苏镇江，历齐梁陈至隋开皇年间废。

②立马：骑在站立不动的马上，驻马。

③射蛟：指汉武帝射获江蛟之事，《汉书·武帝纪》："（元封）五年冬，行

南巡狩……自浔阳浮江，亲射蛟江中，获之。"唐李白《永王东巡歌》之九："祖龙浮海不成桥，汉武浔阳空射蛟。"后诗文中作为颂扬帝王勇武的典故。百灵：各种神灵。《文选·班固（东都赋）》："礼神祇，怀百灵。"李善注："《毛诗》曰：'怀柔百神。'"

④北顾：山名，即北固山，在江苏镇江市区东北江滨。有南、中、北三峰，三面临长江，形势险固，故称"北固"。有"京口第一山"之称。梁武帝曾登此山，挥笔写下"此乃天下第一江山也"的题词。后改名"北顾"。

## 【赏析】

古城所及，都是厚重的历史。

看到了铁瓮城，亦是看到了北固山。古城气势恢宏，有"半面烟岚雄北固，一方形势控东吴"如此形容，可见规模之大，已是王城的格局。但当时纳兰所见的铁瓮城，是褪去繁华的古城之墟。旧日的热闹景象已经远去，换了多少代的帝王，此地已是面目全非。它在著名的北固山，成为文人伤史的感叹对象。

说到北固山，必说辛弃疾的《永遇乐·京口北固亭怀古》：

千古江山，英雄无觅孙仲谋处，舞榭歌台，风流总被雨打风吹去。斜阳草树，寻常巷陌，人道寄奴曾住。想当年，金戈铁马，气吞万里如虎。

元嘉草草，封狼居胥，赢得仓皇北顾。四十三年，望中犹记，烽火扬州路。可堪回首，佛狸祠下，一片神鸦社鼓！凭谁问：廉颇老矣，尚能饭否？

英雄无觅孙仲谋处！像孙权这样的英雄，已经在历史中难以复得，舞榭歌台还在，英雄却一去不复返。想当年他还是金戈铁马，领军北伐收复失地的身姿何等威武，如今只得在此故地怀念英雄。

纳兰所见的铁瓮城，大抵就是辛弃疾词中的"舞榭歌台"。它是孙权所建，是有着"铁瓮城深气象雄"赞美之辞的古物。一派气势恢宏的北固山，如今驻马望去，苍苍茫茫还有一个铁瓮城，依稀可以想象它当年的繁华，然现在不过是任后人观赏、任文人缅怀的可感之物。北固山由此便成了触发纳兰感想的媒介之一。

另一媒介，则是射蛟台。

史书记载汉武帝射蛟有："元封五年冬，行南巡狩，至于盛唐，望祀虞舜于九嶷。登潜天柱山，自浔阳浮江，亲射蛟江中，获之。舳舻千里，薄枞阳而出，作《盛唐枞阳之歌》。"远远望去，射蛟台依旧是繁华热闹，却今昔有别，史上之事，终究只能是历史。

必须要佩服纳兰用典的精湛，看似随意挥笔，描述那情境之中的景物，实则精当地化用历史，以史抒情，足以见他修养的深厚和表达的生动。寥寥数语，古今之比已将那时心情淋漓抒发。沉郁含蓄之词，说尽了吊古伤今的感慨。北固山啊北固山，真叫人踌躇万千。

可这故国之思、伤今之情从何而来呢？纳兰生于优越的权贵之家，却频频伤时吊古。传说纳兰"性喜作诗余，禁之难止"，尤其推崇李后主，他曾有言

"《花间》之词如古玉器，贵重而不适用，宋词适用而少贵重，李后主兼有其美，更饶烟水迷离之致。"可见受花间词影响之深。后主此中的兴亡之叹，便也自然融入纳兰的细腻情感之中去。这也更成就了才子与常人之别，更增添了饮水词的清丽和哀愁。

# 忆江南

**【原文】**

江南好，一片妙高云①。砚北峰峦米外史，屏间楼阁李将军②，金碧矗斜曛③。

**【注释】**

①妙高：妙高峰，在江苏镇江金山的最高处，顶上有坪如台，名妙高台，一名晒台。

②米外史：宋代书画家米芾别号海岳外史，故称。李将军：李思训，唐宗室，人称大李将军，善画山水树石，笔力遒劲，后人画着色山水多取其法。

③斜曛：落日的余晖。

**【赏析】**

妙高山地处镇江境内，即是我们如今熟知的天柱峰。峰顶上有坪如台，名妙高台。三面峭壁，近峦远岗，松涛盈耳。最为有名的当属四周缭绕的云雾，据说终年不散，如同仙境，似能见天上宫阙，玉宇楼阁。台下湖嵌峰间，楼阁坠设，纳兰立于妙高台之上，静看山下江南俯视之景，内心充满愉悦。夕阳西下，余晖斜照，光线映衬水雾和风，落于楼宇亭台，江南大地好似泛了金光。

"砚北"则是那砚山园之北，米外史即有名书画家米芾。传说南唐后主李煜曾得过一方名砚，因其四周刻有三十六座手指大小的峰峦，故称砚山。南唐灭于北宋以后，国宝飘零，那砚最后流转到米芾手中。可惜这书画巨匠反倒更热衷于屋瓦古宅，拿这块砚台在镇江甘露寺下临江之处换得了一块地皮以作建宅之用。至南宋绍兴年间，米芾的这座砚台换来的宅子又归了岳飞的孙子岳珂。岳珂在这片地上建了一所园林，想到此地几番易主的辗转经历，便溯其源头，以李后主的那方名砚为园林命名，唤作砚山园。

这首词，纳兰写的两位卓有成就的画家，应是关键。米芾此人，一生官阶不高，是一个有真才实学的人，不善官场逢迎，为人有些清高，但这反而为他赢得了很多的时间和精力来玩石赏砚、钻研书画艺术，对书画艺术的追求到了如痴如醉的境地。米芾在他人眼里是个怪人、狂人，不入凡俗的个性和怪癖，并不被理解，但正是他如此艺术造诣的根源。这与纳兰是极其相似的。看起来，纳兰写米外史，实际上也在反思自己。但显然的，他并不希望改变为变通圆滑之人。米芾曾自作诗一首："柴几延毛子，明窗馆墨卿，功名皆一戏，未觉负平生。"恃才傲物之人如此，的确是个颇有个性的人。绘画上，他在山水画上成就最大，他尤其欣赏南方瞬息万变的"烟云雾景"，"天真平淡""不装巧趣"的风貌，因而"米氏云山"大都是烟云掩映、迷雾缭绕的江南景色。

另一个人，李将军，即唐代绘画大家李思训，善画山水、楼阁、佛道、花木、鸟兽，尤以金碧山水著称。除了取材实景，多描绘富丽堂皇的宫殿楼阁和奇异秀丽的自然山川外，还结合神仙题材，创造出理想的山水画境界。题材上多表现幽居之所，反映了贵族阶层的审美趣味和生活理想，因当时社会的各种矛盾和佛道思想及文人隐居习尚的影响，也使他在作品中时常流露出一种出世情调。

通过这两个颇有特色之"君子"，实际上就能看到纳兰的影子了，米芾又是另一个纳兰，李将军的画作，大多能够表达纳兰的意愿。对宦海沉浮无法接受甚至心怀抵触的纳兰，虽处在一个官僚围绕的环境里，但一直保持为人清净，不融于世俗，不跟从父亲攀权附贵，沉溺在自己的填词作赋之中，与友人相伴，与爱人相知，从来向往"小桥流水人家"的显示，早已想要"采菊东篱下"，归隐不再过问人世纷杂之事。

因而当彼时面对清丽的江南之景，想起自己万分欣赏的君子，禁不住看到那夕阳的光，都觉得是有碧光，尤其美好。忍不住开始在心里描绘起了辞官之后的恬淡闲适的生活，男耕女织就可，至少笑容是发自真心的。想想米芾为人，自己也该有这般勇气和决心，去追求内心真正想要的生活。这么想想古人，看看美景，伴着水汽夹杂的树木的清香，顿时开阔了。夕阳之光，本对他来说，是一日终结，该是有几分伤悲的光线，此时却绘成了金光灿烂。

他该是如何的渴望平凡的人间之情、人生之乐啊！

# 忆江南

【原文】

江南好，何处异京华①？香散翠帘多在水②，绿残红叶胜于花。无事避风沙③。

【注释】

①京华：国都，京城。

②翠帘：绿色的帘幕。

③无事：无须，没有必要。

【赏析】

看惯了京城之景，江南婉约，显得雅致有序。一口气写下江南各地的山水，伫立湖边，自问：到底是什么与京城如此不同，使人如此留恋？这首词写得清丽欣喜，欢愉洒脱，好似少了点纳兰的惆怅在其中，又是何故？

纳兰的官途，因了父亲的缘故，虽然不升不降，也还算是平坦。但才子之心岂能安于现状！即便填得一手好词，作得一手好诗，也不过是康熙身前的一个侍卫，负责保护皇上的安危。

　　史上有言说，纳兰仕途，实际是康熙防患其父的牺牲之物。贵族势力多为历代君王所惧，明珠家如此繁盛，皇家不得不防。纳兰这侍卫之官，到底是皇上的赏识还是刻意的安排，史上说法不一，也难下定论。但显然，跟纳兰向往汉文化、爱好诗词的初衷是不符的。壮志未酬、怀才不遇的纳兰，无意苦争春，"零落成泥碾作尘"，只有香如故。他目睹险恶官场的真实面目，远观朝中朋党倾轧、小人得志、英才落魄，甚是凄凉。淡泊名利的纳兰最终失望至极，坚决抵触弄权敛财，事亲至孝又不愿效法父亲，只得为着自己的安稳的官职，冷眼看官场沉浮之事，内心却早已厌倦不堪了。

　　在这样的心境之下，随君王出行，本也并不见得能让他如此豁达，却看：红藕香残，水上徒留翠叶。满眼残绿，满山红叶，掩映一处胜于二月之花。清清朗朗的江南是无须躲避风沙的。

纳兰是生性喜近自然之人，相对于那毫无自由、处处围绕君主之命生活的侍卫生活，江南的小情趣，着实俘获了他一颗感性的心。醉心于泉石的志趣，随着好景一声轻唤，霎时于禁锢的思绪中涌动起来。那一腔对官场的不满和厌倦，化为对闲适田园的无限渴望。

再说这地，江南水雾里，叫他纳兰遇见了今生第一挚交顾贞观，叫他纳兰遇见了红颜爱人沈宛，牵念之景里有牵念之人，挚爱之景中遇挚爱之人，冥冥之中他与烟雨江南，已经不可分割。忆了十阕江南，看了十个纳兰，每一个，都充满温柔的深情，于人于景，都恋恋不舍。

对着这景忆起故人，纳兰最终执起笔来，落笔坚定，笑容平和。信件将及之人是知己顾贞观：

恒抱影于林泉，遂忘情于轩冕，是吾愿也，然而不敢必也。悠悠此心，惟子知之。

这"吾愿"，总算是下了决心，悠悠此心，知己定之。

难得在纳兰的词中看到了欢愉的字句，不难品味他虽"身在高门广厦"却常有的"山泽鱼鸟之思"。连府前湖水南岸的两棵卫矛树，都能咏出"阶前双夜合，枝叶敷华荣。疏密共晴雨，卷舒因晦明。影随筠箔乱，香杂水沉生。对此能销忿，旋移迎小楹"这样的诗句，可见他对自然界山水花草的眷恋，也确实十分应和他的细腻柔和。

最后所有的喜欢都融在这"无事避风沙"之中，这又别有一层意味。读来五个字的力量，远比这北方的风沙更让人想要逃避。纳兰欲避之风沙，是那官场之中的恩恩怨怨、是非纠葛、扯不清的含混的人情关系、事权贵的无可奈何。

恰只在这江南，即纳兰心中暗指的隐居生活，才是清清丽丽，没有沾染的空气。

"无事避风沙"，可轻婉地念，亦可洒脱地诵，既可是纳兰内心窃窃的期盼，亦可是其面对江山如画渴望的解脱，淤积依旧的渴望，何时能破茧，从此安定于没有风沙拂面的轻柔的风里呢？

# 忆江南

**【原文】**

新来好，唱得虎头词①。一片冷香惟有梦②，十分清瘦更无诗。标格早梅知③。

**【注释】**

①新来：新近，近来。虎头词：指好友顾贞观客居苏州时所填之词。虎头，晋代画家顾恺之小字虎头，顾贞观与之同姓，这里借指顾贞观。

②冷香：指清香的花，这里指梅花的清香。

③标格：风范，品格。

**【赏析】**

古时文人互通书信，留下不少传世的佳作。这词便是纳兰与顾贞观惺惺相惜的最好证明。

纳兰这阕词，答的是顾贞观的《浣溪沙·梅》：

物外幽情世外姿，冻云深护最高枝。小楼风月独醒时。

一片冷香惟有梦，十分清瘦更无诗。待他移影说相思。

写的是梅，咏的是品格，思的是人。

贞观赞梅是那最高枝，赞梅的冷艳不俗，也是写人该出尘而不染，高洁正直。小楼风月，一人独醒时，更是一语双关，不知独醒于风月的，是梅还是人。待他说尽相思，思的又是谁呢？有人疑问，这相思二字，不是从来就是为爱人所造的吗？其实这词更像是为友人而写。

纳兰读懂了此中深意，因而立即回复好友，告知新来甚好。所谓"虎头词"，指的便是顾贞观之辞，虎头实为晋代画家顾恺之的小字，由于顾贞观与其同姓，因而借虎头指代贞观。一句话开门见山表达收到故友诗词的新来之好，足见纳兰下笔时满心的欢愉。常年难见几回，知己诉诉衷肠只有纸笔相助，读到熟悉的文风句法，不禁要觉得尤其亲切。

"一片冷香惟有梦，十分清瘦更无诗"是贞观词里的精华，"标格早梅知"是纳兰答词之中的点睛。挚交之间，默契最是令人感动，所谓知己，是知其所思，晓其所虑者。纳兰读出了顾词梅之深意，知晓那顽强盎然的植物，并非仅仅"疏影横斜水清浅，暗香浮动月黄昏"的赞叹，意会那短句之中说的相思也并非林逋以梅为妻的暧昧。

冷香喻梅，恰能写尽梅的冷艳高洁，好似唯有梦中才可亲历那撩人的芳香。清瘦的世外之态，更是没有诗词能够轻易言出那清雅脱俗的姿色。如此描述，对梅的挚爱，事实上正是对高洁脱俗的坚持。寄予友人，要将那清雅的姿态与其共勉，于是纳兰写道：标格早梅知。知己之高风亮节，超凡脱俗的秉性，不就正是这梅散发的清香缕缕吗？这五个字的精妙，全在这两人的默契，不得不令人感叹：挚交，该是如此。况周颐在《蕙风词话》道："以梁汾咏梅句喻梁汾词。赏会若斯，岂易得之并世。"这一首答词，情深义重，心意相通。

尘世缘来缘去，如鲁迅先生赠予瞿秋白的对联所言："人生能得一知己足矣，斯世当以同怀视之。"纳兰虽命途寂寥，能遇如此挚交，也当属幸运之至。

顾贞观有一好友叫吴兆骞，含冤被流放黑龙江十多年之久，顾贞观悲痛仗义，为好友作《金缕曲》两首，纳兰偶然读到，感动不已，不惜一切代价营救吴兆骞。日后两人相识，深觉相见恨晚，从此就成为知己。关于其情谊，还有一首纳兰所做的《金缕曲》：

"德也狂生耳。偶然间、缁尘京国，乌衣门第。有酒惟浇赵州土，谁会成生此意。不信道、竟逢知己。青眼高歌俱未老，向尊前、拭尽英雄泪。君不见，月如水。

共君此夜须沈醉。且由他、蛾眉谣诼，古今同忌。身世悠悠何足问，冷笑置之而已。寻思起、从头翻悔。一日心期千劫在，身后缘、恐结他生里。然诺重，君须记。"

这阕是为跨越两人之间因身份悬殊造成的困扰所作，一句"诺重君须记"，读得贞观清泪涟涟，感动不已，更是笃定了今生二人情谊，不可分割。

不得不感叹，果真是缘分如此。

看那顾贞观以相思来思纳兰，友情同似爱情需要等待和磨合，缘起缘灭，都是默契，相知相携，才得以延续。有知己若此，夫复何求！

# 忆江南

## 【原文】

挑灯坐①，坐久忆年时。薄雾笼花娇欲泣，夜深微月下杨枝②。催道太眠迟。

憔悴去，此恨有谁知。天上人间俱怅望③，经声佛火两凄迷④。未梦已先疑。

## 【注释】

①挑灯：拨动灯火，点灯。亦指在灯下。

②杨枝：杨柳的枝条。

③怅望：惆怅地看望或想望。

④佛火：指供佛的油灯香烛之火。凄迷：景物凄凉迷茫。

## 【赏析】

这首词为伤悼亡妻之作，回忆起去年此时来，耳中所听、眼中所见都是凄迷之情景，更增添了惆怅：坐在灯下，回想陈年旧事。薄雾之下花影朦胧，夜已深沉，月亮也已经落下杨柳枝头，听你催促我不要睡得太晚，那样的情景历历在目。而今你却已经离去，心中无限忧恨又有谁能知道？你我天人永隔，相互怅惘，在这经声佛火中不胜凄迷，如此光景是梦是幻，还没睡去却已经分不清了。

# 赤枣子

【原文】

惊晓漏，护春眠。格外娇慵只自怜。寄语酿花风日好<sup>①</sup>，绿窗来与上琴弦。

【注释】

①酿花：催花绽放。

【赏析】

窗外屋檐在滴水，在演奏着大自然的协奏曲。滴滴答答，那是春天的声音。这一首新曲，是谁谱就？

每一个少女，都是一本唤不醒的日记。因为春暖花开，因为有些事情，她们喜欢少女闭上眼睛。满脸的睡意，也是芳龄十八岁，无法抗拒。还是起床吧。先打开你的眼睛，她的眼睛，万物已为我备好，少女的眼睛才缓缓打开。趁着明媚春光，和园中的花朵都打声招呼。告诉她们不能贪睡，要早些绽放。推开碧纱窗，让那古琴的琴声再优雅一点，飘得再远一点……

此篇以少女的形象、口吻写春愁春感，写其春晓护眠，娇慵倦怠，又暗生自怜的情态与心理。

春晨，窗外屋檐滴水的声音将她唤醒。一"惊"字分明写出了女主人公些许娇嗔恼怒之意，分明睡得香甜，谁料漏声扰人清梦，合是十分该死。本就恋梦，这一醒来方知春暖花开，正是春眠天气，遂倦意袭来，无法抗拒。且看这句"格外娇慵只自怜"，"娇慵"谓柔弱倦怠的样子，李贺《美人梳头歌》中就有"春风烂熳恼娇慵，十八鬟多无气力"的句子，想必本词的女主人公也同这位女子一样，满脸睡意，辗转反侧，别有一番风韵。而"格外"一词，更是把这位慵懒的女子渲染得楚楚动人，似有千般柔情。是也，春天是生命生长、万物复苏的季节，却也是春愁暗滋、风情难抑的时候，少女们面对着春日美景而暗自生怜，也是十分自然的事情。

现在，这位女子醒了。那么醒后干什么去呢？"寄语酿花风日好，绿窗来与上琴弦。"原来,起床的第一件事,就是趁着明媚的阳光,和园中的花朵打招呼,催促它们早点绽放。的确,"草树知春不久归,百般红紫斗芳菲",春天是美好的,亦是短暂的。遂要这个晨起的小女子,去催促百花你争我赶竞相开放,免得错过了这春意盎然的季节而后悔不迭。然后推开碧纱窗,好让自己优雅的琴声飘得更远一些。词写到此处,这位少女的春感,已转悠远、朦胧,同时又挟有一分淡淡而莫名的愁思,可谓言尽意不尽,含蓄蕴藉而后留白深广了。

# 忆王孙

**【原文】**

西风一夜剪芭蕉。满眼芳菲总寂寥?强把心情付浊醪①。读《离骚》。洗尽秋江日夜潮。

**【注释】**

①浊醪:浊酒。醪,带糟的酒。

**【赏析】**

这是一首爱情词,抒写对情人的深深怀念:是谁在翻唱着那凄凉幽怨的乐曲,伴着这萧萧雨夜,听着这风声、雨声,望着灯花一点一点地烧尽,让人寂寞难耐、彻夜不眠。在这不眠之夜,不知道是什么事情萦绕在心头,让人或睡或醒都如此无聊，梦中追求的欢乐也完全幻灭了。

"谁翻乐府凄凉曲"算是纳兰词中的名句，看似平白易懂，却于深处暗含波涛汹涌的愁绪，句中的"翻"字，是演奏、演唱的意思。"乐府"是诗体名，最初的时候是指乐府官署从民间采制的诗歌，后来将从魏晋到唐朝可以入乐的诗歌，以及能够模仿乐府诗的古体诗歌都称为乐府。宋朝以后的诗歌、散曲、词、剧，能配乐的都称为乐府。

谁在唱着那些凄美的歌曲，歌声萧索，居然令"风也萧萧，雨也萧萧"了，而且还凄凉到彻夜无眠，"瘦尽灯花又一宵"了。古人的烛火一般是用羊油做成的，烛芯烧着的时候，有时候会发出小小的爆裂的声音，像烟火一样。

所以，在这里容若会用"灯花"来描写，美丽的词汇既能增加词的美感，又能写出意境。这相思也有分类，容若的相思就如同燃烧的灯芯，模模糊糊，道不清真切，却是持持续续，烧不尽相思。

上片写完相思的凄凉，下片便转而写无聊的现状。"不知何事萦怀抱"，思念到深处，依然觉察不出什么事情才是牵绊自己思绪的"罪魁祸首"。凄凉的心境令自己整夜无眠，而无眠之夜里，无谓的相思，更是令自己"醒也无聊，醉也无聊"了。

词写到这里，意境接近尾声，只是读词的人还是不甚明了，令容若凄苦而又无聊的女子究竟为何人？可能是为了解决读者心中的疑惑，也或许是为了回答自己这一整夜无聊的思索，容若最后一句便交代为"梦也何曾到谢桥"。

收笔之句似乎在字里行间悄悄透露了这位不知名的女子的倩影。末尾处的"谢桥"是说谢娘桥，古人用"谢娘"来指代心仪的女子，而"谢桥"便是由谢娘衍生出来的美丽词汇，指代佳人所住的地方。

一场古时候的思念，一个谢娘的故事，或许思念真的是从一座谢桥走向另一座谢桥，在不经意间品味思念似醉非醉的感觉。容若的词，无人能够真正诠释，但这也正是容若词的魅力所在，因为不懂，所以悲悯。因为每个人的梦中，都有一份得到却又失去的美丽。

# 忆王孙

**【原文】**

暗怜双绁郁金香①，欲梦天涯思转长。几夜东风昨夜霜，减容光②，莫为繁花又断肠。

**【注释】**

①绁：拴、缚，此处谓两花相并。郁金香：供观赏的多年生草本植物，叶

阔披针形，有白粉，花色艳丽，花瓣倒卵形，结蒴果。

②容光：脸上的光彩。

【赏析】

闺中的女子，怜惜着小院里的郁金香花，偷偷地。花开的心事，是不能说的。

梦是花朵紫色的根须，想探探情郎的天涯，是否比她的思念绵长？

春风中有些薄薄的寒冷，她的玉手有些微微的凉。如花的容颜憔悴时，她听见，忧伤在郁金香花里一瓣一瓣地敲门。

这首词写闺中女子思念远方的情人，以淡语出之，平浅中见深婉，自然入妙。

"暗怜双缕郁金香，欲梦天涯思转长。"起首二句由景及人，睹物而思及远方的心上人。双缕，可作两解。一为"成双的捆在一起的"，以此修饰"郁金香"，反衬人之孑然。二是借代女子的袜子，因古代有一种女袜有丝带与衣着相连，"缕"本指那起牵连作用的丝绳并在此借指整个袜子，而"郁金香"则是袜子上的图案。

此处，若作前解，是写花，想必郁金香在二人的爱情生活中有过一定的关系，所以见花而思念之情变得更加强烈。若作后解，是写闺中女子因思念远人而引起的自怜爱惜。此处关注的重点并非是哪一种解释更符合词人本意，而是这个"暗"字。——此一"暗"字用得很别致，有"私"的含义，似言事涉私情，非他人所知。

"几夜东风昨夜霜，减容光，"此二句一出，当知"暗怜双缕郁金香"一句中，主人公"怜"的是成双成对的郁金香花。这里也是言几夜的风霜又使美丽的花消褪了容光。但"减容光"又非独言花，它还可以形容女子的容颜憔悴。元稹《莺莺传》中，莺莺在被张生抛弃的绝望中，曾写道："自从消瘦减容光，万转千回懒下床。不为傍人羞不起，为郎憔悴却羞郎。"此处容若是不是暗用了莺莺诗意，写女主人公因思念玉郎而辗转俛慽？若如此，则"东风""霜"云云，摧残的并非仅是郁金香花了，还有她的花容月貌。

末句，"莫为繁花又断肠"，有人曾解为：说不要为花的凋谢而伤感，实际上却正是在为此而伤感，故作自我安慰之语，就比较含蓄。令人读了觉得含思婉转，哀而不伤，很合乎我国传统诗教"温柔敦厚"的旨意。此种解读，稍显迂腐。因为"莫为"，正是因思至断肠亦无可奈何的恨恨之辞，古人诗中所道的"莫"都不能简单地从字面去解，如李后主"独自莫凭阑"，并非真是劝人莫要凭阑，或表自己拒绝凭阑的态度，此句本来就是凭阑之语，"流水落花春去也"正是凭阑之见也，害怕独自上高楼，又不得不登临凭阑，此真真内心起伏无定也，而容若此词既然前有对"郁金香"的"暗怜"之语，可见词人空对落花黯然神伤，真与欧阳公"泪眼问花花不语，乱红飞过秋千去"情致一也。

# 忆王孙

**【原文】**

刺桐花底是儿家。已拆秋千未采茶。睡起重寻好梦赊[1]。忆交加[2]，倚着闲窗数落花。

**【注释】**

[1]赊：渺茫、稀少。

[2]交加：交错，错杂。此处谓男女相偎，亲密无间。

**【赏析】**

刺桐花开了。花瓣儿嫣然飘进了情窦初开的少女的心窗。总是漫天情，总是夜来香。

四月这美丽的季节，有一种淡淡的忧伤。她坐在家门前，微笑朦胧着羞红的脸。梦里花落知多少……

数一片落花，就想起曾经，窗前的月光，把两个人的影子缝成一个的日子。

这首词是篇抒写童稚回忆的词章，清新自然，明白如话。稚气散漫的词人只轻轻几笔的勾画便使意象鲜明，境界全出。

首句点明主人公身份：年轻女子。"刺桐花底是儿家"，儿家，即是我家，是中国古代女子口语，如张先《更漏子》："柳阴曲，是儿家。门前红杏花。"李从周《清平乐》："叮咛记取儿家：碧云隐映红霞；直下小桥流水，门前一树桃花。"寥寥数语，听来无不给人以温柔旖旎，天真烂漫之感。

接下"已拆秋千未采茶"一句，点明时令。古时，二月以后农事渐忙，故古人常于寒食清明后，拆掉秋千。秋千既拆，新茶未采，正是晚春时节。"睡起重寻好梦赊"，写少女春梦。醉眠之中，她做了好梦，但是醒后，美梦却渺茫难寻。"好梦赊"，好梦到底是何梦？

"忆交加，倚著闲窗数落花。"这句"忆交加"点明了好梦为乃是"交加"之梦。交加一词，出于韦庄《春秋》："睡怯交加梦，闲倾潋艳觞。"指男女相偎，亲密无间。睡梦之中，全是与心上人相守相聚的情景，醒来之后，却只有回忆。本想倚靠着闲窗，静数落花，但脑海里却满是关于两人在这窗前依偎看花的回忆。

这首小令与纳兰其他作品的风格截然不同，倒与南宋中期杨万里的诗（如《小池》："泉眼无声惜细流，树阴照水爱晴柔。小荷才露尖尖角，早有蜻蜓立上头。"）有所相似，采用白描的手法，用近乎口语的语言，描写生活细节的小情趣，生动地刻画出了一个情窦初开的渴望与心上人厮守的小儿女形象。

# 忆王孙

**【原文】**

西风一夜剪芭蕉。满眼芳菲总寂寥？强把心情付浊醪①。读离骚②。洗尽秋江日夜潮。

**【注释】**

①浊醪：即浊酒。醪，带糟的酒。

②离骚：中国古代最长的抒情诗。屈原的代表作，也是《楚辞》中的名篇。

**【赏析】**

时维三秋，天气转凉。昨夜又是一夜难入眠，只听得西风萧萧，足足吹了一夜。园中芭蕉林，本是绿肥青葱苍翠可爱，岂忍得了这一夜的摧残，尽是遍地皆狼藉。"悲哉，秋之为气兮，肃杀也！"满目望去，没有尽头，所见皆秋色，顿时胸中无限凄凉，人岂能经受如此寂寥？取来一壶浊酒，对窗独自低饮，强将这无限的寂寥倒进杯里，化作无奈，一饮而下，灌入愁肠。岂料"抽刀断水水更流，举杯消愁愁更愁"，这心中苦闷何由才得排遣？随手捡起一本《离骚》，漫目读去，字字尽愁语，篇篇有千结。报国有心，立功无门，心怀天下，书生意气，三藩之乱的刀兵战火未安，我的心中愁闷，如那日夜奔腾不息翻滚的三湘江水一般。

这首词主要是写一种"愁"，先不谈这"愁"到底是为何而愁，先看看纳兰性颜不再了吧。

容若对于爱情，一丝不苟。是谁说誓言不过是开在舌尖上的莲花，是谁说誓言不过是无谓之人所做的无谓之事。对于容若来说，爱情便是此生无悔的誓言，无法更改的约定，所以，容若一旦爱上，便是此生此世。

站于路口，容若举目四望，"何路向家园，历历残山剩水。"词的一开始，就奠定了伤感的基调。家园无处可寻，回家的道路已经找不到了，抬头望去，满目都是一片残山剩水。

山就是山，水便是水，何来的残山剩水呢？容若将山水之景用"残剩"修饰，更显得心境荒凉，犹如残败的风景。

若早知道这只是一场有缘无分的情事，在相遇之时，就会按捺住内心的悸动，那时没有陷入爱的河流，今日便也不会在此苦苦相思了。

"都把一春冷淡，到麦秋天气。"春季转眼就过去了，为了思念，都冷淡了这大好的春光，当回想起来，春日的好风景都已错过，而眼下所看到的已经是萧瑟的秋景了。上片在一片嘘叹声中结束，简明轻快，没有晦涩之意，也不用典，但依然能够写出容若愁苦的心情。

下片依然承接上片简单的风格，既然春天都已经被错过了，那春日的花朵也没能看见，"料应重发隔年花"，料想去年的花，今年也再次开放了吧，花可以年年开放，年复一年地绽放。错过了今年的花期，明年只要愿意，依然可以等到花开，遗憾就可以弥补，但是人事呢？只怕是错过一次，就终生无法补救了。

所以，那些曾经美好的花前月下的事情，最好不要再想起，每想起一次，都是折磨，面对无法重演的故事，真的还是"莫问花前事"的好。容若不是圣人，他只是一个平凡的，渴望爱的男子，他拒绝今春的这场花事，是为了不看到荼蘼而心痛，但真的就可以躲避开来吗？只有他自己知道。

"纵使东风依旧，怕红颜不似。"景色依旧，物是人非，最后的这句感慨是许多词人都感慨过的，并无什么特别。容若写词总是这样，用平淡的语气诉尽天下悲情。

人生就是这样错过一场又一场美景，有些人对这些错过不以为意，但对于容若来说，每一次错过都是一道伤痕。他用伤痕累累的心，吟咏出这些千年，甚至万年之后都不会被忘记的词。他与他那些隐约的心事，统统被记载了下来。

# 玉连环影

（按此调谱律不载，或亦自度曲）

【原文】

何处①？几叶萧萧雨。湿尽檐花②，花底人无语。掩屏山③，玉炉寒。谁见两眉愁聚，依阑干④。

【注释】

①何处：何时。古诗文中表示询问时间的用语。

②檐花：屋檐之下的鲜花。

③屏山：屏风，因屏风曲折若重山叠嶂，或屏风上绘有山水图画等而得名。

④阑干：同"栏干"。

【赏析】

这风雨萧瑟，花湿尽，心情不佳。雨相伴，花相随，人却孤单。在这静谧寂寥的深闺中，谁能看到我的惆怅，读懂我的忧伤？

据考证，本首词作应该是纳兰容若的自度词。所谓自度词，是一种在中国传统词牌的格律基础上创作的新词。它的特点是遵循格律，在旧词牌中填入新词。自度词横空出世以后，逐渐发展成为一种崭新的文学样式。对自度词运用自如的，要数南宋文学家姜夔，在他流传下来的十七首曲谱里，有十三四首都被认为是自度词。在他之后，自度词越来越流行，而且大多不再以歌咏为主，而是偏向于自由居多。

以"何处"发问，问出似是而非的困惑，看似漫不经心，实则是女子幽怨的自问。古诗词中首端以"何处"发问的不在少数，如晏殊《蝶恋花》中的"何处合成愁，离人心上秋"，以及辛弃疾《南乡子》中的"何处望神州？满眼风光北固楼"，都是含义深沉的发问。这样的发问，要的并不是一个十分明确的答案，因为答案就在诗人的心中，或者压根就没有答案。"何处"一出口，带着些许幽怨，些许感慨的意味，心中本多事，又何曾有心情去关注何时雨起，何时会歇？只是不经意间，发现这几许潇潇细雨，已然下了很久。此处的"几叶"，应该是与后句有所关联，雨从檐处落下，其形态亦似落叶飘飘之状。此句整体给人以凄冷萧瑟之感，奠定了全词的感情色彩。从这不知何时下起的细雨中，女子的愁思和寂寥再次被撩拨。

百花香残，也不及这"檐花"凄美艳绝。古来有人误读，以为所谓"檐花"便是檐雨之花，其实际所指却为靠近屋檐下边开的花。李白有诗曰："山

鸟下听事，檐花落酒中。"杜甫在《醉时歌》中也有提及："清夜沉沉动春酌，灯前细雨檐花落。"而宋代周邦彦亦作："浮萍破处，帘花檐影颠倒。"檐花与清酒，俨然成了诗词好搭档，酒能醉人，檐花伤怀，都是愁难消，愁更愁。而门廊处的这个女子，与前面两位恃才放旷的诗人相比，却更无奈更可悲，她非但不能借酒消愁，还因湿尽的檐花满眼而倍感凄清。比起周邦彦"浮萍破处，帘花檐影颠倒"的直白，容若的这句"湿尽檐花"，更是不动声色地把女子的惆怅描绘得哀感顽艳，所以"花底人"才会"无语"。要知道，在这毫无人气只有萧萧雨声的深闺处，谁会来关注一位柔弱佳人的怅惘心事，谁会来抚慰她满腔的寂寥？也许期待檐花能懂，可是风雨瑟瑟，花自飘零，这些湿透在雨中的小小精灵，哪里还有闲情聆听她的心语呢？

"掩屏山"表明地点的转移，女子已经从门廊外移步到了闺房中，轻轻地关上了屏风。屏风之所以被写作"屏山"，是因为屏风屈曲如山，也有说法认为是屏风所画之山。关上屏风，回转身才发现房内香已燃尽，玉炉早冷。看来在外面待的时间也不短了，只是因为被雨浇湿了心事，竟不自觉。原本以为回到闺房中能够让心稍暖，却不料屋内屋外都是寒气萦绕，如果女子之前还有一点热望，那此刻，想必也如这炉中香，只剩下燃尽后的冷灰。这空旷的寒雨天，

真是让人好不懊恼。香既已熄灭，就让它这样吧，即便再生一炉，也终究会燃尽。于是她身倚阑干，双眉紧锁，默默不语地再一次陷入无尽的愁思之中。

唐代的温庭筠在《菩萨蛮》中有云："无言匀睡脸，枕上屏山掩。时节欲黄昏，无聊独倚门。"该诗与容若的这首《玉连环影》意境相似，描写的都是闺房中女子的无边寂寥，满腔惆怅心事无人可诉，一个懒生香，一个懒起榻，最后都唯有不谙世事的门窗和阑干，成了她们别无选择的依靠。

综观全词，似乎能从女主人公身上看到容若表妹的影子。想必容若在对表妹念念不忘，相思成灾的同时，也想象着深宫中的表妹也一样独自惆怅，独自伤怀。真可谓是物是人非人不休啊！

**【词人逸事】**

纳兰性德是个多情之人，对所爱之人往往用情很深。在与相恋的表妹失之交臂后，17 岁的纳兰性德娶两广总督、兵部尚书卢兴祖之女卢氏为妻。少年夫妻无限恩爱，可惜好景不长。美好的生活只过了短短三年，爱妻便香消玉殒了。那种"曾经沧海难为水，除却巫山不是云"的深厚情感一直使纳兰性德无法自拔。情发怎会无端？又有谁能理解他这满怀的凄楚与旷世的寂寞呢？

# 玉连环影

**【原文】**

才睡。愁压衾花①碎。细数更筹②，眼看银虫③坠。梦难凭，讯难真，只是赚④伊终日两眉颦⑤。

**【注释】**

①衾花：织印在衾被上的花卉图案。

②更筹：古代夜间报更用的计时竹签，借指时间。

③银虫：比喻灯花。

**【赏析】**

初见这一词牌，只是觉着眼生，想了许久才反应过来这原是纳兰的自度曲。

待到细看时，却渐渐被这四个字逼得说不出话来，愣着神，眼里脑里晃动的只有那对玉连环清冷的影子。本来词牌和词本身文字的关系是不大的，但是一词牌的产生总是会有个因由。原只是两枚玉环，一旦相扣，即你中有我，我中有你，除非玉碎，否则生生世世不可分，是为玉连环。我们现在已很难去想象当年的纳兰到底盯着这连环看了多久，更难以计算他到底对着连环的影子叹息了多少次，唯一能知晓的只有纳兰留下的这两首玉连环影。这篇词是第二首，第一首也不妨放在这里一起看：

何处？几叶萧萧雨。湿尽檐花，花底人无语。掩屏山，玉炉寒。谁见两眉愁聚依阑干。

词很短，也明白如话，描写的是春雨时节一女子相思，但是对女子着墨却极少极淡，似乎这女子留给读者的也只是一影子，缥缈却挥之不去。

这一首与《玉连环影·何处》的"萧萧雨""玉炉寒"相比，总感觉要暖和些了。先来看词：不知道这一晚纳兰又是如何在他那百转千回的惆怅中度过的，好不容易睡下，却辗转难眠……几经反复，算了！披衣坐起，却只剩下一声"才睡"的叹息。想来，纳兰最开始应该强迫自己睡下的，只是"愁压衾花碎"，梦难成，愁却不见少，睡也多愁，不睡也罢！

前人对于"愁"的描述，有说流不尽的李后主《浪淘沙》：

"问君能有几多愁，恰似一江春水向东流。"

亦有说载不动的李易安《武陵春》：

"只恐双溪舴艋舟，载不动许多愁。"

而此处纳兰说愁，却只是唯美，让人觉得安静而小心翼翼，一如词人的多情与体贴。

"更筹"是古代夜间报更用的计时竹签，这里借指时间。"银虫"，即烛泪。长夜漫漫，此刻的纳兰却只是坐在时间的边上，看着银烛渐消，烛泪点点，缓缓流下、汇聚、变凉……欧阳澈在《小重山》里说：

"无眠久，通夕数更筹。"

纳兰到底数了多久，一夜？那这样的"一夜"又发生了多少次？我们不知道，只是远远地看着他的影子，让人觉得怜惜而心疼。烛光恍惚，最有梦幻的感觉，难怪晏几道与情人相逢时不禁疑惑"今宵剩把银釭照，犹恐相逢是梦中"（《鹧鸪天》）。此时相逢却犹恐是梦，可见别后，小山曾多少次模拟过这一刻啊。同是多情人，睡梦难凭，那就醒着梦又何妨，纳兰这时大概也在模拟相见的情景吧。"讯难真"，可知纳兰一定是向太多的人问询了"伊"的消息，然而各人各话、消息缤纷混杂，以致真假难辨了，却可怜了纳兰的一片痴心。

最后一句"只是赚伊终日两眉颦"最见纳兰体贴，不禁让人联想到《红楼梦》第三十回"宝钗借扇机带双敲，龄官划蔷痴及局外"中宝玉只顾着提醒龄官躲雨，而全忘了自己也在雨中的事。痴情者总爱忘了自己，纳兰不也如是？之前说这首词比另一首暖和，也正是因此。词里两个人的思念，总抵得过一个人的卑微凄凉吧。

两首《玉连环影》放在一起看，意外地发现第一首恰巧可以作为第二首纳兰遥想牵挂的那个"伊"的注解。第一首中纳兰只简单提了下伊的眉颦，而第二首却是一个想象情景的完全展开。当然硬把两首词搁在一块儿也许更多的是私下一厢情愿，然而总是执拗地认为那两个相思的剪影，虽然没守候在一起，却也是一对玉连环了。

# 遐方怨

**【原文】**

欹角枕①，掩红窗。梦到江南，伊家博山②沉水香③。浣裙④归、晚坐思量。轻烟笼浅黛⑤，月茫茫。

**【注释】**

①欹角枕：斜靠着枕头。欹，通"倚"，斜倚、斜靠。角枕，角制或用角装饰的枕头。

②博山：博山炉的简称，一种香炉。因炉盖上的造型似传闻中的海中名山博山而得名。一说像华山，因秦昭王与天神博于此，故名。通常作为名贵香炉的代称。

③沉水香：沉香，指以沉香制作的香。

④浣裙：浣衣，洗衣。

⑤浅黛：用青黛淡画的眉毛。黛，古代女子用以画眉的青黑色颜料。

**【赏析】**

生别离，两不相见，各自憔悴。伊人远去，留人咀嚼相思滋味。令我魂牵梦绕的你啊，踪迹难寻。既已如此，我便只好梦中追随，盼与你手相携，四目相对。恨只恨，月色朦胧，终将梦醒。

《遐方怨》为词牌名，是始于唐朝时的教坊曲名，后被温庭筠首用作词牌。但在温庭筠之后，却很少有人填此词牌，哪怕是闻名的宋词时代。而我们这位清朝的才子纳兰容若，却把这一词牌填得极妙，甚是难得。

该词是一首怀人之词，秉承了容若一贯的词风，轻描淡写处，却教人痛到心坎里。

也许正是良辰美景时，他却像体力不支的老人一样，既无心月下小酌，也无心吟诗作词，而是关了窗户，早早上得床去，斜靠着枕头，恹恹欲睡。夜色撩人，却不能在他心中激起一点涟漪，可见他的心中应是麻木空洞的。是啊，如果在这皎洁美好的月华下，能与佳人琴瑟和鸣，该是何等的情趣盎然，该是一种怎样的享受。只可惜，身边来来去去，却没有人作永久的停留。最后繁华散去，唯余一人形影相吊，在那房中一角，了无生气着。

"角枕"指的是古代的角制或用角装饰的枕头。宋代朱敦儒在《念奴娇》一词中写道："可惜良宵人不见，角枕兰衾虚设。"写的也是月光如水的夜，思及佳人已远，百般情愁涌上心头，只恨角枕兰衾艳丽依旧。两首词在意境上是极其相似的。"红窗"在古诗词中出现的频率比较高，也有以"朱窗"表达的。五代词人孙光宪的词作中亦有"红窗寂寂无人语，暗淡梨花雨"的句子，包含红窗在内的景物描写，都是为了衬托闺中人的怀远之情。可以说在古诗词中，"红窗"一词所表达的意境远不如其色彩那样有活力，反而大多是衬托人物的苦闷和寂寞。容若还有一首名为《红窗月》的词作，却是为初恋成殇而写，伤怀的是与表妹的生别离。这样看来，容若与苏轼一样，不愧是个"多情应笑我"式的才子。

如果读前面一句时对容若的心思还捉摸不定的话，那"梦到江南"一句显然已经给了读者明示。恹恹欲睡的人，原来是到梦中与心中念念难舍的伊人相会去了。而此伊人，家住江南，应该是与容若有过离殇的沈宛。这位富有才情的女子，与他互为知音过，与他你侬我侬过。最后却被迫离他而去，留下两个人的眷恋与伤痛。而此刻，他在梦境中穿越时空的界限，从北到南，觅其芳踪，只为重温那四目相投的一往情深。"伊家博山沈水香"是虚写，写博山炉青烟缭绕，亦真亦幻，也喻示着梦是不真实的存在。同时，也可以体会出睡意朦胧的容若是怎样被情思所笼罩和缠绕的，既不愿醒来，也不能挣脱。

博山指代博山炉，是香炉的一种，又叫博山香炉、博山香薰、博山薰炉等，是汉、晋时期常见的焚香用具，以青铜器和陶瓷器较为多见。炉体呈青铜器中的豆形，上有盖，盖高而尖，镂空，呈山形，山形重叠，其间雕有飞禽走兽，象征传说中的海上仙山——博山而得名（汉代盛传海上有蓬莱、博山、瀛洲三座仙山）。"沉水香"，即沉香，又名水沉，一种香料。北宋词人晏几道在其词作《玉楼春》里写道："旗亭西畔朝云住，沉水香烟长满路。"沉水香在此给人的意境依旧是氤氲迷蒙的，给人朦胧之感。可见在古诗词中，"沉水香"多描述的是一种可望而不可即的不真实感，尤其是衬托梦境的似是而非。

"浣裙"即"湔裙"，浣裙的典故出自《北史·窦泰传》："（窦泰母）遂有娠。期而不产，大惧。有巫曰：'度河湔裙，产子必易。'"意即去河边洗衣裳，生子就会很容易。后来便成为古代的一种风俗，指农历正月间，女子洗衣于水边，就可以躲避灾祸，平安渡难。唐代诗人吕渭有诗云："湔裙移旧俗，赐尺下新科。"清朝陈维崧在《永遇乐·东溪雨中修禊》中也有"湔裙节令，偏将丝雨，添满一川空翠"的句子。本句中是洗衣裳的意思。"浣裙归晚坐思量"，讲的是容若在梦中所见到的一幕：洗衣归来的伊人，倚窗独自思量着。她在思量着什么呢？一定也像他一样，念及远方已错过的爱人。这一对彼此深爱的人儿，怀念却不能相见，真是让人不忍直面的啊。

浅黛，用黛螺淡画的眉毛，代指美丽的女子。这个词别有一番韵致，读来清新怡人，让人不自觉地就把这样的女子想象成蕙心兰质。陆游就曾在《真珠帘》一诗中赞道："浅黛娇蝉风调别，最动人时时偷顾。"可见这样的女子都是极为让人心动的。而在容若心中，他所思念的才情兼备的沈宛，自是当仁不让的"最动人"。"轻烟笼浅黛，月茫茫"，写出伊人被轻烟围绕的迷离感，加上月色迷茫，更是衬托出一种不可接近不可触碰的无力的距离感。这一句点出"梦虽好，却教人更惆怅"的事实，给人一种历尽沧桑梦难圆的遗憾，真可谓是凄凄惨惨。

情深缘浅，无福消受。自是宿命已定，终难挣脱。

# 诉衷情

【原文】

冷落绣衾谁与伴，倚香篝①。春睡起，斜日照梳头。欲写两眉愁，休休②。远山残翠收③，莫登楼。

【注释】

①香篝：古代室内焚香所用的熏笼。

②"欲写"二句：意思是本来想要画眉，然而却双眉愁锁，算了还是不画了。休休，不要、不用，表示禁止或劝阻。

③"远山"句：意为远处山峦的翠色消散了。收，消失、消散。

## 【赏析】

世人总说花间词，艳丽奢华，透出一股脂粉气。反观纳兰此作，则比之花间词却有相似之处。更与温庭筠"梳洗罢，独倚望江楼"有几分相似。

《诉衷情》原为唐教坊曲，为温庭筠所创，后用为词牌名。温庭筠创制此调时取《离骚》诗句"众不可说兮，孰云察余之中情"之意。后来，毛文锡词有"桃花流水漾纵横"句，故又名为《桃花水》。纳兰这首词秉承温词一脉，描写思妇春日无聊的情状。着墨不多，因此看似清淡，实则蕴藉有致。

"冷落绣衾谁与伴？"首句发问其实也是设问，自问自答。因无人相伴，看那绣衾衣裳，就算华美艳丽，也只让人觉得了无思绪。因为无人相伴，此情此景自然易解了。后两句："倚香篝。春睡起，斜日照梳头。"香篝本是古代室内焚香所用的熏笼。一般来说，古代官宦人家，或者大家闺秀闺房中才有能力燃此香笼，因此，倚香篝则再次点到此女子的身份。"春睡起，斜日照梳头。"则点到时间，初日迟迟，已经倾斜到满屋子，"睡起晚梳头"，毫无心绪。一副慵懒形象跃然纸上。如果在此处还描写到女子动态特征呈现慵懒姿态的话，"欲写"二句则把这种慵懒之态又向前推进一步，说那女子本想画眉，却看到自己双眉愁锁，算了还是不描了，描来又有谁会细看呢？"休休"则是这种心语的集中体现。

可想此场景：春日迟迟，少妇因幽枝独依，显得百无聊赖，则赖床度日，迟睡起，斜阳已至，更算是薄暮，因此无心打扮，只有深锁愁眉，无奈中更不知怎么排遣寂寞之念。因此想起温词倚楼断肠之句了，更不敢登楼了。

自然，此处"远山残翠收"是实景虚写之笔。也由此可以看出，景色已经极熟悉，不必登楼就已知晓，想那断肠处自然是不宜多去的。

这首词纳兰承袭花间词风，因为他温文尔雅，少年风流而又擅长小令，自然此种词类自是写法娴熟，笔墨点至，形象刻画往往呼之欲出，细腻生动。但比之温飞卿《望江南》则有不足之处。

想来，温飞卿此词中摘取瞬间和纳兰自有时间延续上的联系，但飞卿词则更契合情感最浓郁的部分，那登高望远思人之境，自然是描写此种风情形象的绝时。虽都是斜晖残翠，纳兰自然无所突破，况飞卿断肠句一出，已经极其简洁而深刻地写尽了人物内心，纳兰描写的思妇心理之笔却不如这一首词力量深厚。而花间词集更写尽了思妇孤独伤春念远之情。

总之说来，纳兰为清词人，写思妇自然与自身身世之境相连。若非如此，则不过是模仿前人之笔，亦无创新罢了。

# 如梦令

**【原文】**

正是辘轳金井①，满砌落花红冷。蓦地一相逢，心事眼波难定。谁省，谁省。从此簟纹灯影②。

**【注释】**

①辘轳金井：装有辘轳和精美栏杆的水井。辘轳，古代安置在井上用来汲水的起重装置。金井，指设有金碧辉煌的雕栏之井，多用于宫廷或富贵之家。

②簟纹：指竹席之纹络，此处借指孤眠幽独之景况。

**【赏析】**

那似是一个梦境。在忧伤的金井旁，一位冰雪般的白衣女子，长发飘飘，在阶前葬花，葬下落红的心事。

蓦然回首，背后凝睇的男子，他的内心发生了一次地震。伊人的笑靥，在每一泓心泉中粲然绽放。从此，曾经沧海难为水。从此，他把短暂的相逢，种在了小园香径中。

只是没有想到，自别后，红窗前，自己孤单的身影瘦过黄花。然而思念如珠，永远都不再断线。

纳兰这首初恋情词极为精巧雅致，细细读来如观仕女图般，字虽简练，情却绵密，可与晏几道的"落花人独立，微雨燕双飞"一比。

小令首句点明了相遇的地点。纳兰生于深庭豪门，辘轳金井本是极常见的事物，但从词句一开始，这一再寻常不过的井台在他心里就不一般了。"正是"二字，托出了分量。"满砌落花红冷"既渲染了辘轳金井之地的环境浪漫，又点明了相遇的时节。金井周围的石阶上层层落红铺砌，使人不忍践踏，而满地的落英又不可遏止地勾起了词人伤感的心绪。常人以落红喻无情物，红色本是暖色调，"落红"便反其意而用，既是他自己寂寞阑珊的心情写照，也是词中所描写的恋爱的最终必然结局的象征吧。最美最动人的事物旋即就如落花飘坠，不可挽留地消逝，余韵袅袅。

在这阑珊的暮春时节，两人突然相逢，"蓦地"是何等的惊奇，是何等的出人意料，故而这种情是突发的、不可预知的，也是不可阻拦的。在古代男女授受不亲的前提下，一见钟情所带来的冲击无法想象。

然而，恋人的心是最不可捉摸的。"心事眼波难定"，惊鸿一瞥的美好情感转而制造了更多的内心纷扰，所以，"谁省，谁省，从此簟纹灯影"这一直转而下的心理变化，正是刹那间的欣喜浸入了绵绵不尽的忧愁和疑惑中——对方的心思无法琢磨，未来的不可测又添上了一分恐慌，于是，深宵的青灯旁、孤枕畔，又多了一个辗转反侧的不眠人儿。

【词人逸事】

谢章挺《赌棋山庄词话》云："容若妇沈宛，字御蝉，浙江乌程人，著有《选梦词》……丰神不减夫婿。"丁绍仪《听秋声馆词话》云："往见蒋氏《词选》录吴兴女史沈御蝉《选梦词》，谓是侍卫妾。"《历代妇女著作考》称：沈宛"长白进士成容若妻。"《全清词钞》称：沈宛"字御蝉，浙江吴兴人，纳兰成德室，有《选梦词》"等。

沈宛是纳兰性德的好友从南方带来的一位汉家才女。两人一位是倾慕汉家文化的忧郁词人，一位是出身书香门第的聪慧才女，两个志趣相投、互相倾慕的青年男女从开始的鸿雁传情，到终于能走到一起。这使得一种重新觅到红颜知己的幸福感再一次回到纳兰性德身上。那颗因为孤寂而苦闷疲惫的心一下子又年轻起来。然而这次婚姻却没有得到家庭的祝福，因为明珠的反对，二人婚后的日子乐少苦多，一年之后，沈宛带着身孕返回家乡，而不久纳兰性德的寒疾发作，在无限的遗恨中闭上了他的双眼。

# 如梦令

【原文】

黄叶青苔①归路，屧粉②衣香何处。消息竟沉沉，今夜相思几许。秋雨，秋雨，一半因风吹去。

**【注释】**

①青苔：阴湿地方生长的绿色苔藓。

②屐：本意为鞋子的木底，这里与"衣"字皆以衣物代指情人。

**【赏析】**

这是一首写给恋人的相思之作：黄叶和青苔铺满了回去的路，原来我们相约幽会的地方如今在哪里呢？你离去后音讯全无，平添了今夜无限的相思之苦。窗外秋雨，一半已经被风吹去。

# 如梦令

**【原文】**

纤月黄昏庭院，语密翻教醉浅①。知否那人心，旧恨新欢相半。谁见，谁见，珊枕泪痕红泫②。

**【注释】**

①翻：反而、却，表转折。

②珊枕：即珊瑚枕。珊瑚多红色，因此这里指的是红色枕头。红泫：红色眼泪，因为女子脸上敷胭脂，所以流下的眼泪是红色的。

【赏析】

多情自古空余恨，好梦由来最易醒。这句话，是谁说的，他已经忘记。只记得当年，依稀的黄昏，依稀的庭院，依稀的情人，像一朵水莲花不胜凉风的娇羞。月牙、枕头、窗户，这些曾经的美好花朵，已不再盛开。而你们，曾是彼此的美酒，而现在却是彼此的针，思念的时候，就扎入骨髓。

远方的伊人啊，你可知道自你走后，多情公子种下的绿草，蓝天和柳絮已经凋零。只有眼泪，还在肆意生长，开出尘世中最美丽的花。

在《饮水词》中，纳兰容若记录他与恋人相聚一处的情景，每多"黄昏""灯影"、"深夜"等语。好像只有晚间才能与恋人相见，只有晚间的印象在他记忆里最为鲜明深刻。这大约是富贵人家本有迟眠晏起、傫昼作夜的习惯。

况且容若是个公子，日间要在书房读书，要学习骑射，放学归来时，往往天色已晚，所以所记情景以"夜景"为多。这首《如梦令》即是如此。

小令前两句是回忆旧情。想那时，正值黄昏，一弯新月映照庭院，虽无落霞孤鹜，却有秋水长天。词人大概是心有所萦，便借酒沉醉。

然而恋人翩然而来，悦然相伴，情话绵绵，叙语缠绵，本来浓浓的醉意都被这缱绻慰语驱散了。这回忆的甜美，如饮醇醪。

然而"知否那人心"一句将词人从甜蜜的回忆拉回了残酷的现实。真不知道分别以后，恋人此时内心若何，说不定早就已经把自己忘了，虽言"旧恨新欢相半"，实际上可能迷于新欢，而忘旧恨。

这里的语气似乎是句句埋怨、声声质问了。然而多情自古空余恨，埋怨亦有何用？于是词人只好幽独孤单，相思彷徨，以泪洗面而难以成眠。词人写到此，一定想起了南宋诗人陆游与其妻唐琬的爱情悲剧。陆游初娶唐琬，琴瑟和谐，感情弥笃，但其母不悦，终于两人分离。

几年后一个暮春时节，重游沈园，邂逅相遇，陆游无限惆怅，唐琬为之敬酒，陆游追忆往昔，情不自禁地赋词一阕，题为《钗头凤》。这首《钗头凤》里就有："春如旧，人空瘦，泪痕红鲛绡透"的句子。

这句"泪痕红鲛绡透"，其实就是此处的"珊枕泪痕红泫"，谓因为流泪过多，脸上的红脂粉和着泪把手帕浸透了，足见心怀之悲。至此，词人之悲伤已自不待言，然而亦是空惆怅，徒奈何，所以只能对浩渺苍天发一声：谁见？谁见？以决绝之问收尾全篇。

**【词人逸事】**

纳兰性德将情投意合的沈宛接来京城，并安置在德胜门内。由于沈宛的身份和血统，她不能名正言顺地进入纳兰府。他们只能保持着没有名分的关系，过着情人式的生活。但是从两人的诗词中，可以看得出他们心灵之间那种相知

相怜的默契。这段时间的纳兰性德在心灵上得到了抚慰，快乐似乎又重新回到了他的身上。然而好景不长，由于家庭的反对，半年后，沈宛含泪返回江南，纳兰性德也突发寒疾而怅然离开人世，留下孤独无靠的沈宛和他的遗腹子。有情人终不成眷属，留下一段让人叹息、辛酸，泪水淹没欢乐的风流憾事。相传这个遗腹子被生了下来，就是纳兰性德的第三个儿子，名叫富森，而富森在70岁时，还被乾隆邀请参加太上皇所设的"千叟宴"。

# 如梦令

**【原文】**

木叶纷纷归路，残月晓风何处。消息半浮沉，今夜相思几许。秋雨，秋雨，一半西风吹去①。

**【注释】**

① "秋雨"句：清朱彝尊《转应曲》诗句："秋雨，秋雨，一半因风吹去。"

**【赏析】**

这首词写的是相思之情，词人踏在铺满落叶的归路上，想到曾经与所思一道偕行，散步在这条充满回忆的道路上，然而如今却只有无尽的怀念，胸中充满惆怅。暮雨潇潇，秋风乍起，"秋风秋雨愁煞人"，吹得去这般情思吗？这首词写得细致清新，委婉自然。委婉自然外，还有另一特点，纳兰的词最常用到的字是"愁"，最常表现的情感也是"愁"，正如梁羽生说的，"纳兰容若的词中，'愁'字用得最多，几乎十首中有七八首都有个'愁'字。可是他每一句中的'愁'字，都有一种新鲜的意境，随手拈几句来说，如：'是一般心事，两样愁情'、'几为愁多翻自笑'、'倚栏无绪不能愁'、'唱罢秋坟愁未歇'、'一种烟波各自愁'、'天将愁味酿多情'、'将愁不去，秋色行难住'，或写远方的怀念，或写幽冥的哀悼，或以景入情，或因愁寄意，都是各个不同，而且有新鲜的联想。"这一首就情感来说，是一贯的，然而在写法上却没有用一个"愁"字，这和他一贯多用"愁"字很不相同。那这首词表现"愁"是如何进行的呢？范成大有词《鹧鸪天》：

休舞银貂小契丹，满堂宾客尽关山。从今娲娲盈盈处，谁复端端正正看。

模泪易，写愁难。潇湘江上竹枝斑。碧云日暮无书寄，寥落烟中一雁寒。

这首词虽出现了"愁"，却有和纳兰相同的写法，就是要写愁而不直接写愁，而是通过其他意象的状态来体现这种情感。

这首词还有个很重要的地方，也是造成这词本身在感觉上给人一种熟悉而又清新的重要原因，那就是化用了前人的许多意象以及名句。如"木叶"这一经典意象最早出于屈原的《九歌·湘夫人》"袅袅兮秋风，洞庭波兮木叶下"，曹植的《野田黄雀行》就说："高树多悲风，海水扬其波"，庾信在《哀江南赋》里说："辞洞庭兮落木，去涔阳兮极浦"，到杜甫，他在《登高》中说："无边落木萧萧下，不尽长江滚滚来"。这一意象具有极强的艺术感染力，予人

以秋的孤寂悲凉，十分适合抒发悲秋的情绪。"晓风残月何处"则显然化用了柳屯田的《雨霖铃》中"今宵酒醒何处，杨柳岸，晓风残月"，"一半西风吹去"又和辛弃疾的《满江红》中"被西风吹去，了无痕迹"同。

这首词和纳兰的其他词比起来，风格也没有什么不同，仍然是婉约细致，

但从版本上看却大有可说之处。这首词几乎每句都有不同版本，如"木叶纷纷归路"一作"黄叶青苔归路"，"晓风残月何处"一作"靥粉衣香何处"，"消息半浮沉"又作"消息竟沉沉"。

且不谈哪一句是纳兰的原句，这考据，现下还难以确定出结果来，但这恰好给读者增加艺术对比的空间。比较各个版本，就"木叶纷纷归路"一作"黄叶青苔归路"两句来看，"黄叶"和"木叶"二意象在古典诗词中都是常见的，然就两句整体来看"木叶纷纷"与"黄叶青苔"，在感知秋的氛围上看，显然前者更为强烈一些，后者增加了一个意象"青苔"，反而导致悲秋情氛的减弱。"晓风残月何处"与"靥粉衣香何处"则可谓各有千秋，前者化用了柳永的词句，在营造意境上比后者更有亲和力，词中也有悲哀的情感迹象；"靥粉衣香何处"则可以在对比下产生强烈的失落感，也能增强词的情感程度。

# 如梦令

**【原文】**

万帐穹庐①人醉，星影摇摇欲坠。归梦隔狼河②，又被河声搅碎。还睡，还睡，解道醒来无味。

**【注释】**

①穹庐：古代游牧民族居住的毡帐。

②狼河：白狼河，今辽宁大凌河。

【赏析】

大清以武立国，对八旗子弟而言，习武是本业，骑射功夫绝不可荒废。纳兰性德虽以文章得名，却以武职任官。康熙欣赏他文武兼备，若按文官品阶，由进士入翰林院为庶吉士，或实授县令，只得七品，因而任命他为三等侍卫，正五品。因此，纳兰性德虽以"词名"流传后世，在当时，却以武职立功边疆。

为阻止沙俄的南侵，康熙二十一年派都统郎坦、彭春、萨布素等一百八十人，以狩猎为名，沿黑龙江行围，达雅克萨，探敌虚实，测水陆信道，进行战略侦察。纳兰性德即在其列，他奉命出塞，勘察地理形势，详细记录，以为日

后用兵参考，并因此行辛劳，拔擢至一等侍卫、三品武官。这一份记录，在后来与俄罗斯一战中，发挥了极大作用。而这段经历成为他生命中的一段华彩。

这首《如梦令》正是作于康熙二十一年二月，奉命出塞侦察之时。在征途中，词人面对着气象豪雄的营地，以奇景入笔，作了这首颇具特色的边塞词。词中景象与心境交织交感，既雄浑又悲凉。

"万帐穹庐人醉，星影摇摇欲坠"一句描写随行人员和保驾的士兵在夜间狂欢畅饮的情景：地上人多声闹，天空繁星闪烁。"星影"一句让人想起唐朝诗人杜甫《阁夜》诗："三峡星河影动摇"。天悬星河与穹顶下万帐人醉相对，可谓是无限风光惊绝。

"归梦"句却与前句形成强烈的反差，人尚留在"星影摇摇欲坠"的壮美凄清中未及回神，"归梦隔狼河"的现实残酷已逼近眼前，两相对比之下更衬托出词人由于思乡而感到孤单寂寞的心境。就算塞外风光奇绝，也抵不了心底对故园的期盼。一路上的排场也并没有给他带来丝毫的快感和荣耀，只有他自己知道，这所有的一切都及不上家中父母对他的一句叮咛，妻子的一丝笑颜，孩儿的一声呼唤……

狼河远隔，归家既不可能，就连归家之梦也做不成。帐外白狼河的涛声将人本就难圆的乡梦击得粉碎。而醒后反觉无聊，这思乡者又赶紧叮嘱自己再睡一会儿，因为睡着了总比眼睁睁地思乡好过一些。

这首词看似豪放，而在其豪迈壮怀的词形之内弥漫的却是一种悲哀、无奈甚至是哀婉的情绪，意境阔大而带悲凉，的确是独辟蹊径之作。

在三年之后，清军调集军队，水陆并进，与沙俄进行了史称"雅克萨之战"的反击战。该战役取得胜利，迫使沙俄在于我有利的条件下，签订了《中俄尼布楚条约》，阻止了沙俄向南扩张。只可惜，捷报传来时，曾夜阑独醒的词人已因病去世了。康熙特意遣宫使灵前哭告唆龙输款之功，以表扬他的勋劳，词人朱彝尊并有挽诗记此哀荣。

# 天仙子

【原文】

梦里蘼芜青一剪①，玉郎经岁音书远②。暗钟明月不归来③，梁上燕，轻罗扇④，好风又落桃花片。

【注释】

①蘼芜：又名蕲茝、薇芜、江蓠，据辞书解释，苗似芎䓖，叶似当归，香气似白芷，是一种香草。叶子风干可以做香料，亦可以作为香囊的填充物。古人相信蘼芜可使妇人多子。然而在古诗词中蘼芜一词多与夫妻分离或闺怨有关。《玉台新咏·古诗》中有："上山采蘼芜，下山逢故夫。"

②玉郎：古代对男子的美称，也可为女子对丈夫或者情人的爱称。

⑤暗钟：即昏暗夜晚里的钟声。

④轻罗扇：质地极薄的薄纱制成的扇子，多为女子夏天纳凉所用。

**【赏析】**

有一种芳草，她有着美丽的名字。想你的时候，就开遍满山。枝枝叶叶，年年岁岁。

有一种岁月，她曾灿烂得动人心弦，又曾零落得一去无迹。曲曲折折，分分秒秒。

而你，究竟是一盒钉子，甜蜜地钉在我肋骨的深处。还是一座雪山，冰冷地立在我相濡以沫的远方？你的远去不归，让月亮等得都有些老了。而那些燕子，仍然不离不弃，重温着那些长出皱纹的海誓山盟。

这是一首苍凉清怨、缠绵悱恻的别离词。

纳兰性德是一个至情至性之人。他二十岁时与"两广总督，兵部尚书，都察院右副都御史兴祖之女"（徐乾学《纳兰君墓志铭》）、时年十八岁的卢氏成婚。卢氏出身名门，知书达理，才貌双全。少年夫妻相亲相爱，感情甚笃。纳兰性德深爱自己的妻子，可是作为康熙皇帝的殿前侍卫，须经常入值宫禁或随皇上南巡北狩，与妻子厮守的时间不多。于是只能让万缕情丝萦绕心头，倾泻在词章里。纳兰这首《天仙子》就是设想妻子含嗔带恨，埋怨累岁不返的天涯游子。

此词开篇展示的是一幅梦里的图画：一片青青齐整的蘼芜，一位略含忧愁的女子，寂寞的心事，满山的春景。这里的"蘼芜"不仅指一种香草，而且还具有象征意味，因为在古诗词里，"蘼芜"一词多与夫妻分离或闺怨有关。比如《玉台新咏·古诗》中就有"上山采蘼芜，下山逢故夫"这样的诗句。

"玉郎经岁音书远。"果不其然，丈夫走后，音信全无，已有一年。语气似乎很是平静，但是其中的哀怨，自是不可断绝如缕。这比"鸿雁在云鱼在水，惆怅此情难寄"更显沉重，因为"此情"虽然"难寄"，但是毕竟还可以一怨雁鱼，一腔愤愤，终有所泄，而此处音讯全无，何人何物可怨？

写到此，闺人的孤寂哀伤之情怀已经初露。而"暗钟明月不归来，梁上燕，轻罗扇，好风又落桃花片"这几句便将这种落寞心事渲染铺张开来，使其浓醇似酒，沉沉难以慰藉。你看，夜晚的钟声敲响了，明月是那样圆满，梁檐之间，燕子也在呢喃，可远方的丈夫为何不归？尤其是这句"轻罗扇"，扇出一片轻罗小扇的温软之风，于愁怨之中又带着丝丝怀恋与怅惘。整体情调可称"雅隽绝伦"。难怪陈廷焯评价说："不减五代人手笔"。（《词则》卷五）又说："措词遣句，直逼五代人"。（《云韶集》卷十五）总之，整首小词以闺人口吻表达了伤春伤别之情，自然恬淡，明白如话，又意蕴悠长。

# 天仙子

【原文】

好在软绡红泪积①，漏痕斜罥菱丝碧②。古钗封寄玉关秋③，天咫尺④，人南北。不信鸳鸯头不白。

【注释】

①软绡：即轻纱，一种柔软轻薄的丝织品，此处指轻薄柔软的丝质衣物。

②漏痕：草书的一种笔法，谓行笔须藏锋。宋·姜夔《续书谱》："草书用笔，如折钗股，如屋漏痕。"斜罥：斜挂着。菱丝：菱蔓。

③古钗：亦作"古钗脚"。比喻书法笔力遒劲。玉关：玉门关，代指遥远的征戍之地。

④咫尺：周制八寸为咫，十寸为尺，谓接近或刚满一尺。形容距离近。

【赏析】

你一直是一根生锈的针，尖锐而犀利，刺在我的心头。

你曾经帮我缝补过去，也能帮我刺穿未来，但是曾经刺绣在心头的思念，已经变成了一朵在午夜悄悄流泪的红玫瑰。

我曾经以为，自己是一个出色的裁缝，能用一根线和一枚小小的针，刺成一句永恒的誓言。誓言，不会流泪。

这小令是纳兰写给爱妻卢氏的，短小精悍，读之味道十足。刘熙载《词概》中说："小令之作'虽小却好，虽好却小'"，这词正如此。

纳兰二十岁时与卢氏成婚。卢氏出身名门，是两广总督卢兴祖之女，才貌双全，许配给纳兰后赐淑人，诰赠一品夫人。在纳兰看来，最重要的恐怕是二人互为知音，因为卢氏也是一位解诗情、识风雅的知性女子，能与纳兰产生心灵上的共鸣。因此，纳兰与卢氏夫妇琴瑟和谐，甜蜜无限。

但是作为康熙皇帝的殿前侍卫，纳兰身不由己，须经常入值宫禁，或者随皇上南巡北狩，这就导致纳兰常与爱妻分居两地，两人只能以词抒怀，发其幽恨。这首《天仙子》就是词人纳兰在扈从出塞期间写就的。

此词开头两句用典可谓十分恰当，以浑朴古拙之笔写妻子寄来的轻纱，浅叙白描，却不失情真意切，深致动人。且看，你寄来的轻纱上凝聚的泪痕还依稀可见，那斑斑点点的红泪，犹如菱蔓斜挂一般的行行草字。此处用一锦城官

妓灼灼之典，《丽情集》中说："灼灼，锦城官妓也，善舞《柘枝》，能歌《水调》，御史裴质与之善。后裴召还，灼灼以软绡聚红泪为寄。"显然，此处软绡，饱含款款相思之情。

"古钗封寄玉关秋"亦用古钗之典，深切委婉地表达了归乡之思，表达了他对爱妻的深情思念。而结句犹显含婉深细，"不信鸳鸯头不白"，是反用李商隐的《代赠》中"鸳鸯可羡头俱白"，也有欧阳修《荷花赋》中句子："已见双鱼能比目，应笑鸳鸯会白头"，亦是"梧桐相待老，鸳鸯会双死"之意。常言咫尺天涯，何况词人已和妻子遥隔千里。

然而不管相隔多远，词人始终坚信，他和他的妻子一定会像鸳鸯一样，一起白头，一起相守终老。

# 天仙子

渌水亭①秋夜

【原文】

水浴凉蟾②风入袂，鱼鳞蹙损金波③碎。好天良夜④酒盈尊，心自醉，愁难睡。西南月落城乌起。

【注释】

①渌水亭：纳兰性德家中的池畔园亭。纳兰性德在《渌水亭宴集诗序》曾这样描绘："予家，象近魁三，天临尺五。墙依绣堞，云影周遭，门俯银塘，烟波混溷溟漾。蛟潭雾尽，晴分太液池光，鹤渚秋清，翠写景山峰色。云兴霞蔚，芙蓉映碧叶田田，雁宿尧栖，杭稻动香风冉冉。设有乘槎使至，还同河汉之皋，倘闻鼓枻歌来，便是沧浪之澳。若使坐对亭前渌水，俱生泛宅之思，闲观槛外清涟，自动浮家之想。"生动地描画出当日渌水塘、渌水亭的胜景。

②凉蟾：指水中秋月。

③金波：指水中反射着耀眼光芒的月光。

④好天良夜：好时光，好日子。

【赏析】

渌水亭，那是你的家。家中的秋夜，你可是独眠一舟，静听秋雨，陪寂寞看浪花?

此刻，所有的欢乐都消失了，只剩下这些月色，绿波，天风吹来。此刻，你围着它们，像围着与她西窗剪烛的日子。你挥挥手，连月亮都退到云层里失眠。可你哭不出来。你只是忧伤而沉默的多情书生，捻着一根将断的线。而夜的乌鸦，又飞走了。

此篇纤侬而不繁腻，王静安言容若"以自然之眼观物，以自然之舌言情"，可见容若内心感受之敏锐。

词人置身家居环境之中，但见月色映水，荡起金波，天风吹我。"水浴凉蟾风入袂，鱼鳞蹙损金波碎"一句，极生动地写出了由于见到水波中被风吹碎的月影，词人所引发出的一份敏锐纤细的感受。此时此刻，面对如此良辰美景，词人手中杯盏自是满斟，但是酒未入唇，人心已醉，忧愁袭上心头。大概在容若看来，如此天赐美景只醉旁人，与自己倒是无甚关系，正所谓"绿酒朱唇空过眼"。所以即使面临如此景色，可词人仍不能释怀。

词写至此，词人对渌水亭秋夜之景已描摹如画，而面对如此好天良夜，却又"心自醉，愁难睡"，直至通宵不眠。

那么，词人究竟为何愁萦身心、无计可消除呢？或许他是想到了亡妻，酒盈樽，却愁煞人。此时的酒想必是越喝越苦涩、越喝越愁，譬如"红酥手，黄滕酒，满城春色宫墙柳"。

或许他忧的是壮志难酬。词人在做此词前不久，曾接受康熙皇帝诏令，奉使出塞。奉使出塞固然实现了他"慷慨欲请缨"的志向，但此行是否能改变他做侍卫的处境，尚有疑问。

而后来的事情也证明，他的忧虑果然不是多余的。虽然他万里西行，凯旋而归，即使是"功高高过贰师"，却"归来仍在属车边"。直到去世，仍任侍卫之职。"奉使"不过昙花一现而已。所以他的愁也就如"冰合大河流"一样，茫茫无尽期了。

然而不管是何种愁绪，词人终究无能为力。于是"西风月落城乌起"，秋风终起，斜月西沉，词人的希望也像城楼上的乌鸦一样，消逝于无边的黑暗之中了。

## 【词人逸事】

纳兰性德的府邸在今北京什刹海后海，现在为宋庆龄纪念馆及中华人民共和国卫计委。词中所描绘的渌水亭如今已经荡然无存。然而当年这里却是纳兰性德读书、写作、会客的地方。他短短一生高朋满座、著述丰厚，有《通志堂诗集》5卷、《文》5卷、《渌水亭杂识》5卷；还有《全唐诗选》《词的正略》；与友人合订《大易集解萃言》80卷、《陈氏礼记集说补正》32卷；刻有《通志

# 天仙子

**【原文】**

月落城乌啼未了[①]，起来翻为无眠早。薄霜庭院怯生衣[②]，心悄悄，红阑绕，此情待共谁人晓。

【注释】

①城乌：城墙上的乌鸦。

②生衣：夏衣。

【赏析】

这一首小令，抒发的是纳兰相思孤寂的心情。

　　纳兰就是有这种能力，寥寥几个字就能将人带入一个情景，开头一句"月落城乌啼未了"，落月、啼乌、难眠之人，几笔便勾勒出一幅凄清寂寥的画面。"起来翻为无眠早"，在这样凄迷清冷的月夜，满心愁事的词人辗转反侧不能成眠，起床又为时尚早，最是百无聊赖。而在这样的孤独无聊中，他终究是来到了院中，看到在庭院中已经结了薄薄一层的霜，凉意袭人，不由感觉到夏衣已不胜其寒，即"薄霜庭院怯生衣"。

夏天的衣服想必是较为单薄的，而词人在内心悲凉之中，似乎也忘记了更换衣物，就这样穿着单衣来到庭院中。此时此刻，词人唯觉"心悄悄"，心中悄然暗淡，便左右环顾，看到"红阑绕"，红色的栏杆围绕着四周。于是欲言又止之下，只是叹了一句："此情待共谁人晓。"这样的情怀不知还有谁知晓。

这首小词通篇都使用了纳兰最为擅长的白描手法，景情俱到，整首词显得格外空灵自然。在篇末，搁下一个或许已不需要回答的问题，将全词孤清寂寞的意境推向了顶点。

# 江城子

**【原文】**

湿云全压数峰低①，影凄迷，望中疑。非雾非烟，神女欲来时②。若问生涯原是梦，除梦里，没人知。

**【注释】**

①湿云：湿度大的云，指云中满含雨水。

②神女：谓巫山神女。《文选·宋玉〈高唐赋〉序》："昔者先王尝游高唐，怠而昼寝，梦见一妇人曰：'妾，巫山之女也。'"李善注引《襄阳耆旧传》："赤帝女曰姚姬（一作'瑶姬'），未行而卒，葬于巫山之阳，故曰巫山之女。楚怀王游于高唐，昼寝梦见与神遇，自称是巫山之女。"又《神女赋》序："楚

襄王与宋玉游于云梦之浦，使玉赋高唐之事，其夜王寝，果梦与神女遇，其状甚丽，王异之，明日以白玉。"

【赏析】

巫山上雨雾缭绕，高高的山峰也似被沉沉的云压低下来，山影凄迷，一眼望去，并不分明。并非雾气，也非野烟，正是巫山神女快要腾云驾雾而来。

若觉得这生涯原是一场梦幻，人生美好只有在梦中，除此便没有人能知晓。正如苏东坡所说，"事如春梦了无痕"。

这词有些版本有词题《咏史》，说纳兰写这首词是发历史的感慨。当然，至于具体是否如此并非最重要的，姑且看看纳兰所要咏的这段历史。纳兰是对楚王"巫山云雨"的事有感慨了。宋玉的《高唐赋》中讲了这个故事：

　　曾经，楚襄王曾带着我（宋玉）在云梦台一带游玩，遥望三峡高唐上面的楼台，看到高唐上面飘浮着一团非常独特的云气，形状像山一样突起，并一直往上升，突然又改变了形状，转眼之间，形状变化无穷。楚襄王问我：这是什么气啊？我告诉楚王说：这就是人们所说的"朝云"。楚襄又问道：什么是"朝云"呢？我告诉楚襄王说：过去，您的父亲楚怀王曾经游历高唐，因为困倦就在白天小睡了一会，睡着后梦见一个少女，这个少女对楚怀王说："我是住在巫山的女子，我是从别的地方来到这里的。听说您到这里来游玩，所以我过来向您推荐我自己，愿意陪您同床。"楚怀王于是与之同床。少女离去时向楚怀王告别说："我在巫山南面，最高最险的地方，早晨我是一团云，傍晚时我又变成飘忽不定的阵雨。每天早晨晚上，我都在巫山南面一个高台靠下一点地方。"第二天早晨，楚怀王一看，果然看到一团云在那里飘动，于是在那个平台上建了一座庙，取名为"朝云"。楚襄王说：朝云刚升起来的时候是什么样子的呢？我告诉楚襄王说：她刚开始出现的时候，茂茂盛盛像松树一样笔直，一会儿后，她光彩照人又像一位美丽的少女，她举起袖子遮住太阳，像在张望她思念的人；突然她又改变面貌，急驰像四匹马拉的战车，车上还插着战旗；你感到像风吹一样的凉，像冷雨一样的凄清。等到风止雨停，云也突然无影无踪了。

　　这个故事在中国历史上产生了很大影响，历代的诗词中这一典故可谓俯拾皆是。纳兰写这件事也是有原因的，可以当作咏史，更可以看作是他自己在倾诉着自己对人生的看法，以及对昔日爱情的追忆。词中的巫山神女如何不可以当作纳兰的故妻、知己、恋人等呢？而他自己，好比楚怀王，而他们之间的关系，无论多么值得自己怀念，值得后人追忆，但总是一番云雨罢了，烟消云散以后，一切也就幻为无物。结尾"若问生涯原是梦。除梦里，没人知"是词的结尾，更表露出纳兰对于人生的看法，很有悲观主义的倾向，也应该是对于人生愁苦的总结。

纳兰继承了婉约派的传统，这种风格有一个很重要的情感来源，也就是词人自身的情感要细腻委婉，甚至他们个人的人生情感经历颇为坎坷心酸，如柳永、晏殊、李清照，等等。婉约词在取材方面，多写儿女之情、离别之绪，在表现方法上多用含蓄蕴藉方法将情绪予以表达，其风格是绮丽的。大抵以为"诗言情"，不能把文章的社会责任放到诗词上来。在纳兰身上我们可以看到两方面都有体现，也能看到其中差异，便是婉约情感对他的巨大影响。

【词人逸事】

纳兰性德天资聪颖，读书过目不忘。几岁便练习骑射，文武兼备。17 岁的纳兰性德入太学读书，得到国子监祭酒徐文元赏识，并推荐给其兄内阁学士礼部侍郎徐乾学。纳兰性德 18 岁参加顺天府乡试，中举人，然而在 19 岁会试时却因病没能参加殿试。而后数年中他更加发奋研读，并在两年内主持编纂了一部 1792 卷编名为《通志堂经解》的儒学汇编，深受康熙赏识。他又于家中渌水亭畔，用三四年时间将搜读经史过程中的见闻和学友传述记录整理成文，编成 4 卷集《渌水亭杂识》，其中包含历史、地理、天文、历算、佛学、音乐、文学、考证等多方面知识。22 岁时，他再次参加进士考试，并以优异成绩考中二甲第七名。康熙皇帝授予其三等侍卫官职，以后升为二等，再升为一等。扈驾随行，每在身边，足见康熙对他的喜爱。

# 长相思

**【原文】**

山一程，水一程。身向榆关那畔行①，夜深千帐灯。

风一更，雪一更。聒碎乡心梦不成②，故园无此声。

**【注释】**

①榆关：山海关，古称渝关、临榆关、临渝关，明改为今名，其地古有渝水，县与关都以水得名。在今河北秦皇岛。那畔：那边。

②聒：吵闹之声。乡心：思念家乡的心情。

【词评】

"纳兰小词，丰神迥绝"，"尤工写塞外荒寒之景，殆扈从时所身历，故言之亲切如此。"

——蔡嵩云《柯亭词论》

"明月照积雪"，"大江流日夜"，"中天悬明月"，"长河落日圆"，此种境界，可谓千古壮观。求之于词，唯纳兰容若塞上之作，如《长相思》之"夜深千帐灯"，《如梦令》之"万帐穹庐人醉，星影摇摇欲坠"差近之。

——王国维《人间词话》

容若豪宕之作，往往只得半阕，后半即衰飒气弱。如《长相思·山一程》、

《采桑子·丁零词》皆如是。

——赵秀亭《纳兰丛话》（续）

"夜深千帐灯"是壮丽的，但千帐灯下照着无眠的万颗乡心，又是怎样情味？一暖一寒，两相对照，写尽了自己厌于扈从的情怀。

——严迪昌《清词史》

唐诗里有绝句《从军行》，用简短的篇幅来描写边塞风光、将士们的生活和情怀，向来受到传诵。词里写这种题材的比较少见，这首词恰好是小令（简短篇幅的词）当中的《从军行》。

——于在春《清词百首》

纳兰性德在清康熙二十一年三月，随从皇帝东巡，出山海关。此词当作于这一时期。上阕从白天行军写到晚上驻扎；下阕写在营中卧听风雪的吼叫，思乡之情甚切。其中"夜深千帐灯"一句，取景新颖豪壮，深受王国维赞赏。

——黄天骥《纳兰性德和他的词》

## 【赏析】

长相思，相思有多长？是"天涯地角有穷时，只有相思无尽处"，还是"长相思兮长相忆，短相思兮无穷极"？

如今行走在关外，你说你知道，一驿复一驿，思亲头易白。只是关外的天，苍凉的蓝。遍地都是橙黄的叶子，三两凄然，三两惆怅。一更，一更。所以明月落下的时候，浮起的是你的悲伤。

家乡还在，只是山高水长，路途残缺。四季还在，只是花开有时，昨日不再。这个异地的夜晚，寒冷温柔着你的骨头。乡关何处是？魂梦依稀时。

一程山水一程歌，一更风雪一更愁。纳兰性德在随扈东巡、去往山海关途中，写下了这首思乡之曲，成就千古名篇。

"山一程，水一程"描写的是一路上的风景，仿佛是一个赶路的行者骑于马上，回头看看身后走过的路而发出的感叹；又仿佛是亲人送了词人一程又一程，山上水边都有亲人送别的身影。

如果说"山一程，水一程"写的是身后走过的路，那么"身向榆关那畔行"写的就是词人往前瞻望的目的地，也激荡出一种"万里赴戎机，关山度若飞"的萧萧豪迈情怀。而"夜深千帐灯"，写出了皇上远行时候的壮观。且想象一下那幅豪壮的场景，风雪之中，夜空之下，一个个帐篷里透出的暖色调的黄色油灯，在群山里，一路绵延过去。多么壮观的景象！难怪王国维会将此与"澄江静如练""落日照大旗""大漠孤烟直"相提并论。

"夜深千帐灯"既是上阕感情酝酿的高潮，也是上、下阕之间的自然转换。夜深人静的时候，正是想家的时候，更何况"风一更，雪一更"。这里的"一更"是指时间，和上面的一程所指的路程，两相映照，又暗示出词人对风雨兼程人生路的深深体验。风雪夜，作者失眠了，于是数着更数，感慨万千，又开始思乡了。不是故园无此声，而是故园有家有亲人，有天伦之乐，有画眉之趣，让自己没有心思细听这风起雪落，没有机会思忖这温暖家门之外还有侵入骨髓的寒冷。而此时此地，远离家乡，才分外地感觉到了风雪夜异乡旅客的情怀。

总的来说，此词写的传神动情，既有韵律优美、民歌风味浓郁的一面，如出水芙蓉纯真清丽；又有含蓄深沉、感情丰富的一面，如夜来风潮回荡激烈。

【词人逸事】

纳兰性德作为皇帝身边的御前侍卫，以英俊威武的武官身份参与风流斯文的诗文之事。他随皇帝南巡北狩，游历四方，奉命参与重要的战略侦察，随皇上唱和诗词，译制著述，因称圣意，多次受到恩赏，是人们羡慕的文武兼备的少年英才，帝王器重的随身近臣，前途无量的达官显贵。然而他却对自己的扈从生涯十分厌倦，不时在词作中体现出乡关之思和怨尤之情。

清康熙二十一年二月十五日，康熙因云南平定，出关东巡，祭告奉天祖陵。纳兰性德随从康熙帝诣永陵、福陵、昭陵告祭，二十三日出山海关，三月的天气仍是风雪迷漫，显出了塞上的苦寒。身为满洲贵胄的纳兰性德，当此之时夜不能寐，风雪凄凄，思乡之情油然而生。他不禁想起了北京什刹海后海家中的温暖和温馨，于是写下了这篇千古佳作。

# 相见欢

【原文】

微云一抹遥峰①，冷溶溶。恰与个人清晓画眉同。

红蜡泪，青绫被②，水沉浓③。却向黄茅野店听西风④。

【注释】

①微云一抹：即一片微云。

②青绫：青色的有花纹的丝织物，古时贵族常用以制被服帷帐。

③水沉：即水沉香，用沉香制成的香。这里指这种香点燃时所生的烟或香气。

④黄茅野店：即黄茅驿，指荒村野店。

【赏析】

秋色浓郁，远山连绵，一抹淡淡的云彩，笼罩在远山周围。秋气乍起，升起一阵阵凉意。远山、微云，似乎也冷溶溶如水。这般景致，多么与我所思恋的那位女子在清早画眉相像啊！清晨微凉，一派凄美销魂。

是那一豆残焰也令蜡烛顾影自怜，起了思念吗？不然它如何会流下殷红的泪水来，沾湿了自己的全身。青色丝被任它不整，也不管它可否盖在身上，沉水香袅绕出浓浓的香烟。这般景致，却如何只我一人独自念想。猛地回头，仍旧独自在这野店茅屋中听得西风一阵紧、一阵严。

这首词有解为是思念妻子的作品，时间尚存争议，但大抵认同创作于边塞。纳兰是个多情之人，对所爱之人往往用情很深。在早年与相恋的表妹失之交臂后，二十岁的纳兰性德娶两广总督、兵部尚书卢兴祖之女卢氏为妻。少年夫妻无限恩爱，可惜好景不长，美好的生活只过了短短三年，爱妻便香消玉殒了。

那种"曾经沧海难为水，除却巫山不是云"的深厚情感一直使纳兰无法自拔。纳兰虽只有三十余年生涯，但可以肯定的是，步过了坎坷的感情经历，他可谓已熟谙人生，对于生涯中美好的悲剧性追忆，成为他词中主旨，也完全是情理之中的事情。

纳兰作为一位名士，他是成功的。武，他是皇帝身边的御前侍卫，英俊威武的武官身份；文，历史地理、音乐诗词他均有造诣，朝廷内外都颇负盛名。又加以皇室血统、身份高贵，年轻的他既能随皇帝南巡北狩，游历四方，又可随皇上唱和诗词，译制著述。多少人艳羡的锦绣前途、富贵荣华，可偏偏进不了他的心。或许年少时他也曾愿意出仕以兼济天下，为官以拯救黎民，功名利禄加身，繁华锦簇拥人，但最终的他却是从心底里厌倦了官场庸俗与侍从生活，愿意以一身荣华换取一世清明。富贵容易脱身难，身不由己的无奈又使他不得超脱自在，所以他往往身在边塞，心在故乡，常常在词作中表现出乡关之思和怨尤之情。从他一生在边塞所写的词中便可以看出其思想的转变：早期的他意气风发，具有如唐朝边塞诗人一样的功名情怀；可后来的他看透了功名爵位，厌倦了官场生涯，转而生发出对思乡恋亲、怀友伤别的浓烈情感，情感生活的坎坷又使他产生对人间真情的感慨。

这首词意象选用亦颇为着力，词整体的意象"温度"有一番清凉微冷的感觉，情感上则营造了一种悲哀的秋氛。意象呈现方式也是素描与工笔结合。素描如：微云一抹，雾岚菲薄，山如眉黛，斯人独立，黄昏野店，秋叶西风；工笔如：红烛泣泪，青绫不整。

意象上，觉出了它"温度"的冷，情思上，读之则感同身受，纳兰词的"真"，其感染力便是如此淋漓痛彻。

# 相见欢

【原文】

落花如梦凄迷①，麝烟②微。又是夕阳潜下小楼西。

愁无限，消瘦尽，有谁知。闲教玉笼鹦鹉念郎诗③。

【注释】

①凄迷：形容景物凄凉迷茫，这里指悲伤怅惘。

②麝烟：焚烧麝香所散发的烟气。

③闲教玉笼鹦鹉念郎诗：此句化柳永"却傍金笼共鹦鹉，念粉郎言语"之句而来。

【赏析】

落花有意随流水，流水无心恋落花。花儿落了，伊人的心，如小小寂寞的城，上了一把生了红锈的铜锁。

你的梦，早已不是一把锋利无比的剑。无法斩断情网的它，已经老去，静默地躺在剑鞘里。

"夕阳无限好，只是近黄昏。"夕阳多像伊人的脸庞，可它一个微笑也未曾给过你，十几年了。如今，李商隐从地平线上赶来，带走了它，只凭一声叹息。

花落，愁浓。从此，人比黄花瘦。从此，你一心一意，教不知思念为何物的巧嘴鹦哥。念，情人的名字。

这词写的是宫怨。词人以女子的身份入笔，于词中塑造了宫中女子伤春念远的形象。

词之首句"落花如梦凄迷"借用了秦观《浣溪沙》词中的"自在飞花轻似梦，无边丝雨细如愁"，营造出一种春花飘落，如烟似梦一般的迷离氛围。这是室外的景象。而室内，熏炉的香烟袅袅袅袅，女子斜倚门廊，静默地看着夕阳又一次慢慢溜下了小楼。此情此景不禁让人想起晏殊的"无可奈何花落去，似曾相识燕归来，小园香径独徘徊"，这其中浸润的愁思怕是与这位女子相同吧。这前三句是对环境氛围的渲染，并没有正面对女主人公进行刻画，但是读者可以想见她日日如此消磨时光，心境如水烟般迷离的落落寡欢。

"愁无限，消瘦尽，有谁知？"这三句是正面的心理刻画和情态描摹，鲜明生动，细腻深刻。她日夜思念心上人，可是有一道宫墙横亘，便是隔断了千山万水，终无法将青丝织成同心结，寄给那人。于是只有"为伊消得人憔悴"。可是这一份幽怨又有谁知道呢？

其结处显系柳永"却傍金笼教鹦鹉，念粉郎言语"之句而来，极传神，极细致。因为相思无可排遣，遂只有调弄鹦鹉，教它念意中人的诗，这看似风雅的消遣，其实落寞如空山落花，是她对心上人无可奈何的想念。

总之，这阕小令描写人物外部的细微动作，反衬人物内心的波动，感情细腻婉曲，饱含无限情韵。风格绮丽，凄婉缠绵。语言的锤炼也是容若所注重和擅长的。

# 昭君怨

**【原文】**

深禁好春谁惜①，薄暮瑶阶伫立②。别院管弦声③，不分明。

又是梨花欲谢，绣被春寒今夜。寂寞锁朱门，梦承恩④。

**【注释】**

①深禁：深宫。禁，帝王之宫殿。

②薄暮：傍晚，太阳快落山的时候。瑶阶：玉砌的台阶，亦用为石阶的美称，这里指宫中的阶砌。

③管弦声：音乐声。

④承恩：蒙受恩泽，谓被君王宠幸。

**【赏析】**

世界上最遥远的距离，不是生与死，而是深宫的高门，阻断了我爱你的视线。

春蚕到死丝方尽。这次你离开了我，是风，是雨，是夜晚，是相思成茧。你笑了笑，我还未摆一摆手，一条寂寞的路便展向两头了。这个梨花飘零的季节，正是相信爱的年纪。可是我没能唱给你的歌曲，让你一生中常常追忆……

这首词深挚动人，委婉缠绵。作者省略了主语，从宫禁女子的角度，抒写了对已入深宫的表妹的相思苦恋。

　　词以宫禁女子口吻疑问语气开篇：在这深深的皇宫里，如此美好的春色又有谁去珍惜？如此一来，词人就把他的想象与表妹的实际处境吻合起来，增添了艺术魅力。这也是纳兰性德经常使用的艺术手法，明明是作者在想象，而口吻又是所要描写之人的，有时候简直分不清是谁在写。"薄暮瑶阶伫立"这几句是说，傍晚时分。她伫立在瑶台的台阶上，只听到后宫里管弦音乐声传来，怎么听都不太分明。显然纳兰性德的表妹并未受皇上的宠幸，但是又由于她与纳兰之间的款款深情已经被宫墙隔断，遂内心落寞冷清，在一片丝竹之声的衬托之下，越发凄凉孤寂起来。此几句明里是写她的心怀，暗里表达的却是纳兰对其表妹的深切关怀。

　　词至下阕，发生了微妙的转折，纳兰由对表妹表示关切转为暗生疑虑。"又是梨花欲谢"。是啊，一年过去了，又是梨花要谢的季节。值得注意的是这个"梨花"，梨花在古诗词里常常是形容女子容貌和美丽的专用词汇，比如白居易的《长恨歌》中就用"一枝梨花春带雨"来形容杨贵妃的美貌。而女子的命运亦如梨花，梨花易谢，女子的青春复有几何？纳兰不禁怀疑表妹能否耐住青春的寂寞，能否守住"梧桐相待老，鸳鸯会双死"的誓言。"莫非她真会有盼望皇上临幸之心？"纳兰不禁对其表妹心生怨尤。然而从另一方面想，容若的惊恐疑惧，又何曾不是源于他的一片深情？可以说，纳兰把这份对表妹的复杂情感表达得千回百转，凄婉缠绵。

当然，这首《昭君怨》除了以上这种解读外，还有其他的解读。比如有人觉得这首词是容若借嫔妃之怨抒写自己十年青春耗费在"御前侍卫"繁琐而机械的公务中，以致有书难读，有愆难抒，虽蒙皇恩，却内心孤寂、郁郁寡欢的复杂心绪。也有人认为这首词表达了宫女对生活的渴望，因为"好春"无人怜惜，宫女在怅怅伫立中引领"望幸"，等来的却是失望，而年年苦恨又不断重复，在春寒料峭中，无望的宫女只好回到内室去做一个"承恩"的梦了。幻觉中的一点点安慰，无异于镜花水月，既可悲又可叹。这两种解读，亦是"仁者见仁，智者见智"，因为诗词鉴赏，本无定论，作者所以作之，心也；读者所以鉴之，亦心也。

# 昭君怨

【原文】

暮雨①丝丝吹湿，倦柳愁荷风急。瘦骨不禁秋，总成愁。

别有心情怎说，未是诉愁时节。谯鼓②已三更，梦须成。

**【注释】**

①暮雨：傍晚的雨。

②谯鼓：谯楼更鼓。

**【赏析】**

剪不断，理还乱。是什么样的心事，让你在寂寞如水的夜晚里忧愁如许？

窗外，秋雨已在夏天的绳头上打了结。所有的夏花，一夜之间，不再烂漫。清风吹来，一个人的孤独，就是二胡的琴弦低低沉吟，就是伊人的琵琶依依哀怨。

曾几何时，你们的唇间藏尽湖光山色，张开是鸟鸣，合拢是夕阳。而今，飘满的落叶，已有长城万里。琴师不弹《梁祝》，也已有多年。

冬天即将来临，芦花盖满两岸。可你仍然打不开梦的大门。思念的人在远方。而大雁，大雁，又飞过了连绵的群山。

这是一首哀感顽艳的伤秋之作，上景下情，只轻轻地勾抹，却情致深婉，有余不尽之意令读者去咀嚼。

词从黄昏的秋雨入手，这亦是伤秋词作的常见写法。词人静静伫立在暮雨中，任凭冰冷的秋雨吹湿自己的衣裳，看见曾经郁郁的杨柳被秋风打弯，而亭亭的荷叶也被秋雨淋得悲愁，心中一片忧伤。这二句作为景语，写词人眼里的美好景物在秋风秋雨肆虐之下，不能禁受之状。

而秋夜雨滴风急，仍不间断。在如此令人伤感的氛围里，词人很自然地由"倦柳愁荷"联想到自己的境遇。于是词人感觉自己枯瘦的身躯，再也不能经受这寒秋。一句"瘦骨不禁秋"，形象精警地将自己茕茕孑立、销魂无限的情态表现出来，用语十分通俗省净，却让人读后，顿生哀怜。而词人之所以"人比黄花瘦"，是因为愁绪萦绕心间，正如词中所言"别有心情"，绝非单纯为秋风秋雨而伤怀。不过这愁又"怎说"？是因为爱不可得，还是亲人亡故，抑或是壮志难酬？词人并没有明说，这反而留下广阔的想象空间。"谯鼓已三更，梦须成。"实在寂寞，唯有去梦中消解，然而夜已三更，梦又不成，此情难诉，更愁上加愁了。

纳兰的大部分词，皆若此阕，篇篇含愁，卷卷成悲，倾其一生，写尽了情深与悲伤，一曲弦歌，弹到最后，依旧是曲高和寡，而纳兰的寂寞，终究无人能懂。

# 酒泉子

**【原文】**

谢却荼蘼①，一片月明如水。篆香消②，犹未睡，早鸦啼。

嫩寒无赖罗衣薄③，休傍阑干角。最愁人，灯欲落，雁还飞。

**【注释】**

①荼蘼：落叶或半常绿蔓生小灌木，攀缘茎，茎绿色，茎上有钩状的刺，上面有多数侧脉，致成皱纹。夏季开白花。

②篆香：盘香，形如篆字。

⑤嫩寒：轻寒、微寒。无赖：无奈。

**【赏析】**

荼蘼的花期已过。曾经的浪漫，曾经的美好，都在绚丽而孤寂的盛放中，归为片片落花，汩汩流水。

人生是否也如四季？春夏时，百花盛开，带给你满眼的姹紫嫣红，然后又一朵朵地消失，空留寻花人疲倦的踪影？天涯流落思无穷。是这样吗？

想起王菲的歌……最后荆下自己舍不得挑剔，最后对着自己，也不大看得起，谁给我的世界，我都会怀疑。心花怒放，却开到荼蘼。

古语曰："开到荼蘼花事了。"所谓"开到荼蘼"即是言荼蘼开败之日，便是一年的花季结束之时，所有的花也就不会开放了。纳兰此首《酒泉子》一开篇就用了"荼蘼"这一意象，并且还特意把凋零、开败的意味突出一番

—用了"谢却"二字。我想纳兰用这个意象，并不是纯粹描摹自然景物，而是有所象征。因为荼蘼是夏天最后的花，它的开放代表着夏日花季的终结，而一切的事，不管有没有结局，都得在这白色微香中曲终人散。而现在连"唯一"的荼蘼花也凋谢了，可见在纳兰看来，所有的精彩和芬芳也随之消融在渐凉的秋意里，一切归于黯然敛意，走到了尽头。这样，词作一开篇就奠定了凄清哀婉的基调。

"一片月明如水"。现在花季已逝，只有一轮明月，皎皎悬于天宇，播下清冷寂寞的光辉。在这样月明如水的夜晚，李白曾"举杯邀明月，对影成三人"，殊为潇洒，然而终是"月既不解饮，影徒随我身"，月亮难以为伴，影子也徒随自身。纳兰没有选择像李白一样借酒沉醉，醉后援翰写心，感而抒怀。他没有那样的心境。他只有悄悄燃起心字篆香，一人默默思量自己的重重心事，而越思量就越难以为寝，直至早鸦开始啼叫，还"犹未睡"。总言之，这上阕词，重于写景，而景中含情，明丽清晰。

词至下阕，转以言情为主，情中有景。"嫩寒无赖罗衣薄，休傍阑干角"，气候已经有了些许寒意，词人所穿的衣服已经快遮挡不住这微寒了。其实，身寒仍有衣可御，但是心若寒冷，有甚可御？所以他对自己说"休傍阑干角"，因为他知道，纵然把阑干拍遍，也无人理解他的登临之意。最后三句，直抒胸臆而意蕴含婉。君不见，"灯欲落，雁还飞"，这满腔愁绪，怕是又要延续到第二天了。

# 生查子

**【原文】**

东风不解愁，偷展湘裙衩①。独夜背纱笼②，影著纤腰画③。

爇尽水沉烟④，露滴鸳鸯瓦⑤。花骨冷宜香⑥，小立樱桃下。

**【注释】**

①湘裙：指用湘地丝绸制作的裙子。

②纱笼：纱制的灯笼。

③纤腰：细腰。

④爇：燃烧。水沉：即水沉香、沉香。

⑤鸳鸯瓦：指成对的瓦。

⑥花骨：即花骨朵，花蕾。

【赏析】

这首《生查子》为一篇咏愁之作，想来古诗词咏愁之构，佳作迭出，何其浩繁，如李煜的"问君能有几多愁？恰似一江春水向东流"，欧阳修的"离愁渐远渐无穷，迢迢不断如春水"均以春水喻愁，形象地写出了愁之绵长，有悠悠不尽之感；贺铸《青玉案》"一川烟草，满城风絮，梅子黄时雨"层层递进

的三种事物喻愁更与秦观的"春去也，飞红万点愁如海"一样于夸张、比喻的结合中表达了愁之多、愁之深，而宋代著名女词人李清照的"只恐双溪舴艋舟，载不动，许多愁"，则于夸张与比较中衬出了愁之多、愁之重。想必在如此多的佳句面前，纳兰作词咏愁绝非易事。但这首《生查子》写来却也不落窠臼，显

得较为别致。

且看上阕，词人几笔便勾勒出一位浅浅女子的哀婉伤春形象。纳兰作词，大多评家谓之"尤善小令"，此处可见一斑。在这里，作者没有直接描绘女子的容貌，而是以清朝贵族女子平素所穿的湘裙和其纤纤腰身入手，从侧面展现出女子的姿态容貌，给人无限遐想的空间，想来此女何其俊秀，何其温柔。古人作诗，最高境界在于，造景塑性常在于言与不言之间的遐想，此作上阕便有深山不见寺，唯听暮鼓声的效果。

细细品来，东风即是春风，写东风的不解风情，此处便是东风的人格化了。东风却是在偷看湘裙，一个偷字写尽了东风之态，可谓珠玑。湘裙表明了主人公的身份，此处偷看再次暗示出女子的美貌。猜想诗人应该是以东风的视角和身份来观视女子，东风也是女子寂寞的见证吧。下句"独夜背纱笼，影著纤腰画"则交代了时间是晚上：春夜，女子一人在室，视线渐移，细看女子姿态，背靠着丝纱的灯罩，灯光勾勒出女子的纤腰，孤独一影，此画面静谧优美，也有动静映衬，试想软弱的灯光若隐若现，女子的倩影也在摇曳着寂寞，却是那背影伫立安静。一细腰让人浮想，此女子是何等的纤细体态，轻柔娇媚，也让人看到她是如此的娇柔，似有衣带渐宽终不悔，为伊消得人憔悴之感。俨然一副思妇相，绝无半点矫作情。让人想入画探视，猜想女子为何人而愁，在这孤独的夜里一个人难诉愁情。

上阕，几笔文字落在女子身上之物，而非景物描写，在于刻画女子形象，给读者以朦胧之女子容颜，清晰之愁情思绪。此谓画人。

下阕文笔重在写景，描写女子身边环境。景入眼眸的是沉香燃尽的一瞬，香烟袅袅升腾，然后弥散在空气中，犹如女子的愁丝飘散，烟已断，情不断。此处说明夜已深，女子还在孤独徘徊。又转向鸳鸯瓦，露滴已沾瓦片，再次说明夜深难眠。鸳鸯瓦自成双，而女子却是形单影只。此处以双反衬单，以喜衬悲的效果油然而生。已是愁情极致，却还有"花骨冷宜香，小立樱桃下"的冷美景象。作者以花骨比喻女子，立于樱桃花下，静谧而清俗，因愁情而美丽动人。

此首《生查子》主题为咏愁之曲，作者上阕画人，下篇写景，无一愁叹之词，却处处渗透着情愁的气息，字里行间给读者感同身受的触觉。刻画画面上，冷静优美，刻画人物形象上没有冗长的词句，寥寥数笔勾画出内涵丰富女子，笔法细腻。环境的衬托与渲染更是给形象增添了愁绪的内涵，让读者通过环境这一介质直通女子的心里。情与景的融合自然而舒适，优美的字句涂抹出一幅清晰的画面，画中之人，人之内心，与整体俨然相符，女子内心的愁绪也弥漫画卷，令人酸楚。

# 生查子

**【原文】**

鞭影落春隄<sup>①</sup>，绿锦郭泥<sup>②</sup>卷。脉脉逗菱丝，嫩水吴姬眼<sup>③</sup>。啮膝<sup>④</sup>带香归，谁整樱桃宴<sup>⑤</sup>。蜡泪恼<sup>⑥</sup>东风，旧垒眠新燕。

**【注释】**

①隄：同"堤"。

②郭泥：障泥，马鞯，垫在马鞍之下，垂在马背两侧，以遮挡泥土。

③嫩水吴姬眼：形容春水如同吴地美女的眼波。嫩水：春水。吴姬：吴地美女。

④啮膝：良马名。杜甫《清明》有"渡头翠柳艳明眉，争道朱蹄骄啮膝"。

⑤樱桃宴：从唐朝起，科举发榜的时候也正是樱桃成熟的季节，新科进士们便形成了一种以樱桃宴客的风俗，是为樱桃宴。直到明清，风俗犹存。

⑥恼：惹，撩拨。李白《赠段七娘》有"千杯绿酒何辞醉，一面红妆恼杀人"。

**【赏析】**

骑一匹骏马，驰过长堤，步步催马，鞭影横飞，我要看尽这春色的美。骏马飞奔，马鞍两边垂障上的轻尘腾飞。路旁女子含情脉脉，目光炯炯有神，好比吴地佳丽的眼波。我游遍全城，骑马归来，带回一缕春日芬芳。是谁主持了一场樱桃宴会，要来庆贺新科进士们。东风徐徐，蜡烛被吹得跳跃起来，弄得它"泪流满面"。去年的燕巢中钻进了新来的燕子，一切似乎如此春风得意。

这首词作于清康熙十五年（1676年），纳兰性德以殿试考中"二甲七名"后的"春风得意马蹄疾，一日看尽长安花"的潇洒姿态。

纳兰的仕途并未遇到什么阻碍，一方面得益于他的门楣，另一方面，他的个人才情与极深的汉学修养也助他步步高升。无论是儒学汇编《通志堂经解》还是涉猎广泛的《渌水亭杂识》，都显示了他的广博的学识。这样的文武英才，自然备受皇帝器重，前途无量。

这首词恰逢其二十二岁仕途腾达的起点上，词中体现了纳兰初期的入世意识和豪放气魄。古人云"相由心生"，此词中的意象正符合了年少时豪放张扬的纳兰心中的狂喜之情。春色正浓，是一年中生机勃勃的开始，孕育了无限生机，在这个时候横鞭策马，即便是飞驰的马蹄溅起春泥，沾湿绿锦，也是不足惜的。除却美景相伴，还有佳人含情的目光，无须多做形容，一双"嫩水吴姬眼"就把女子的美貌描绘得生动形象，不由得让人想起一双波光水嫩的大眼睛。"鞭影""绿障""春堤""菱丝""嫩水"，各种充满了动感、孕育着生命力的事物重合，将词人激动的心情，舒畅的感受表达得淋漓尽致。如此张扬放纵、豪气冲天，难怪人都言"少年得志、金榜题名"是人生三大幸事之一。

由策马游城为起，描绘途中美景佳人，而后下片承接写至"归"。"归"为"咭膝带香归"，踏尽繁花，享受了众人艳美的目光，即使归来，依旧满身余香。而为了迎接归来，又有人备好了"樱桃宴"，觥筹交错，均是庆贺之词，哪能不叫人心动流连！烛光闪烁，天色已晚，流年似水，这场宴会不知举办过多少次了，但今年却是轮到"新燕"。"蜡泪"本多为悲凉之意象，但在此，一个"恼"字却将红烛也写得俏皮了起来，红烛不再是孤独垂泪，顾影自怜，却似怨恼东风不该，更为人性化，与"东风"恰似一对冤家。最后一句以"新""旧"对比，暗喻光阴流逝，"旧垒"住进"新燕"，虽有感慨，却依旧积极明媚，因为今年的词人，正是入眠的新燕，也正是如此循环往复，世界才得以生生不息。

《生查子》作为纳兰前期的代表作之一，我们可以从中看到年少的他意气风发，与往后纳兰厌倦官场后的缱绻之词有很大的差异，也正是这种差异，我们才可以看得出一个人的成长历程。

# 生查子

【原文】

散帙坐凝尘①，吹气幽兰并。茶名龙凤团，香字鸳鸯饼②。
玉局类弹棋，颠倒双栖影③。花月不曾闲，莫放相思醒④。

【注释】

①散帙：指打开的书卷。坐：无故，自然而然。凝尘：尘土聚积。

②茶名二句：龙凤团，茶名，即龙团凤饼，为宋代著名的贡茶，饼状，上有龙纹，故名。鸳鸯饼，形似鸳鸯的焚香饼。一饼之火，可熏燃一日。

③玉局二句：玉局，棋盘之美称。弹棋，古代一种博戏，后至魏改为十六棋，唐为二十四棋。

④莫放句：莫引起相思之情。

【赏析】

被寂寞打开的书卷，经久地合上了。纵然书中有全宇宙的文字，可是没有你的名字。所以，那简陋的爱情，将无法在你那泛黄的日记里驻足停留。

伊人依旧，静若幽兰，美在空空的谷底。可是你寂寞到，要怀念自己了。你为谁流落于此？流落成落寞的音符，奏不成一支思念的曲子。这个花月之夜。你的爱怜，如这么多年的往事。

这个花月之夜。菩提树又开花了，引起你心中无限惆怅……那时，你是何等的温柔，花瓣撒落到她织满月光的鬈发上……

关于这阕词，历来争论甚多。有人认为作为相府的长公子，纳兰性德是生长在温柔富贵之家，这阕《生查子》便是其饫甘餍肥的贵家生活的生动写照。

也有人认为这是一阕抒发对恋人妻子的真情挚爱的忆旧词，因为"幽兰""龙凤团茶""鸳鸯香饼"、"双栖影"以及不曾闲的"花月"都衬托了词人对心上人的无限相思。

以上两解皆有道理，然而亦是"局部之真理"。此阕词实际上是一首闺怨词，词人是借少女的闺怨来感怀自己百无聊赖的境况，而在客观上又反映了词人身居贵族之家绮艳优裕的生活。

首句"散帙坐凝尘"说的是散乱的书卷早已蒙上细细的尘土，显然说明了女主人公无所事事的心境已经持续很久了，这一"坐"字，当"无故、无由"来解，表面是不知道什么原因，实际上是慵懒无聊、不想读书。"吹气幽兰并"，这位美丽女子口中散发的温香如兰似麝，然而却是幽兰陷于空谷，无人欣

赏。以下四句，词人用龙凤、鸳鸯、双栖鸟儿皆成双作对来反衬出女主人公的孤单寂寞。你看，即使桌上新沏的龙凤团名茶，燃着鸳鸯饼的香料，她也无法兴致勃勃，好不容易下棋解闷，却又看到双宿鸟儿幸福甜蜜的身影映现在棋盘上。于是，只好发出感叹"花月不曾闲，莫放相思醒"，告诉自己不要生起相思之情。一个"醒"字，一下子就把上边所描绘的幸福美满的欢乐之景拉入梦中。"花月"自然是夜晚，相思也是在梦中，想必那时梦中的自己也流露出微笑了吧。透过最后两句，一种不满闺中生活却又无可奈何的心境，便流露无遗了。

这首词中，纳兰全然不写半点哀愁，但细细读来，全篇句句成哀，句句是悲。词人做此作时，该是梦醒人无，其凄凉心境下发此艳丽之语，定然是有心布置的。

同是写闺怨，纳兰这首小令，遣词用语尽透着华丽之气，诚如夏敬观《蕙风词话诠评》所言，"寒酸语，不可作，即愁苦之音，亦以华贵出之，饮水词人，所以重光后身也。"

# 生查子

**【原文】**

短焰剔残花，夜久边声寂①。倦舞却闻鸡②，暗觉青绫③湿。
天水接冥濛④，一角西南白。欲渡浣花溪⑤，远梦⑥轻无力。

**【注释】**

①短焰两句：残花，烛花，烛心燃烧后结成的穗状物。边声，指边地特有的声音。

②倦舞句：古以闻鸡起舞作为壮士奋发之典故，这里说的是倦于"起舞"却偏偏"闻鸡"的矛盾心情。

③青绫：青色的有花纹的丝织物。古代贵族常以之制作被服帷帐等。

④冥濛：幽暗不明。

⑤浣花溪：在四川省成都市西郊，为锦江支流，溪旁有杜甫故居浣花草堂。这里借指自己的家。

⑥远梦：指思念远方的梦。

**【赏析】**

惦念是否真只是因为不舍？念念不忘是否只是因为依恋？那一年，你忘了桃花开过没有。那一年，你说，她一袭粉红，美若仙子。即使那时，她总是爱着一身青衣纱袍，落三千青丝。

夜凉如水，今夜的你，远在天涯。今夜的她，仍在故园的梦寒湖畔，披下一肩长发，不带任何珠花，步摇。风起时，她的白衣布袍就这样随着风，飘啊，飘。你可曾看见，梦寒湖畔她的身影？你可曾听见，她为你吟诵的一首《竹枝词》——山桃红花满上头，蜀江春水拍山流。花红易衰似郎意，水流无限似侬愁。

本阕词为随扈出塞中的思家之作。

上阕言词人身在边地，入夜起徘徊，离忧难禁，惆怅难眠。"短焰剔残花"，写的是蜡烛燃久，烛花渐高，火焰渐短，故需要把残存的烛花剔去，即剪烛，李商隐《夜雨寄北》里就有"何当共剪西窗烛"的诗句。

当然，离家之后，词人也会像李义山一样，想念千里之外的妻子，也会回想和妻子在一起聚首西窗、共剪烛花的恩爱日子。不过词人此时不是在四川，而是身在边塞，能听见"胡笳互动，牧马悲鸣"的萧索边声，只是由于寒夜已久，这些吟啸之声已经沉寂，暂不能闻。

边声没有听到，荒鸡鸣叫的声音，却听到了。"倦舞却闻鸡"一句，用典出新出奇，深藏了诗人的隐怨。《晋书·祖逖传》中有记："（祖逖）与司空刘琨俱为司州主簿，情好绸缪，共被同寝。中夜闻荒鸡鸣，蹴琨觉曰：'此非恶声也。'因起舞。"本来，闻鸡当起舞，壮士当奋发，有所作为，但是词人闻鸡，却倦于起舞了，不但如此，还"暗觉青绫湿"，清晨的雾气已经把他的衣裳打湿，让他心生寒凉。纳兰反用"闻鸡起舞"的典故，说"倦舞却闻鸡"，表达了他真实而又矛盾的情感。其实纳兰所有词中，他内心矛盾体现得最明显的，就在后期身处边塞所做的作品中。他由于厌倦官场，无心于仕途，细腻的情感无处倾诉，身处边塞，岂能安心入睡？"闻鸡起舞"的积极入世态度本非他所钟爱的，他只能差强人意地生活而不得自由。

纳兰填词就是如此地将情感真实地凸显出来，并不多加掩饰，他也自称"予本多情人，寸心聊自持"。

词至下阕，转以浪漫之笔法出之，写梦里情景，于迷离彷徨中表达了怨尤与离忧交织的心曲。"天水接冥濛，一角西南白"，此二句言处于西南方的家乡已在千里之外，故水也是"天水"，并且由于距离遥远，幽暗不明，在晨光之中泛出一片朦胧之色。既然遥不可及，那就借着梦回去吧，可谁料梦也"轻无力"，不能承托，词人只有任由无边的黑暗把自己吞没了！结句意境凄幽沉婉，尤令人心痛。

# 生查子

【原文】

散帙坐凝尘<sup>①</sup>，吹气幽兰并<sup>②</sup>。茶名龙凤团<sup>③</sup>，香字鸳鸯饼<sup>④</sup>。

玉局类弹棋<sup>⑤</sup>，颠倒双栖影。花月不曾闲，莫放相思醒。

**【注释】**

①散帙：打开书帙。亦借指读书。凝尘：积聚的尘土。

②吹气幽兰：谓美人气息之香更胜兰花。

③龙凤团：茶名，即龙凤团茶，又称龙团凤饼，为宋代著名的贡茶，饼状。

④香字：犹香篆，指焚香时所起的烟缕。鸳鸯饼：古代形似鸳鸯的焚香饼，一饼之火，可终日不灭。

⑤玉局：棋盘的美称。弹棋：古代棋类游戏，源于西汉，相传汉武帝好蹴鞠，群臣谏劝，东方朔以弹棋进之，武帝便舍蹴鞠而尚弹棋；另一晚西汉成帝时刘鹜仿蹴鞠形制而作，初用十二枚棋，每方六枚。两人对局时轮流以石箭弹对方棋子。魏时改用十六枚棋，唐代又增为二十四枚棋。宋代以后，因象棋盛行而渐趋衰落。

**【赏析】**

词中生动地描绘了贵族之家绮艳优裕的生活：读书时，虽然四周积聚了些许的微尘，然而身边却有吐气如兰的爱妻伴坐。品味着龙凤团名茶，燃着鸳鸯饼的香料。两人一起下棋，看棋盘上的影子成双成对。花好月圆，好不惬意。

**【词人逸事】**

纳兰性德是历史上很少遇到美满婚姻又能沉醉于婚姻的诗人，康熙十三年十九岁的纳兰性德与十七岁的卢氏成婚。自此掀开了他们夫妻爱情生活的帷幕。卢氏是两广总督、兵部尚书卢兴祖的女儿。父亲是地道的封疆大吏，女儿自然也是与纳兰门当户对的大家闺秀。史上关于卢氏的记述："夫人生而婉，性本端庄，贞气天情，恭客礼典。明铛佩月，即如淑女之章，晓镜临春，自有夫人之法……幼承母训，娴彼七襄，长读父书，佐其四德。"

这对少年夫妻无限恩爱，柔情万般。这个时期的诗词中，任何人都能感受到神怡心醉的燕尔之悦。纳兰为夫人画像填词，赌书对弈，可谓琴瑟合鸣、美意融融。那种在世俗人眼里几近完美的家庭环境，郎才女貌，无论从物质到精神都构成所谓天设地造的金玉良姻。

这种幸福生活直到三年后卢氏因难产而撒手离去，纳兰的生活也被彻底打碎。作为一个爱妻深切的多情之人，纳兰性德将妻子病逝的责任担在自己肩上，长期处于自责当中，陷入了一种无法解脱的死结。而自此之后他的词风为之一变，写出了一首首令人肝肠寸断、万古伤心的悼亡之词。

# 生查子

【原文】

惆怅彩云飞<sup>①</sup>，碧落知何许<sup>②</sup>？不见合欢花<sup>③</sup>，空倚相思树<sup>④</sup>。

总是别时情，那得分明语。判得最长宵<sup>⑤</sup>，数尽厌厌雨<sup>⑥</sup>。

【注释】

①彩云飞：彩云飞逝。

②碧落：道家称东方第一层天，碧霞满空，叫作"碧落"。后泛指天上（天空）。

③合欢花：别名夜合树、绒花树、鸟绒树，落叶乔木，树皮灰色，羽状复叶，小叶对生，白天对开，夜间合拢。

④相思树：相传为战国宋康王的舍人韩凭和他的妻子何氏所化生。据晋干宝《搜神记》卷十一载，宋康王舍人韩凭妻何氏貌美，康王夺之，并囚凭。凭自杀，何氏投台而死，遗书愿以尸骨与凭合葬。王怒，弗听，使里人埋之，两坟相望。不久，二冢之端各生大梓木，屈体相就，根交于下，枝错于上。又有鸳鸯雌雄各一，常栖树上，交颈悲鸣。宋人哀之，遂号其木曰"相思树"。后以象征忠贞不渝的爱情。

⑤判得：心甘情愿地。

⑥厌厌：绵长、安静的样子。

**【赏析】**

　　《生查子》这个词牌，句句仄韵，历来多用来写愁。吴梅在《词学通论》中有言："惟词中各牌，有与诗无异者。如《生查子》何殊于五绝？此等词颇难著笔。又需多读古人旧作，得其气味，去诗中习见辞语，便可避去。"纳兰的这首《生查子》，也是写愁之作，却是颇得五绝精髓所在。

　　此词颇像悼亡之词。上片首句一出，迷惘之情油然而生。"惆怅彩云飞，碧落知何许？"彩云随风飘散，恍然若梦，天空这么大，会飞到哪里去呢？可无论飞到哪里，我也再见不到这朵云彩了。此处运用了托比之法，也意味着诗人与恋人分别，再会无期，万般想念，万分猜测此刻都已成空，只剩下无穷尽的孤单和独自一人的凄凉。人常常为才刚见到，却又转瞬即逝的事物所伤感，云彩如此，爱情如此，生命亦如此。"合欢花"与"相思树"作为对仗的一组意象，前者作为生气的象征，古人以此花赠人，谓可消忧解怨。后者却为死后的纪念，是恋人死后从坟墓中长出的合抱树。同是爱情的见证，但诗人却不见了"合欢花"，只能空依"相思树。"更加表明了纳兰在填此词时悲伤与绝望的心境。倘若从典故来看，也证明了此词的悼亡之意。

下片显然是描写了诗人为情所困、辗转难眠的过程。"总是别时情"，在诗人心中，与伊人道别的场景历历在目，无法忘却。时间过得愈久，痛的感觉就愈发浓烈，越不愿想起，就越常常浮现在心头。"那得分明语"，更是说出了诗人那种怅惘惋惜的心情，伊人不在，只能相会梦中，而那些纷繁复杂的往事，又有谁人能说清呢？不过即便能够得"分明语"，却也于事无补，伊人终归是永远地离开了自己，说再多的话又有什么用呢。曾经快乐的时光，在别离之后就成了许多带刺的回忆，常常让诗人忧愁得不能自己，当时愈是幸福，现在就愈发地痛苦。

然而因不能"分明语"那些"别时情"而苦恼的诗人，却又写下了"判得最长宵，数尽厌厌雨"这样的句子。"判"通"拼"。"判得"就是拼得，也是心甘情愿的意思，一个满腹离愁的人，却会心甘情愿地去听一夜的雨声，这样的人，怕是已经出离了"愁"这个字之外。

王国维在《人间词话》中曾提到"愁"的三种境界：第一种是"为赋新词强说愁"，写这种词的多半是不更事的少年，受到少许委屈，便以为受到世间莫大的愁苦，终日悲悲戚戚，郁郁寡欢。第二种则是"欲说还休"，至此重境界的人，大都亲历过大喜大悲。可是一旦有人问起，又往往说不出个所以然来。而第三种便是"超然"的境界，人入此境，则虽悲极不能生乐，却也能生出一份坦然，一份对生命的原谅和认可，尔后方能超然于生命。

纳兰这一句，便已经符合了这第三种"超然"的境界，而这一种境界，必然是所愁之事长存于心，而经过了前两个阶段的折磨，最终达到了一种"超然"，而这种"超然"，却也必然是一种极大的悲哀。纳兰此处所用的倒提之笔，令人心头为之一痛。

通篇而看，在结构上也隐隐有着起承转合之意，《生查子》这个词牌毕竟是出于五律之中，然后纳兰这首并不明显。最后一句算是点睛之笔。从彩云飞逝而到空倚合欢树，又写到了夜阑难眠，独自听雨。在结尾的时候纳兰并未用一些凄婉异常的文字来抒写自己的痛，而是要去"数尽厌厌雨"来消磨这样的寂寞的夜晚，可他究竟是数的是雨，还是要去数那些点点滴滴的往事呢？想来该是后者多一些，诗人最喜欢在结尾处带住自己伤痛的情怀，所谓"欲说还休，

欲说还休，却道天凉好个秋"，尽管他不肯承认自己的悲伤，但人的悲伤是无法用言语来掩饰住的。

纳兰这首词，写尽了一份自己长久不变的思念，没有华丽的辞藻，只有他自己的一颗难以释怀的心。

## 【词人逸事】

合欢是夫妻恩爱的象征，合欢花在纳兰性德的眼里和心中都是甜蜜爱情的回忆。甚至在他临死之前还念念不忘那段琴瑟合鸣的美好。康熙二十四年五月二十三日，纳兰性德在寓所召集梁佩兰、顾贞观、姜宸英、吴天章、朱彝尊等人，举行了他生前最后一次宴会。席间，他们以庭院中两棵合欢花分题歌咏，纳兰性德写下一首五律：

> 阶前双夜合，枝叶敷华荣。疏密共晴雨，卷舒因晦明。影随筠箔乱，香杂水沉深。对此能销忿，旋移迎小楹。

第二天，纳兰性德便卧床不起，"七日不汗"，高烧不退，继而溘然长逝。而去世日期正是康熙三十四年五月三十日，这一天也是其原配夫人卢氏逝世八周年忌日。这对恩爱夫妻终于在冥冥之中团聚了。

# 点绛唇

寄南海梁亭①

**【原文】**

一帽征尘，留君不住从君去。片帆何处②，南浦沉香雨③。
回首风流，紫竹村边住。孤鸿语④，三生定许⑤，可是梁鸿侣⑥？

**【注释】**

①梁药亭：梁佩兰，字芝五，号药亭，别号柴翁，晚更号郁洲。广东南海人。顺治十四年乡试第一，后屡试不第，即潜心治学，从事诗歌写作，名噪一时。康熙四十二年被召回翰林院供职，因不识满文而罢。次年返乡，与屈大均、陈恭尹并称为"岭南三家"，有《六莹堂诗集》。
②片帆：孤舟，一只船。

③南浦：南面的水边，后常用称送别之地。《楚辞·九歌·河伯》："子交手兮东行，送美人兮南浦。"沉香：即沉香浦，地名，在广州西郊的江滨。相传晋广州刺史吴隐之曾投沉香于其中，因而得名。

④孤鸿：孤单的鸿雁。

⑤三生：佛家所说的三世转生，即前生、今生和来生。

⑥梁鸿：指东汉梁鸿。东汉梁鸿家贫好学，不仕，与妻孟光隐居霸陵山中以耕织为业，后避祸去吴，居人庑下为人舂米，归家孟光为之备食，举案齐眉。世人传为佳话。后以"梁鸿"喻指丈夫，亦喻贤夫。

**【赏析】**

好朋友要走了。这一走，梦破南楼，山长水阔知何处？

你知道，从此千帆过尽，或许不会再有他。所以你百计留他。

可是来去苦匆匆，泪沾长襟，但留天涯一时，留不得漂泊一世。留君不住。好朋友走了。带着黄昏的一片晚云，他走了。思君如流水。你燃起一缕沉香，紫竹村里的风流，像一首老歌。

梁药亭为了参加进士考试，长期滞留京师，故与容若相识，结为知己。药亭在《赠成容若侍中》诗中写道："及尔见君子，和颜悦且康。顾念我草泽，自忘躬貂珰。"足见二人相交之友情非同一般。但药亭仕进不利，故于清康熙二十年（1681）离京返粤，此篇大约作于是年。当药亭离京后，容若填此寄赠，表达了对他的深切的怀念。

"一帽征尘，留君不住从君去。"起首一句写药亭意欲南归，留也留不住的惜别眷恋之情。"留君不住从君去"，这句虽然势平语简，但是送别之情却有几许翻转，其依本于宋蔡伸《踏莎行》词云："百计留君，留君不住。留君不住君须去。"将蔡词三句凝成的深情厚谊收缩于简短一句之中，自是含蕴深远。

## 【词人逸事】

张纯修字子敏，号见阳，又号敬斋，祖籍河北丰润，出生奉天辽阳，隶满洲正白旗，为内务府包衣。后以进士第授江华县令，官至庐州知府。张见阳与纳兰性德相交甚厚，甚至结为异姓兄弟。纳兰性德翰墨传世不多，所能见到者，唯张见阳集其往来尺牍（自丁巳康熙十六年至庚申康熙十九年间），"装池成卷"它是目前唯一研究纳兰笔札的珍贵资料。自张纯修结识纳兰性德以后，他将一部分藏品转赠给纳兰性德。足见二人志趣相投，爱好相从，品性相尚。纳兰性德也曾在给张纯修的信中说道："一人知己，可以无恨，余与张子，有同心矣。"

纳兰性德去世后，张纯修为其辑刻《饮水诗词集》并作序，称其"所以为诗词者，依然容若自言，'如鱼饮水，冷暖自知'而已"。而词中这副栩栩如生的《风兰图》，正是张纯修为纳兰性德所画。此时，张见阳正在湖南江华，因此词中才有"第一湘江雨"之句，称道见阳所画之风兰堪称画中第一。

# 点绛唇

【原文】

小院新凉，晚来顿觉罗衫①薄。不成孤酌，形影空酬酢②。
萧寺③怜君，别绪应萧索④。西风恶，夕阳吹角，一阵槐花落。

【注释】

①罗衫：丝织衣衫。

②酬酢：主客之间相互敬酒，主敬客曰酬，客敬主曰酢。

③萧寺：佛寺。

④萧索：萧条、凄凉。

【赏析】

姜西溟是"江南三布衣"中的一位，在京时与纳兰交游甚密，这首词多为纳兰怀念姜西溟所作。

在这首寄词中，纳兰以"小院新凉"起笔，言及天气刚刚转冷，后句由"晚来"自然说到那一天至傍晚时，天气变得凉了，而由"清朝'博学鸿词'考试一般设于秋季"可知，此处说的应该是秋凉。秋凉便觉有些寒意了。

词的上阕从自己的感官出发，写怀友心绪：天色已晚，小院里忽然添了几分寒意，便觉得此时衣裳有些单薄了。念及此处，便想起那友人，为下阕怀人之言埋下伏笔。此时我只能一个人独饮驱寒，"形影空酬酢"一句便把自己的伤怀念远、孤独寂寞的心情刻画得惟妙惟肖。一个人独饮闷酒，自然是对着自己的影子对饮长歌了。可谁又是主谁又是客，来来去去还不是自己一个人罢了。

下阕自然承接到怀念友人处，便提及萧寺。自友人处起笔，想起当初跟友人在萧寺中惺惺相惜之情，对饮长谈之景，对比此刻自己的形影相吊，忽而不觉黯然。恰巧是在萧寺，虽史说"梁武帝萧衍笃信佛教，多造立寺院，而冠以己姓，称为萧寺"，其名出自萧姓，但也觉萧索之意，遂有了下句"别绪应萧索"。此处纳兰匠心独运，把自己的情感转而嫁接到随后而至的秋凉之感上，又用萧寺做引子，显得十分巧妙有味。后边几句乃从容道来，一点都不带滞凝之感。

想想此处应是这种风景：西风劲吹夕阳，虽带着晚风，天气转寒，我怀念友人是否衣缕单薄，不抵风寒呢？想到你处，自是那槐花也承受不起这风寒，萧萧索索，落了一阵，你是否也执酒驱寒，跟我一般寂寞独酌呢。

纳兰此作将自己的思友之情藏起，上阕写己，下阕转至友人，把笔触瞄准了各种秋景，景语之处，句句怀人，显得尤为真挚感人。

# 点绛唇

咏风兰

【原文】

别样幽芬①，更无浓艳催开处。凌波②欲去，且为东风住。

忒煞萧疏③，争耐秋如许。还留取，冷香半缕，第一湘江雨。

【注释】

①别样：特别、不寻常。幽芬：清香。

②凌波：形容轻盈柔美地在水上行走的姿态。

③忒煞萧疏：意为过分稀疏。忒煞，亦作"忒杀"，太、过分。萧疏，稀

疏、萧条。

**【赏析】**

题画，自古以来大抵有两种传统，一是直写画中风物，二则不是直写风物，亦不限于物内，往往有所发现与寄托。前者重于形，后者工于神。工于神者往往能够更好地表现出所画之物的精髓和气韵来，因此也更受到文人墨客们的推崇和追寻。如同这首《点绛唇·咏风兰》。

关于风兰的"形"，在这首词中我们能够获知的仅仅是它不浓艳，淡雅轻盈。既不像唐朝的诗人杜甫写"卷帘唯水白，隐几亦青山"那样明洁而富于技巧，也不像宋代诗人王安石写"一水护田将绿绕，两山排闼送青来"那样逼人眼球，更多的风致却是来自对于"神"的摹写。

本词选取了风兰的一个特性——幽香来写，为我们呈现出一幅淡雅清香的兰景图。闻觉一阵幽香隐隐飘来，环顾四寻，却没有看到有什么浓艳的花朵，倒是清雅的风兰摇曳出别样的风致，一种浅浅的欣喜涌上心头。但转而又产生焦虑，这淡雅幽香的花将要飘落进河水，惋惜感慨的同时也带给我们新的意象空间。

本是题一幅静态的画，却写出了风兰律动的凄美和词人随之变换的情思。中国山水画向来注重意境的营造，无论是着墨之处还是空白之处，无论是浓涂还是淡抹，都有着对于风物表现的深藏的动机。

纳兰性德的词里行间有一种悠长无尽的画意。没有注明，也无须提示，"香""冷""雅"便从纸墨间殷殷透出，随着清澈的流水，随着淅淅沥沥的湘雨，渗着无限凄美的意蕴。

就意境而言，画的空间是广阔的，词的空间也是广阔的。两者的交契融合带给我们视觉与神觉上的美好享受。

# 点绛唇

对月

【原文】

一种蛾眉①，下弦不似初弦好。庾郎②未老，何事伤心早？
素壁斜辉③，竹影横窗扫。空房悄，乌啼欲晓，又下西楼了。

【注释】

①蛾眉：指蛾眉月，新月前后的月相。呈弯形，犹如一道弯眉，故名。

②庾郎：指南朝梁诗人庾信。

③素壁：白色的墙壁、山壁、石壁。斜辉：指傍晚西斜的阳光。

**【赏析】**

本篇《点绛唇》汪刻有副题：对月。而从词中所抒写之情景看，确如副题，此作是一首对月伤怀、凄凉幽怨之作。

上阕写到"蛾眉""下弦""初弦"，都指代的是明月，而明月在古典诗词中都被历史地赋予了相思之情。这样的冷清的下弦月挂在天空，本身就是容易使人伤感的意境，作者又将其与满月做比较，便奠定了整首词的悲戚的色彩。古人每每见到残破的，不圆满的景象都会有一种伤感的情怀。"庾郎未老，何事伤心早？"这句中"庾郎"是作者借以自喻，借庾信的人生际遇表现了自己现在的状况，还表明了他自己此时此刻的孤单与寂寞，作者此刻还正值壮年，正是人生的大好时光，本该是意气风发的时候，然而对妻子的思念却让他的心境苍老了几十岁，已经失掉了许多人生中该有的乐趣。这一切都表明了作者此时此刻客居异地时的孤寂思乡之情，他看到的这一切景色都让作者感到伤心惆怅，以至于产生了难以排解的寂寞。

下阕都是写景，以景寓情的手法在宋词中运用得比较多，这句描绘了作者此时居住的地方的景色，作者化情思为景句，将一切的思念都寄托在了眼前的景色之中，寓情于景又含蕴要眇之致。

"素壁斜辉，竹影横窗扫。"月光静静挥洒在淡雅的墙壁上，竹影缭绕，交错地映在上面，让人感觉它们很是孤单。一个"扫"字，更加丰满了这些静物的意象，有一种静中有动的感觉。"空房悄，乌啼欲晓"，静寂的房屋中仿佛又响起了那悲切的啼叫，那悲凉的声音在房间萦绕，久久不能散去，充斥着作者的耳膜，而作者又想到已经亡故多年的妻子，睹物思人，作者料想她如果还健在，一定会在家中的楼上盼望自己能够回去，而自己此时却在异地他乡，与她有千里之遥，更是久久不能归家，这一切都说明了妻子对自己的相思之情，作者借妻子来表明自己的思人、思乡难耐的情怀。而此处与其说是描写了一间空荡荡的屋子，不如说是描写了作者的心房，那种心中空空如也，无依无靠的感觉，让读者从更深的层次明白了作者的悲痛。词末句"又下西楼了"，一个"又"字表明了作者对已故妻子的思念之痛每日都在折磨自己。月亮在拂晓时候隐去，这是大自然的规律，千百年来从未变过，然而每当此时，作者的心都会沉浸在一种思念的悲伤中，此处一句，更让通篇那种离愁别绪抒发得淋漓尽致。

就总体而言，这篇词是作者的思乡怀人之作。纳兰性德作为一个富家公子，虽然仕途如意，家世显赫，令许多人羡慕，但自己的感情生活却并不如意。他的前妻卢氏因为难产而死，对他的打击很大。纳兰容若虚年三十二岁就去世，他赋悼亡之年是二十三岁，卢氏卒后，他虽然是"续弦"了的，但"他生知己"之愿，"人间无味"之感，几乎紧攫他最后十年左右的心脉。纳兰对卢氏情真意笃，对和卢氏的恩爱生活没齿难忘。他为之写了许多悼亡词。而这一首，也颇似悼亡之词。这篇词的风格婉丽凄清，通篇虽然只用了几个淡雅的意象，写出几个冷清的场景，但其中所透露出的无形的哀思，却是难以掩饰的。他写词从来不矫揉造作，而都是发自内心，情至深处，一草一木在他的词中都会被赋予无尽的情感。

　　这篇词重在抒发杂感，睹物思人，客居他乡，都是作者此时孤独寂寞心情的外在表现。作者在百无聊赖之际，能做的只有对故乡的思念和对亡妻的无限缅怀。

　　也有人说这篇词是作者专门为怀念亡妻而作，从"未老""伤心""空房"

等语看，是为卢氏亡故后作。

**【词人逸事】**

纳兰性德生平颇多传奇，如生长华阀、位居清要，但情思抑郁、倦于仕禄，并"惴惴有临履之忧"。其虽为满洲贵族，然而所结交的却多为汉人才学之士。在清初那种满汉之防甚严、成见极深的情况下，纳兰却与世称落落难合的"一时俊异"顾贞观、姜宸英、严绳孙、陈维崧、秦松龄等交友契厚。同时，纳兰仗义解囊，才情富艳，颇为狷狂，得姜宸英辈赏识，所以缔为深交。因为姜宸英到京参加"博学鸿词"考试，在京时曾寓萧寺。从"萧寺怜君"一句来看，此词大约就是写给好友姜宸英的。

# 点绛唇

黄花城①早望

**【原文】**

五夜②光寒，照来积雪平于栈③。西风何限，自起披衣看。

对此茫茫，不觉成长叹。何时旦，晓星欲散，飞起平沙雁④。

**【注释】**

①黄花城：在今北京怀柔境内。纳兰扈从东巡，此为必经之地。一说在五台山附近。

②五夜：即五更。古代将一夜分为甲、乙、丙、丁、戊五段，此指戊夜，即第五更。

③栈：栈道。又称"阁道""复道"。中国古代沿悬崖峭壁修建的一种道路。

④平沙雁：广漠沙原上的大雁。

【赏析】

大雁飞回了故乡。它们挥动着翅膀，多像挥动一把把剪刀，途中剪碎了什么。是昔去雪如花，今来花如雪？还是昔我往矣，杨柳依依。今我来思，雨雪霏霏？或是，或不是。你只知道，自己在杨柳青青季节依依离去，却无法在雪花飘飘季节踽踽归来。想家，就轻吟一曲淡淡感伤，淡淡愁。而你最大的愿望也就是——在老去的时候，能卸下这一身侍卫的盔甲。在荒芜已久的花园里，种一些树，调一弦素琴，填一首淡泊以明志的小令。

卢氏死后，纳兰随帝王南巡北狩，把自己放逐到万里西风瀚海沙里面去，放逐到斜阳下、断碣残碑里面去。

此时的词又多了铮铮之音，令人耳目为之一新。而这样的词句，却还是不脱悲凉，即使意境开阔了许多。譬如这首《点绛唇》即是如此。

词的上阕展示的是一幅寒夜阑珊的雪景图。天色将明，已到五更，雪光映照，寒气逼人。在雪光的辉映下，诗人看到积雪已经和栅栏齐平。"照来积雪平于栈"中一"平"字写出了下雪之大，天气之严寒，早已不是"今我来思，雨雪霏霏"中的飘飘花雪了，而是早已"积土成山"的积雪，从而给人一种冷凝冰滞之感。再加上西风大作，惊扰词人清梦，难以成眠，于是只好"自起披衣看"。一"自"写出了孤独寂寞之苦。

下阕为感叹。既是行役，那么离家千里，长途跋涉，饱受颠沛流离之苦自是难免，况且还碰上了这样恶劣的天气！遂对此茫茫一片，"不觉成长叹"。长叹什么？或许是感喟漫漫长夜，风一更雪一更，无人能解难耐清寂孤独之苦，或许是叹息虽是天高地阔，远离那枷锁繁华，却依然自由不得，抑或是感叹身在大漠，边声寒苦，而家乡远在千里之外。但是不管如何百感交集，词人总希望能早一些天亮，见到阳光，似乎这是唯一的解脱。于是词人发出了殷殷的期望：晨星将要散落，城下河边沙滩上大雁正飞起，天什么时候才能亮？

整阕词全用白描，但朴质中饶含韵致，清奇中极见情味。

【词人逸事】

梁佩兰自少攻读经史百家之学。清顺治十四年参加广东乡试，获中第一名（解元）。此后六次参加会试均落第。至康熙二十七年，他已年近花甲，但仍第七次赴京参加会试，终于考取进士。旋被授为翰林院庶吉士。梁佩兰为参加进士考试，长期滞留京师，故与纳兰性德相识，结为知己。在《赠成容若侍中》诗中写道："及尔见君子，和颜悦且康。顾念我草泽，自忘躬貂踏。"但梁佩兰仕进不利，故于清康熙二十年离京返粤，纳兰性德作此词赠别，表达了对他的深切怀念。

康熙二十三年，纳兰性德曾还寄信约他北上共选宋诸家词，信中写道："不知足下乐与我共事否？处此雀喧鸠闹之场，而肯为此冷淡生活，亦韵事也。望之！望之！"虽然这件事最后没能成行，然而梁佩兰还是应约来到北京。康熙二十四年五月，纳兰病前一日曾与南北名士共咏双夜合欢花，其中就有梁佩兰，可见两人相交密切，感情甚笃。

# 浣溪沙

【原文】

一半残阳下小楼，朱帘斜控软金钩①。倚阑无绪不能愁。

有个盈盈骑马过②，薄妆浅黛亦风流③。见人羞涩却回头。

【注释】

①朱帘：红色帘子。斜控：斜斜地垂挂。

②盈盈：仪态美好的样子。这里指仪态美好的女子。

③薄妆：淡妆。浅黛：指用黛螺淡画的眉。

【赏析】

黄昏时分，你登上狭窄的小楼。夕阳被你娇小的步子挤下了山，留下栏杆一排，珠帘一条，飞鸟一双。

你就这样静静地伫立。左边的鞋印才黄昏，右边的鞋印已深夜。你的愁，很淡，很芳香。它让你又一次数错了，懒惰的分分秒秒。

终于，你骑一匹小马出城。怀中的兰佩，温软，如满月的光辉。他看你时，你也想看他。但是，你却莞尔回头。

纳兰词总的来说都过于伤情悲切。当然，也有些明快的篇章，虽然为数极少，却是难得的亮色。比如这阕清新可人的《浣溪沙》。

　　上阕情语出之于景语，写女子意兴阑珊之貌。首句点明时间是黄昏，正是夕阳西下时分，朱帘斜斜地垂挂在软软的金钩上，一副颇无心情的懒散样子。"倚阑无绪不能愁"是说这位女子倚靠着阑杆，心绪无聊，而又不能控制心中的忧愁。此三句以简洁省净之笔墨描摹了一幅傍晚时分的深闺女子倚栏怀远图，为下阕骑马出游做好铺垫。

　　下阕亦刻画了一个小的场景，但同时描绘了一个细节，活灵活现地勾画出这位闺中女子怀春又羞怯的形象。"有个盈盈骑马过"一句，清新可喜，与清照"倚门回首，却把青梅嗅"有异曲同工之妙。特别是"盈盈"一词，形容女子，有说不出的熨帖生动，不由叫人想到金庸《笑傲江湖》中那位美貌少女任盈盈，以及《笑傲江湖·后记》中金庸对她的评价："这个姑娘非常怕羞腼腆"。"薄妆浅黛亦风流"一句则凸现了她的风情万种，"薄""浅"形容她的容貌，"亦"字说她稍加打扮就很漂亮。那这样一个袅娜婷婷的小女子出去游玩会发生什么样的趣事呢？末句言，"见人羞涩却回头"。好一个"见人羞涩却回头"！这只是少女一个极细微的，几乎叫人难以察觉的动作，词人却捕捉到了，轻轻一笔，就活灵活现地勾画出闺中女子怀春又娇羞的复杂心情。可以说骑马少女薄妆浅黛羞涩回头的神态，把原本显得低沉的夕阳、小楼、斜挂的朱帘、软垂的金钩及无聊的心绪衬托为一幅情景交融、极具美感的画卷，令人读来口角生香，有意犹未尽之感。

# 浣溪沙

**【原文】**

睡起惺忪①强自支，绿倾蝉鬓②下希时。夜来愁损③小腰肢。

远信④不归空伫望⑤，幽期⑥细数⑦却参差⑧。更兼何事耐寻思。

**【注释】**

①惺忪：形容刚睡醒尚未完全清醒的状态。

②蝉鬓：古代妇女的一种发式，蝉身黑而光润，故称。马缟《中华古今注》卷中："琼树（莫琼树）始制为蝉鬓，望之缥缈如蝉翼，故曰'蝉鬓'。"

③愁损：犹愁杀。

④远信：远方的书信、消息。

⑤伫望：久立而远望，这里是等候、盼望。

⑥幽期：指男女间的幽会。

⑦细数：仔细计数。

⑧参差：差池，差错。

## 【赏析】

假如雨后还是雨，忧伤之后还是忧伤，那么这离别之后的离别，幽居的伊人又怎能从容面对？在梦里，她在探测，远方的人用胳臂拥抱自己的距离。清晨醒来，她用三千烦恼丝，织成了一条彩虹的小径，等他归来。

"我再等一分钟，或许下一分钟，看到你闪烁的眼，很想温暖你的脸。"然而，无可奈何的花，已经落去；似曾相识的燕，也已归来。心上人却在何方？

守候不来，失落的女子，唯有"小园香径独徘徊"……

这首《浣溪沙》，在那些并不熟悉纳兰词的读者看来，也许更像是历史上某个女词人的闺怨作品，而非出自一个位居御前侍卫，有着武官身份的满族男性的笔下。因为这首词在词体上有着很浓的女性化倾向，写一女子思念丈夫的幽独孤凄的苦况，属于伤离之作。

上阕写她的形貌。"睡起惺忪强自支"，说的是因刚醒而眼睛模糊不清，要打起精神，支撑住自己。一"强"字写出了挺起精神以迎清晨的艰难与不愿。看她早晨一副睡眼蒙眬、倦于起床的模样，便知昨夜睡得很晚，大概是夜深灯残，灯火明灭之际，才斜靠枕头，聊作睡去。"绿倾蝉鬓下帘时"一句是对她头发的描绘。此处，纳兰用"绿"字来形容她的头发好似绿云，真是给人几多悠远的想象。佳人醒后下帘，头发偏堕也懒得梳理，大概是心有所怀吧。柳永《定风波》词就有"暖酥消，腻云鬋，终日厌厌倦梳裹"的句子，用以表达女

子由于思恋自己的丈夫，连梳妆打扮之事也无心去做。果不其然，"夜来愁损小腰肢"，过度的哀愁已经令她身体受损了，可见心怀之深，愁绪之重。

那么究竟是什么让她"愁损小腰肢"呢？词之下阕从她的心理入手，将原因"娓娓道来"。"远信不归空伫望"言对方远离却没有来信，只有苦苦凝望，寂寂等待。因为不通音信，所以相思难寄，这就必然使她对远方情人的思念更加迫切，相见的欲望更加强烈。遂有下句的"幽期细数"，即暗自数着相会的时日，希望能一解相思之苦。然而结果是"却参差"，即言由于心思太乱，故而数了又数，却仍然数不清相会的日期。然而不管究于何因，幽期既误，他日再聚已成幻梦。于是发出"更兼何事耐寻思"的喟叹，感觉已经没有什么事情再值得思量了，心境遂臻于绝望。整首词的格调虽平淡幽远，但感情幽婉凄怨，秉持了纳兰词一贯的词风。

# 浣溪沙

**【原文】**

已惯天涯莫浪愁①，寒云衰草渐成秋。漫因睡起又登楼②。
伴我萧萧惟代马③，笑人寂寂有牵牛④。劳人只合一生休⑤。

**【注释】**

①浪愁：空愁，无谓地忧愁。

②漫：副词，莫、不要。

③萧萧：形容马嘶鸣声。代马：北地所产良马。代，古代郡地，后泛指北方边塞地区，《文选·曹植（朔风诗）》："仰彼朔风，用怀魏都。愿骋代马，倏忽北徂。"刘良注："代马，胡马也；倏忽，疾也；徂，往也。言驰胡马疾行而北往也。"

④寂寂：形容寂静。牵牛：即牵牛星，俗称牛郎星。

⑤劳人：忧伤之人。《诗·小雅·巷伯》："骄人好好，劳人草草。苍天苍天！视彼骄人，矜此劳人。"高诱《淮南子》注："劳，忧也。""劳人"即忧人也。

**【赏析】**

这首词写得很漂亮，内容也很能引人共鸣：对工作不满，发牢骚。

文化程度高，牢骚就发得漂亮。我们看古人写诗填词，风雅得紧，其实很大一部分篇幅都是发牢骚用的。现在我们置身事外，把诗词作品当作艺术作品来欣赏，而在古人那里，诗词既是艺术创作，更是实用性很强的一种工具——既是发泄工具，也是游戏工具，还是社交工具。

容若写这首词就是为了发牢骚，当时他很可能在做着弼马温一类的官，需要去塞外牧马。容若对工作一向尽心尽力，这次也不例外，把马养得又肥又壮。也许容若能够认识到这样的基层锻炼对自己今后的仕途发展是很有益处的，但他毕竟怀有士大夫情结，又是一个诗人，干这些粗活儿心里难免会不痛快。不痛快的情绪发之于词，并不激越，却很疏懒，这也许就是性格与文化背景使然吧。

首句"已惯天涯莫浪愁"，"浪"是空自、白白的意思，这句是说自己一直给领导当小弟，一会儿被支使到这儿，一会儿被支使到那儿，但有什么办法呢，还不是得忍着，愁也没用，反正也习惯了。

接下来"寒云衰草渐成秋"，字面上看，这是从心理描写转到景物描写，其实是用第二句来强化第一句所传达出来的情绪，意思是说：这样的苦日子总也没个头，看现在天又冷了，草又衰了，消磨消磨地又是一年过去了。

"漫因睡起又登楼"，"漫"字有的注本解释为"休""莫"，这是不对的，"漫"字没有这个义项。诗词里常见这个"漫"字，比如杜甫的名句"却看妻子愁何在，漫卷诗书喜欲狂"，"漫"指的是随便地、散乱地。

"漫因睡起又登楼"，字面上看，这是动作描写，实则还是传达情绪、深化情绪。"登楼"是诗词的一个套语，起先是"建安七子"里的王粲登了一次楼，在楼上看世界，视野自然和楼下不同，沧浪感慨之情一发而不可收，于是写了一篇《登楼赋》，后来不但"王粲登楼"成了一个典故，诗人们有事没事地也总愿意去登个楼感慨一番。感慨的内容也有固定模式，基本不外乎岁月蹉跎、壮志消磨什么的。所以我们只要看到"登楼"就往这方面想，九成都是没错的。在容若这首词里，这样理解自然也没有错。

这一句，先是"又"字用得好，传达出了一种百无聊赖的情绪，而登楼的起因是什么呢？——这更是一个妙笔："漫因睡起又登楼"，仅仅因为睡醒了，就溜达溜达登楼去了。"起床"和"登楼"之间本来毫无逻辑关系，但正是没逻辑才显得有韵味，表现出人物的行为已经不受理性驱动了，如同一具行尸走肉。之所以这样，原因就在前两句里：被各种差事磨的。如果马克思看到了这首词，一定会说这就是人的异化，资本主义就是这样把人摧残为非人的。

人生最恒久的悲哀莫过于真我与角色的不合拍——安贫乐道的人处于贫困的环境中并不会有什么不快，但一个虚荣心强的人来过同样的生活就会感觉生不如死；让一个诗人、士大夫去做奴仆、做跟班，自然也不会觉得好受。不好受，却无力抗争，这能怎么办呢？——如果换到现在，问题就好解决了，给容若一本鸡汤版《论语》了事，但容若那年头学的《论语》却一点都不鸡汤，反而充盈着一种高贵的士大夫情怀。这就真没办法了，只好写诗填词来发泄了。

下片以一个对仗句说明自己的处境："伴我萧萧惟代马，笑人寂寂有牵牛"。"代马"，严格意义上是指代地的马，代是山西北部，古为代郡，这里的马很出名；但到了容若的时候，代马就只是一个泛称了，表示北方的马。"牵牛"就是和织女星隔河相望的牛郎星。这两句是说：和我做伴的没有人，只有马，连牵牛星都笑话我没有法定节假日可以回家探亲。

这两句说得很是凄凉，尤其是第二句，牛郎织女一年一会本来就够惨了，但好歹每年都有这么固定的一天，容若却连这固定的一天休假都没有，想想家里的妻子，越想越想。想也没办法，还是回不去，最后化为一声叹息："劳人只

合一生休"——咱就是这个命,一辈子都别想翻身了。

这里的"劳人",有的注本解作劳苦之人、行役在外的人,这是望文生义的。"劳人"语出《诗经·小雅·巷伯》"骄人好好,劳人草草",这句诗里的"劳人"究竟在训诂上怎么解释,说起来是有一点麻烦的,但是,我们可以肯定的是,在饱受儒家典籍教育的容若那里,对"劳人"的理解应该就是当时儒生们的主流理解,即"忧劳之人"。也就是说,不一定是干体力活儿的、行役在外的人,只要心中忧劳,就是劳人。从这个例子我们可以看出来,要理解古诗词,最好能把古人常读的书都读上一遍。——当然,这个要求太高了,只适用于少数人。

# 浣溪沙

【原文】

脂粉塘空遍绿苔①,掠泥营垒燕相催。妒他飞去却飞回。

一骑近从梅里过,片帆遥自藕溪来②。博山香烬未全灰③。

【注释】

①脂粉塘:溪名。传说为春秋时西施沐浴处。《太平御览》卷九八一引南朝梁任昉《述异记》:"吴故宫有香水溪,俗云西施浴处,又呼为脂粉塘。"这里指闺阁之外的溪塘。

②片帆:孤舟,一只船。

③博山：古香炉名，因炉盖上的造型似传闻中的海中名山博山而得名。

【赏析】

这首《浣溪沙》（脂粉塘空遍绿苔）看似明白如话，其实很有扑朔迷离的地方。

首句"脂粉塘空遍绿苔"，脂粉塘是江南一个美丽的地名，传说也叫香水溪，是西施沐浴的地方。吴王宫中的女子们都去香水溪的源头处洗妆，所以这里的溪水有一种特殊的香气。在容若的词里，脂粉塘长满了青苔，非复旧时模样，古代的美女们一个都看不见了，只看见燕子忙着筑巢。由此引出了第三句"妒他飞去却飞回"，一个"妒"字，人物便在如画的词中悄然出现了：有一个站在脂粉塘边的人，正看着这里的绿苔和燕子，心里生出了妒忌。

妒忌谁呢？字面上看，这个人妒忌的是那些燕子，正是燕子的飞去飞来引起了他的妒忌。我们会很难理解，燕子飞去飞来自是一件再正常不过的事，有什么可妒忌的呢？到了这里，至少存在两种可能的解释。一是这首词是容若扈从康熙皇帝巡游江南的时候作的，他留恋江南的风景，留恋江南的女子（沈宛），但他毕竟是皇帝的跟班，时间是不属于自己的，纵然很希望能像燕子一样在这片美丽的地方逡巡不去乃至筑巢而居，但皇帝鞭梢指东，自己就不能往西；二是这首词和容若本人的经历并无关系，只是一首闺怨词，词中的人物是一位虚拟的少妇，看着脂粉塘长满青苔了，看着燕子飞来飞去，想到自己的男人离去多时，不知道什么时候才能回来。

因为上片含义不明，下片的含义也跟着模糊起来。"一骑近从梅里过，片帆遥自藕溪来"，近景是一个男人骑着马经过梅里，远景是一条船缓缓从藕溪驶来。这是画，也是诗；所谓诗中有画，画中有诗，本质上也就是王国维所谓的诗歌里边不存在纯粹的景语，凡是景语其实都是情语。那么，这两句到底表达了怎样的情绪呢？如果从闺怨主题来看，这自然表现的是那位少妇的相思，总希望那一个走过来的就是自家的男人；如果从容若本人的抒情来看，像是他自己陶醉在这江南的诗情画意当中了。

这里有一个艺术手法值得注意。大家可以注意一下，无论是山水诗还是山水画，许多名作在用大篇幅表现风景的同时，都会在作品当中点缀一点人气——这点人气可以是非常局部的，要么是山弯里的一缕炊烟，要么是小桥上一个骑驴的人，就是靠着这样的一点人间烟火气，整个作品给人的感觉就完全不一样了。

"一骑近从梅里过，片帆遥自藕溪来"，一个近景，一个远景，都是外景，都是动态的，结句"博山香烬未全灰"转为一个静态的内景。博山炉是香炉的代称，据说长安曾有一位名叫丁缓的巧匠能制作九层博山香炉，炉子上雕刻有千奇百怪的鸟兽，极尽精妙之能事。为什么小资喜欢纳兰词，这就是一例，因为容若的词里尽是这种讲情调的东西，而且人家贵公子的身份在那儿摆着，所以肯定不会出现追捧超市冰淇淋之类的尴尬事。

这种情调，再如号称江南艳宗的"欢作沉水香，侬作博山炉"，把恋人比作沉水香，把自己比作博山炉。富贵文人，恋爱也是高贵的。

再看"博山香烬未全灰"，这收尾一句的字面意思很简单：用博山炉烧香，香刚刚烧尽，香还有些余热，没有完全成灰。妙就妙在，在前边的铺垫之下，读者自然知道这句纯粹描写博山炉的句子绝对没有这么简单，自然会联想到主人公那望眼欲穿的期待——期待已经完全变冷了，但又没有完全放弃，无论如何都还有一点余热在无望中继续期待着。这一句比之前人的名句诸如"过尽千帆皆不是，斜晖脉脉水悠悠，肠断白萍洲"一类的更为高明，把期待的心态把握得更加准确，余味也更加深长。

到了最后，我们应该可以推断，这首词以闺怨为主题的可能性应该更大，至少以闺怨主题来理解词意更见容若艺术手法的高超。

这首词还有一个很有趣味的特色：短短的一首小令，用到了好几个地名，但一点也不觉得生硬。原因就在于：这些江南地名实在太美了，美得已经不像地名了。

"脂粉塘"就是词中出现的第一个地名，前边已经讲过，下片的一组对仗里，"一骑近从梅里过，片帆遥自藕溪来"，"梅里"和"藕溪"也都是地名。有的注本把梅里解释成梅花丛里，把藕溪解释成长满莲藕的小溪，这就望文生义了，尽管字面上确实给人这样的印象，尽管这样理解也一样很有美感。梅里也叫梅李，在无锡东南，相传周太王的长子泰伯、次子仲雍为了满足父亲立幼子季历接班的心愿，避居南方蛮夷之地，被当地土著拥为首领，成为吴国的始祖，而他们最初的这个落脚点就是梅里。我们现在知道吴国旧址在苏州，苏州城出自伍子胥的规划，但这苏州是吴国后迁来的。迁到苏州之后，吴国还在梅里建了泰伯庙。当然，如果从历史学的角度讲，这可是先秦历史的一大疑案，专家们吵得不可开交，我也不知道现在他们有没有争出结果。

藕溪，浙江嘉兴一带有个藕溪，在清代是文人吟咏的一处名胜。但容若这里讲的藕溪应该是无锡西北的一处地方，也叫藕塘桥镇。

脂粉塘、梅里、藕溪，地名取得都这么漂亮，拿着这样的一张地图在手，应该感觉就像捧着一本诗集了。名字的好听与否对人的感觉是很有影响的，容若现在为什么这样有名，除了众所周知的原因之外，名字好听应该也是一大原因。容若和慈禧太后本是一家，如果我们称慈禧为纳兰氏，肯定对她会平添几分好感，如果称容若为那拉容若，至少有相当比例的小资读者就该掉头而去了。在《清史稿·文苑》纳兰性德的本传里，既不称他纳兰氏，也不称他那拉氏，而是用了一个极不符合汉族审美观的名字：纳喇氏。姜宸英给容若撰写墓表，开篇就说"君姓纳腊氏"。名号一个比一个难听。我又是会想，如果词集还是同样的词集，只是题目从《纳兰词》换成《纳喇词》或者《纳腊词》，对销量会有多大的影响呢？记得以前读《伊豆的舞女》时忽发奇想：如果故事不变，书名改成《保定的舞女》，还会有那么多人喜欢吗？

# 浣溪沙

【原文】

残雪凝辉冷画屏①。落梅横笛已三更②。更无人处月胧明③。

我是人间惆怅客，知君何事泪纵横。断肠声里忆平生。

【注释】

①残雪：尚未化尽的雪。画屏：绘有山水图画的屏风。

②落梅：即《梅花落》，古笛曲名，以横笛吹奏。

③胧明：微明。

【赏析】

这首词是词人感怀身世之作：残雪冷凝的光辉洒在屏风上，使得上面的图画仿佛也变得冷凝起来。耳畔传来《梅花落》的笛声，月色朦胧，沉夜寂寂。我是人世间那个满怀惆怅的过客，知道你为何这般眼泪纵横的在无限哀叹中追忆平生。

又是黄昏时分，瓣瓣梅花在横笛声中，依依飘落。月色如水。

一个寂寞的男子，眼神忧郁，歌喉忧伤，把岁月翻成发黄的线装书，蜷缩在记忆的角落。更鼓声声。

一个寂寞的男子，就是人世间伤心的过客，在回忆中往事中，潸然泪下。花落也断肠……

本词运用了老套的上阕写景，下阕抒情的手法，但景清情切，颇令人动容。"残雪凝辉冷画屏"。残雪是指雪停后留在地面、房屋上的雪，此句是说院子里残雪的余晖衬着月光映在画屏上，使得绘有彩画的屏看上去也显得凄冷。而这

时候，幽怨的笛声悄然响起。此处"落梅"并不是指梅花一瓣两瓣的随凉风飘落，而是指古笛曲《落梅花》，李白《司马将军歌》里有句："向月楼中吹落梅"。"已三更"说明此时已是夜深，词人无法安寝，静听那笛声呜呜咽咽声地惹断人肠，而屋外阒无一人，越发显得月光清辉如此朦朦胧胧。上阕通过"残

雪""凝辉""落梅""三更""月胧明"等字句，营造出了一种既清且冷，既孤且单的意境，大有屈原"世人皆醉我独醒"的孤独感，而这种感觉大抵只能给人带来痛苦和茫然。

下阕，词人紧接着便抛出"我是人间惆怅客"的感喟。好一句"我是人间惆怅客"！纳兰容若可谓是才华绝代的人物，奈何天妒英才，仅活了三十一岁。他在精神气质上颇似贾宝玉的贵胄公子，身居"华林"而独被"悲凉之雾"，读他的词，挚意深情而凄婉动人，这是因为婚后仅仅三年，妻子便因病早逝，自己的精神家园重新被毁，这对他的感情影响极大，之后写了许多篇哀感顽艳的回忆、悼念他妻子的诗词。知道了这些，就知道词人在写词时是怎样一种心情了，就不用再问为什么他说自己是人间惆怅客了。接下来一句是"知君何事泪纵横"。这个"君"指的是谁？是朋友？是知己？还是那天上朦胧的月亮？都不是，而恰恰就是纳兰自己。当一个人倦了，累了，苦了，伤了的时候，便不禁会忍不住地自言自语，自怨自艾，自问自答，何况是纳兰这样的至情至性之人呢？词句至此，已令读者唏嘘不已，不料还有下一句，"断肠声里忆平生"更是伤人欲死，短短七字，不禁令人潸然泪下……

## 浣溪沙

【原文】

五字诗①中目乍成②，仅教残福③折书生。手挼④裙带那时情。

别后心期⑤和梦杳，年来憔悴与愁并。夕阳依旧小窗明。

**【注释】**

①五字诗：五言诗。

②目乍成：乍目成，刚刚通过眉目传情而结为亲好。

③残福：残存的薄福，也可谓是短暂的幸福。

④挼：揉搓。

⑤心期：心中相许，引申为相思。

**【赏析】**

在那首互通情意的五言诗中，你们的目光，平平仄仄，押韵完美。

你说，从你到她，相爱只有一盏月光的距离。她静默着。微笑，成双成对地，开遍她那诱人的嘴角。从此，小径上长出串串的脚印，月光播下长长的身影。

你们钻进两只蝴蝶的故事里，成为主角。那时候，谁也没有想到，夕阳已经备好一把离别的刀。而离别后，你的忧愁，长成了一棵没有年轮的树，永不老去。

这首词写别后相思。

上阕写追忆往日的恋情，写的也是初恋情态。"五字诗中目乍成"。想想你我互赠五言诗文，刚刚通过眉目传情而结为亲好的那时候，该是多么甜蜜！"目乍成"用了一个古老而浪漫的典故。《楚辞·九歌·少司命》曰："满堂兮美人，忽独与余兮目成。"朱熹注为："言美人并会，盈满于堂，而司命独与我睐而相视，以成亲好。"古代男女之间，禁忌甚多，遂有琵琶传幽情，锦字寄相思，不过最令人心旌摇荡的莫过于这眉目传情，秋波暗送了。接下来两句就要说心心相印后的幽会了。因为是私订终身，没经媒婆之言，所以两人亲昵的时间很短暂，这心中的幸福感自然也很短暂。所以两人就要加倍珍惜，"尽教"二字即是言此，这是对幽会中男女双方心理的描绘。"手接裙带那时情"一句则是对幽会中女子神态的细节描绘。少女默默无语，纤手轻捻裙带，潜藏心底的深情却已一泄无遗。上阕用了两个细节描写，便刻画出当日相恋的幸福情景，其结句尤为鲜活动人。

下阕写今日的相思。"别后心期和梦杳"。一个"别"字将时间从幸福美好的当时，拉到倍添相思的如今。自离别后，心心相印的情话，白头偕老的誓言已经变得和梦一样渺茫遥远了。而一个"杳"字，诠释了离别的黯然销魂。这样，"年来憔悴与愁并"也就在情理之中了。古代诗人、词人写自己颜色憔悴、形容枯槁，多用宛转之笔，比如《古诗十九首》有"相去日以远，衣带日以缓"，贺铸有"憔悴几秋风"（《小重山》），柳永有"衣带渐宽终不悔"（《蝶恋花》），赵汝茪有"罗裙小。一点相思，满塘春草"（《摘红英》），但是纳兰并没有如此委婉而出，而是直抒其怀，毫不隐曲。这也可以说是纳兰自遣之词的特点之一。结句"夕阳依旧小窗明"出之于景语，余有不尽之意。

# 浣溪沙

**【原文】**

记绾长条欲别难①，盈盈自此隔银湾②。便无风雪也摧残。

青雀几时裁锦字③，玉虫连夜剪春幡④。不禁辛苦况相关。

**【注释】**

①长条：长的枝条，特指柳枝。

②银湾：即银河。

③青雀：指青鸟，神话传说中西王母所使之神鸟。锦字：锦字书，指前秦苏蕙寄给丈夫的织锦回文诗，后多用以指妻子寄给丈夫以表达思念之情的书信。

④玉虫：喻灯花。春幡：即春旗，旧俗立春日挂春幡于树梢，或剪缯绢成小幡，连缀簪之于首，以示迎春之意。

**【赏析】**

你又想起，长亭送别时的难舍难分。那一枝枝折下的柳条，轻轻垂下的，不是柳叶，而是花前月下的甜蜜，西窗剪烛的温馨。而如今，风再吹时，已是芳草天涯。已是盈盈一水间，脉脉不得语。

有人说，爱过，是世界上最富有的。却不知，缘分原是那薄薄的春幡，经不起离别的一握揉皱。等缕缕的叹息声，在舌尖上舞蹈时，我们已经老了。再彼此相望，才发现那张曾经熟读成诵的脸庞，早已不再相识。

这是一首抒写离情别绪的词作。清丽典雅，又不失深情婉致。

上阕写离恨。"记绾长条欲别难"是写当时分别的情景。"长条"指柳条。在古人那里，柳与离别有密切关系，古人习惯折柳送别，所以见了杨柳就容易引起离愁，比如王昌龄的《闺怨》："闺中少妇不知愁，春日凝妆上翠楼。忽见陌头杨柳色，悔教夫婿觅封侯"，未言折柳，只是"忽见"，就离情殷殷了。"欲别难"道尽分离时难分难舍的景况。虽然别情难禁，十分不舍，但一别之后便音容杳然，天各一方了。这句"盈盈自此隔银湾"袭用《古诗十九首》"迢迢牵牛星，皎皎河汉女。盈盈一水间，脉脉不得语"，将自己和恋人比成牛郎织女，分居银河两边。然而牛郎织女还有七夕，还有鹊桥之会，还有"金风玉露一相逢，胜却人间无数"，可是作者和恋人之间有什么？故而，作者慨然叹曰："便无风雪也摧残"，意谓而今纵是无风雪催逼的好时光，也依然是惆怅难耐。此言，直中能曲，凄婉动人。

下阕连用典故，写企盼之情。"青雀几时裁锦字"。"青雀"，即青鸟，传说西王母饲养的鸟，能传递信息，后世常以此指传信的使者。"锦字"，织锦上的字。前秦苻坚时，窦滔未带妻室赴襄阳镇守。其妻苏蕙，因思念丈夫，织绵为《回文旋图诗》以寄，后世常以此指妻子寄书丈夫，表达相思之情。此句是说盼望着对方音信的到来。接下是"玉虫连夜剪春幡"。春幡，是指立春日做的小旗。古称"立春"春气始而建立，黄河中下游地区土壤逐渐解冻。《岁时风土记》："立春之日，士大夫之家，剪彩为小幡，谓之春幡。或悬于家人之头，或缀于花枝之下。"辛弃疾《立春日》也有"春已归来，看美人头上，袅袅春幡。"看来这"春幡"当为女子所剪，那么"玉虫连夜剪春幡"所言对象已经不是作者自己了，而是作者想象彼女正在灯下挑灯剪春幡的情景，这不禁让人疑窦顿起：上句分明是言作者自己，而这句怎么猝然言彼呢？其实不难理解。因为上句是盼信，既然锦字不回，作者只好思绪飘然离身，飞入她处，好悉知她的境况如何了。而女子剪幡，好像是盼春。其实是盼望着与情人重聚。此之笔法，堪称迂回曲折，含不尽意。但是这些愿望都成了无望。一句"不禁辛苦况相关"，让人顿从云端跌落，于是失落、忧伤萦怀，难以排遣。

# 浣溪沙

**【原文】**

身向云山①那畔②行。北风吹断马嘶声③。深秋远塞④若为⑤情。
一抹晚烟荒⑥戍垒⑦，半竿斜日旧关城⑧。古今幽恨⑨几时平。

**【注释】**

①云山：高耸入云之山。

②那畔：那边。

③马嘶声：马鸣声。

④远塞：边塞。

⑤若为：怎为之意。

⑥荒：荒凉萧瑟。

⑦戍垒：营垒。戍，保卫。

⑧关城：关塞上的城堡。

⑨幽恨：深藏于心中的怨恨。

【赏析】

戍守的人已归了，留下边地的残堡。十七世纪的草原，那些身向云山的身影，留给了吹断马嘶的北风。射中过深秋的箭，挂过边塞的铁钉，被黄昏和望归的靴子磨平的晚烟。一切都老了，一切都抹上夕阳的锈。

只有一座旧城，不能再瞭望，不能再系马。你黯然地卸了鞍。你的行囊没有剑。历史的锁，没有钥匙。

康熙二十一年（1682）八月，纳兰受命与副都统郎谈等出使觇梭龙打虎山，十二月还京。此篇大约作于此行中。与此一首写作同时尚有《沁园春》（试望阴山）、《蝶恋花》（尽日惊风吹木叶）等词作。这首词抒发了奉使出塞的凄惘之情。

"身向云山那畔行"。起句点明此行之目的地，很容易让人想起同是纳兰的"山一程，水一程，身向榆关那畔行"。"北风吹断马嘶声。""北风"言明时节为秋，亦称"秋声"。唐苏颋《汾上惊秋》有："北风吹白云，万里渡河汾。心绪逢摇落，秋声不可闻"。边地北风，从来都音声肃杀，听了这肃杀之声，只会使人愁绪纷乱，心情悲伤。而纳兰在此处云"北风吹断马嘶声"。听闻如此强劲，如此凛冽的北风，作者心境若何，可想而知。难怪他会感慨"深秋远塞若为情"。

下阕。"一抹晚烟荒戍垒，半竿斜日旧关城"以简古疏淡之笔勾勒了一幅充满萧索之气的战地风光画面。晚烟一抹，袅然升起，飘荡于天际，营垒荒凉而萧瑟；时至黄昏，落日半斜，没于旗杆，而关城依旧。词中的寥廓的意境不禁让人想起王维的"大漠孤烟直，长河落日圆"以及范仲淹的"千嶂里，长烟落日孤城闭"。故而张草纫在《纳兰词笺注》前言中言，纳兰的边塞词"写得精劲深雄，可以说是填补了词作品上的一个空白点"。然而平心而论，无论是"一抹晚烟荒戍垒，半竿斜日旧关城""万帐穹庐人醉，星影要摇欲坠"，还是"山一程、水一程，身向榆关那畔行，夜深千帐灯"，纳兰都不过是边塞所见所历的白描，作者本身并没有倾注深刻的生命体验，这类作品的张力无法与范仲淹"塞下秋来风景异"同日而语。不过，纳兰的边塞词当中那种漂泊的诗意的自我放逐感的确是其独擅。比如本篇的结尾"古今幽恨几时平"，极写出塞远行的清苦和古今幽恨，既不同于遣戍关外的流人凄楚哀苦的呻吟，又不是卫边士卒万里怀乡之浩叹，而是纳兰对浩渺的宇宙、纷繁的人生以及无常的世事的独特感悟，虽可能囿于一己，然而其情不胜真诚，其感不胜拳挚。

　　观之此词，全篇除结句外皆出之以景语，描绘了深秋远寒、荒烟落照的凄凉之景，而景中又无处不含悠悠苍凉的今昔之感，可谓景情交练。最后"古今幽恨几时平"则点明主旨。

# 浣溪沙

【原文】

万里阴山万里沙①。谁将绿鬓斗霜华②。年来强半在天涯③。

魂梦不离金屈戌④，画图亲展玉鸦叉⑤。生怜瘦减一分花⑥。

**【注释】**

①阴山：山脉名。即今横亘于内蒙古自治区南境、东北接连内兴安岭的阴山山脉。山间缺口自古为南北交通要道。

②绿鬓：乌黑发亮的头发。斗：斗取，即对着。霜花：喻指白色须发。

③强半：大半、过半。

④屈戍：门窗上的环钮、搭扣。指梦中思念的家园。

⑤玉鸦叉：即玉丫叉，一种首饰，像树杈那样交叉的首饰。这里指闺人之容貌。

⑥生怜：产生怜爱之情，可怜。瘦减：犹瘦损。

**【赏析】**

没有楚天千里清秋，没有执手相看泪眼。只有阴山，胡马难度的阴山。这里，大漠孤烟直，长河落日圆。这里，猎猎的风，将你的寸寸青丝吹成缕缕白发。

岁岁年年，你望见的是连绵千万里的黄沙。黄沙的尽头，闺中的她管你叫，天涯。

魂牵梦绕中，你将她翩翩的画像打开。一遍遍回想，她的温柔她的笑。直到地老天荒，直到那些离别和失望的伤痛，已经发不出声音来了。

纳兰此篇，亦为边塞词，抒发了出使万里荒漠，与妻子分离的痛苦之情。

上阕写塞上荒凉萧索之景、岁月流逝之感。"万里阴山万里沙。""阴山"，不是确指，而是今河套以北、大漠以南诸山的统称。唐宋以后，诗人、词人写出塞似乎必写阴山，仿佛阴山就是出塞的象征。从王昌龄的"但使龙城飞将在，不教胡马度阴山"，岑参的"四边伐鼓雪海涌，三军大呼阴山动"，到陈亮的"壮气尽消人脆好，冠盖阴山观雪"，无不如此。纳兰亦写阴山，且和"万里沙"并用，虽不如前辈们寄托遥深，但景色写来确实极其广袤。置身于这样一片茫茫沙漠之中，多愁善感的作者自是感慨万端。"谁将绿鬓斗霜华。"这是反问，意谓是谁人使我青丝染成白发？古人常借绿、翠、霜等形容头发的颜色。如张孝祥《转调二郎神》有"绿鬓点霜，玉肌消雪，两处十分憔悴"，李白

《秋浦歌》有："不知明镜里，何处得秋霜"。而将两色相比，以衬人朱颜老去，也是惯常作法，如：叶梦得《念奴娇》"绿鬓人归，如今虽，空有千茎雪"。接下来一句点明白发之缘由。"年来强半在天涯。"纳兰本是满洲人，塞外才是他的家乡，然而他现在竟称之以"天涯"，何种心情，可想而知。昔日清高宗要寻侍郎世臣的错儿，见世臣"一轮明月新秋夜，应照长安尔我家"之句，便大

为震怒，说盛京是我们祖宗发祥之地，是我们真的家乡，世臣忘却，以长安为家，大不敬！如果他看见容若这首词，不知要怎么说？

下阕写愁心、离颜。"魂梦不离金屈戌"。出塞半年以来，词人梦魂夜驰，飞越千山万水，去和家里的妻子相会。不是"徘徊不语，今夜梦魂何处去"不是"佳人何处，梦魂俱远"，更不是"梦魂纵有也成虚，那堪和梦无"。作者的梦魂从来就没有离开过故园和伊人。情痴如此，可嗟可叹。若言"魂梦不离金屈戌"说的是魂梦飞渡，静夜之怀，那么"画图亲展玉鸦叉"说的就是对画凝睇，白日相思。你看他亲自展开的妻子的画图，一遍又一遍地想象她的面庞，以至于发出"生怜瘦减一分花"的爱怜体慰之语。是啊，最可怜者，莫过于闺中妻子因思念丈夫而玉容憔悴了。纳兰能做此语，堪称千古之柔情人也。

# 浣溪沙

**【原文】**

凤髻抛残秋草生①，高梧湿月冷无声②，当时七夕有深盟③。

信得羽衣传钿合④，悔教罗袜葬倾城⑤。人间空唱《雨淋铃》⑥。

**【注释】**

①凤髻：古代女子的一种发型，将头发绾结梳成凤形，或在髻上饰以金凤，流行于唐代。此处指亡妻。

②湿月：湿润之月。形容月光如水般湿润。

③七夕：农历七月初七这一天是人们俗称的七夕节，相传，在每年的这个夜晚，是天上织女与牛郎在鹊桥相会之时。深盟：指男女双方向天发誓，永结同心的盟约。

④羽衣：原指以羽毛织成的衣服，后常称道士或神仙所着衣为羽衣，此处借指道士或神仙。钿合：镶嵌金、银、玉、贝的首饰盒子，古代常用来作为爱情的信物。

⑤罗袜：丝罗制的袜子，此处指亡妻遗物。倾城：旧以形容女子极其美丽，是美女的代称，此处指亡妻。

⑥雨淋铃：即雨霖铃。词牌名。原为唐代教坊曲名，后用为词牌。相传唐玄宗因安禄山之乱迁蜀，霖雨连日，闻栈道铃声，为悼念杨贵妃而采作此曲。

**【赏析】**

抚摸不到她的青丝一缕。枯黄的秋草，就是她小小寂寞的坟，就是你遥远地天涯。梧桐有多高，月亮有多远，你有多么沉默。还记得吗？

当她的长发缀满了春光，你就闻闻上面的花香。当她的脸庞映着夜的芬芳，你就吻吻上面的月光。你说，送给爱一片落叶，不要问为什么。只知道，在七夕的誓言里，它曾经那么鲜绿，那么烂漫过。而今。花自飘零水自流。你用夕阳葬下她的芳魂，用泪流成河的喉，再唱一千遍，那首古老的歌。

这是一首低徊缠绵、哀婉凄切的悼亡之作。词中借唐明皇与杨贵妃之典故，深情地表达了对亡妻绵绵无尽的怀念与哀思。

首句"凤髻抛残秋草生"言妻子逝世。"凤髻"指古代女子的一种发型。唐宇文氏《妆台记》载："周文王于髻上加珠翠翘花，傅之铅粉，其髻高名曰凤髻。""凤髻抛残"，是说爱妻已经凄然逝去，掩埋入土，她的坟头，秋草已生，不甚萧瑟。"高梧湿月冷无声"句描绘了一幅无限凄凉的月景。妻子去后，作者神思茕茕，而梧桐依旧，寒月皎皎，湿润欲泪，四处阴冷，一片阒寂。临此寞寞落落之景，作者不禁想起七夕时的深盟。据陈鸿《长恨歌传》云：天宝十载，唐玄宗与杨玉环在骊山避暑，适逢七月七日之夕。玉环独与玄宗"凭肩而立，因仰天感牛女事，密相誓心，愿世世为夫妇。""当时七夕记深盟"句即用玄宗杨妃之事来自比，言自己和妻子也曾像李杨一般发出"梧桐相待老，鸳鸯会双死"的旦旦信誓。

下阕尽言悼亡之情。"信得"两句亦用李杨典故以自指。据陈鸿《长恨歌传》，安史之乱后，唐玄宗复归长安，对杨贵妃思怀沉痛不已，遂命道士寻觅，后道士访得玉环，玉环则"指碧衣取金钿合，各析其半，授使者（指道士）。曰：'为谢太上皇，谨献是物，寻旧好也。'"此处作者的意思是说，原来相信道士可以传递亡妻的信物，但后悔的是她的遗物都与她一同埋葬了，因此就不能如玄宗一般，"唯将旧物表深情，钿合金钗寄将去"。此言一出，即谓两人之间已经完全阴阳相隔，不能再幽情相传，一腔心曲，再也无法共叙。于是只能"人间空唱雨淋铃"。"雨淋铃"，即雨霖铃，唐教坊曲名。据唐郑处诲《唐明皇杂录补遗》云："明皇既幸蜀，西南行初入斜谷，属霖雨涉旬，于栈道雨中闻铃，音与山相应。上既悼念贵妃，采其声为《雨霖铃》曲，以寄恨焉。"作者用此语，意谓亡妻已逝，滚滚红尘，茫茫人间，如今唯有自己空自怅痛了。一句"人间空唱雨淋铃"，悲恻凄绝，哀伤怆恨，唱出了纳兰字字泣血的心声，如寡妇夜哭，缠绵幽咽，不能终听。

# 浣溪沙

【原文】

肠断斑骓去未还①，绣屏深锁凤箫寒②。一春幽梦有无间。
逗雨疏花浓淡改③，关心芳草浅深难④。不成风月转摧残⑤。

【注释】

①斑骓：毛色青白相杂的骏马。此处以骏马代指征人。

②凤箫：即排箫。比竹为之，参差如凤翼，故名。

③浓淡：指花的颜色。

④芳草：香草。

⑤不成：犹难道。风月：风和月，泛指景色，亦指男女恋爱的事情。

【赏析】

"肠断斑骓去未还"，什么是"斑骓"？很简单，杂色的马。但有的版本写作"班骓"，解释起来就深刻得多了："班骓"即"班马"，"班"在这里的意思是"离别群"，所以"班骓"就是离群的马，比如李白诗里的名句"挥手自兹去，萧萧班马鸣"。斑马也因为李白这一名句而有了伤心离别的含义，于是"肠断斑骓去未还"是说心上人骑着马走了，一直没有回来，让自己非常思念。

但这个解释恐怕失之过深，首先因为"班骓"很难等同于成"班马"，古

文里的确有个别"班骓"，但恐怕是"斑骓"的误写；其次这句话是有出处的，即李商隐诗"关河冻合东西路，肠断斑骓送陆郎"。所以，这句词的意思依然是伤别没错，但"斑骓"仅仅是杂色马而已。

"绣屏深锁凤箫寒"，"凤箫"就是排箫，是用一堆长短不齐的竹管排在一起做成的，形状像凤凰的翅膀，所以叫凤箫。其实单从形状看，说它像老鹰的翅膀也没错，但人们更愿意选用美丽的字眼。这句词写的是闺房景象，女主角很寂寞，说"凤箫寒"其实是说自己冷，至于为什么冷，不是因为没太阳，而是因为没男人。词到这里，主题便很明确了：闺怨。

"一春幽梦有无间"，女人想起男人来，最难挨的季节就是春天。想着他，梦着他，日子过得浑浑噩噩、恍恍惚惚。

下片的对仗是很漂亮的句子："逗雨疏花浓淡改，关心芳草浅深难"，花朵被雨水打湿，色彩浓浓淡淡，不再是原来的样子，最牵我心的芳草也在雨中浅深难辨。最后归结为一句伤心话："不成风月转摧残"，难不成老天爷不再有爱心了吗！

详细讲讲"逗雨疏花浓淡改，关心芳草浅深难"，字面上看，上句写花，下句写草，初阶读者只能读到这步，但你若能读出这是远景和近景的对照，就说明你在古典诗词上已经进入中高阶的程度了。肯定有人不解：草坪里开花也好，花园里开花也好，花和草明明都是一起的，为什么花是近景、草是远景呢？答案是：即便花和草真的都是一起的，但这是自然景观，而花是近景、草是远景则是诗歌景观，不是一个范畴。

"草"，尤其是"芳草"，是一个诗歌套语，有它的特定含义。"离离原上草"的最后是"又送王孙去，萋萋满别情"，再如"离恨恰如春草，渐行渐远还生"。草产生的意象是：望眼茫茫一片，正所谓"斜阳外，古道边，芳草碧连天"，离人的背影会消失在这里，再也看不见了。

知道了这点，再看另一层结构。"逗雨疏花浓淡改，关心芳草浅深难"，在动作上和"举头望明月，低头思故乡"是一类的：一个是由举头望月而低头思乡，一个是由低头看花而举目望远怀人。

再看什么叫"关心芳草"。这个"关心"不是 care 的意思，而是一个动宾结构。这从对仗的规则就可以推断出来：上联的这个位置是"逗雨"，很好理解，是个动宾结构，而"关心"和"逗雨"在词性上应当相同。"关心芳草"字面上是说芳草关乎我心，含义是让我"萋萋满别情"的那个男人让我满心挂牵。

到此，这两句话还没讲完，还有它们的出处要讲。这漂亮的两句话并不是容若的原创，而是化自王次回（名彦泓，字次回）的"时世梳妆浓淡改，儿郎

情境浅深知"。纳兰词里的不少名句妙笔都是要么化自王次回的诗，要么直接套用王次回的诗，但纳兰容若如今名满天下，王次回却没几个人知道，讲文学史的书也讲不到他。我们甚至可以说，王次回就是藏在纳兰词背后的无名英雄。

王次回是明朝人，他的诗曾经也流行于明清市井。他也算个情种，感情遭际比容若更惨，悼亡诗也没少写。但和容若不同的是，他只是一个落魄文人，还曾在一次科场失意之后写过这样的诗："有才轻艳真为累，作计疏狂不近名"，和柳永那著名的"才子词人，自是白衣卿相"有得一拼。从身世来看，我们去读容若，感觉像看《流星花园》，而去读王次回，自然少了可供小资们意淫的闪光点。换句话说，如果把容若比作西施，王次回就是豆腐西施。

容若的词，远溯秦观、黄庭坚，而最近身的、最重要的源头则是王次回。当容若义无反顾地声称甘愿以词表达男女之情而和秦观、黄庭坚一起下地狱的时候（见上本书讲解"眼看鸡犬上天梯，黄九自招秦七共泥犁"），其实还有个切近的典故：王次回据说就是在上厕所的时候不慎掉进粪坑而死的，正人君子们认为这就是他整天写些情爱诗歌的报应。

地狱有多恐怖，各人有各人的想象，粪坑的恐怖却是近在眼前的。王次回究竟是不是这么龌龊地死去的，史无可考，但这个传说足以说明社会上的一种流行看法。

不过，二人虽属同道，以诗词水准而论，容若确实要胜过王次回一筹。也许贵公子的眼界到底要比穷酸文人为高，中国老一派的文艺理论总是说艺术来自人民、劳动人民创造最伟大的艺术，如果二人转也叫艺术的话，这么说倒也没错。但我更接受普希金的话，诗歌是贵族的，要有贵族气。在眼下的例子里，同样的句子，放在王次回的诗里就总显得期期艾艾的，小家子气，而放在容若的词里，哪怕是原封不动地放进来，气象马上就不一样了。这是一个古今恒常的规律：贵族眼里没有柴米油盐。作为一个生计维艰、家庭负担巨大的普通劳动者，面对这些人我实在掩饰不住心中的嫉妒：他们不需要考虑生计，也不用嫉妒别人；他们心境自然开阔，他们眼界清澈爽朗；写诗填词，日臻境界。是啊，如果整天要为柴米油盐操心，只怕容若写不出这种东西来了。

作为比较，我们来看一下王次回这两句所出的原诗《宾于席上徐霞话旧》：

重见徐娘未老时，蕙兰心性玉风姿。

不忘杜牧寻春约，犹诵元稹纪事诗。

时世梳妆浓淡改，儿郎情境浅深知，

栖鸾会上桐花树，俊眼详看一稳枝。

王次回"时世梳妆浓淡改，儿郎情境浅深知"说的是世态人情的不可琢磨，用女子梳妆和少年情事来做比喻，不可谓不新奇精妙。与容若的化用作比较，王次回显然入世太深、心思太老，不像容若挚情挚性、天真无邪。这是气质使然，更是身世使然。写这类作品，用王国维的话说，作者入世越浅越好，典型的例子就是李后主生于深宫之中，长于妇人之手，这对自身的成长虽然不利，却是这一类艺术作品最好的土壤。

最后还有一个问题不知道大家注意到没有：为什么容若也好，王次回也好，那么多文人士大夫都热衷于去写闺怨诗词？为什么他们那么热衷于模拟女子的口吻去想男人？——对这个问题应该可以做一下社会学研究了，但大体推测一下，原因可能是这样的：文人们很希望找到红颜知己，和自己能做平等交流，但在那个"女子无才便是德"的年代里，红颜知己实在太难找了。容若的妻子就没法和容若去做诗词唱和，王次回家里也是一样，即便是欢场上的女子，很多精力也都用来学习吹拉弹唱了，再说就算想学文化，也很难找到合适的老师来教——老夫子去青楼教授之乎者也，想一想也觉得滑稽。于是，妇唱夫随的美好愿望就只有在想象里达成了。

真正能把诗词写好的女子在整个中国历史上都少之又少，多数的才女都存在于文人士大夫的想象世界里。意淫到达了一种境界，就成了艺术。

# 浣溪沙

**【原文】**

旋拂轻容①写洛神②，须知③浅笑④是深颦。十分天与可怜春。

掩抑薄寒⑤施软障⑥，抱持纤影⑦藉芳茵⑧。未能无意下香尘⑨。

**【注释】**

①轻容：一种无花薄纱，宋周密《齐东野语》卷十："纱之至轻者，有所

谓轻容，出唐《类苑》云：'轻容，无花薄纱也。'"王建《宫词》："嫌罗不着爱轻容。"

②洛神：中国神话人物，即洛水的女神洛嫔，相传她是宓（伏）羲的女儿，故称宓妃。溺死于洛水，成为洛水之神。

③须知：必须知道，应该知道。

④浅笑：犹微笑。

⑤薄寒：微寒、轻寒。

⑥软障：幛子，古代用做画轴。

⑦纤影：清瘦的身影。

⑧芳茵：茂美的草地。

⑨香尘：芳香之尘，多指女子步履而起者。这里指人间。语出晋王嘉《拾遗记·晋时事》"石崇又屑沉水之香如尘末，布象床上，使所爱者践之。"

**【赏析】**

紫薇茉莉花残，斜阳照却阑干。轻声吟唱的，是你，洛神一样绝美的女子。月光下，一位翩翩多情公子，执笔作画，为你。

画下，你双眼皮的呼吸和袅娜的脚印。画下，你的酒窝，随微笑，一张一合，醉倒十坛美酒，他的忧愁。

你是春天的姐妹。皱皱眉头，就是微风一缕，细雨一丝。你有薄薄的寒冷，他有暖暖的夕阳。你们一起拥抱的时候，芳草开遍天涯。

这首词清新洒脱，写的是为一美若神仙的女子画像，表达了对这位女子由衷的赞美和怜爱。

上阕说为她画像。"旋拂轻容写洛神"，频频地拂拭绢纸为她画像。作者用"轻容"来指代画纸，用"洛神"来指代女子，皆含不胜爱怜之情。因为轻容是纱中最轻者，《类苑》云："轻容，无花薄纱也"；洛神是指传说中的洛水女神，名宓妃，以女神称人，褒爱之心，自是可见。"须知浅笑是深颦"。乍读此句似不可解者，为何浅浅微笑就是深深蹙眉？联系上句方知，此句是说，她的形象实在太可爱了，连不高兴时皱眉的样子都好像是在微笑。实绝佳语，绝传神语。而后作者说她"十分天与可怜春"也就十分自然，丝毫不显矫揉造作。不仅不造作，反而清新生动：如此可爱，当是天生；如此美丽，好比春天。

下阕说画中的情景，但不是客观的描述，而是语带深情。词人对爱人的怜惜，使得他对画中"她"也照顾得无微不至。画中的"她""罗薄透凝脂"，他怕"她"衣衫单薄会感到寒冷，于是把"她"置身在华美的芳香褥垫上。"掩抑""抱持"即表明其怜爱之情切。最后的收束又颇为浪漫，将眼前之人与画中人合一，说她是仙女下到了尘界。而"未能无意"又将她情意绵绵的情态勾出。这种情致绵绵的开怀之作，在纳兰词中实不多见，但也同样体现着纳兰词的真纯深婉。

# 浣溪沙

**【原文】**

十二红帘窣地深①，才移划袜又沉吟②。晚晴天气惜轻阴③。
珠祓佩囊三合字④，宝钗拢鬓两分心⑤。定缘何事湿兰襟⑥。

**【注释】**

①十二红：小太平鸟的别称，鸟的一种，体形近似太平鸟而稍小，尾羽末端红色，故名。窣：下垂貌。

②划袜：只穿着袜子着地。沉吟：犹豫，迟疑。

③轻阴：疏淡的树荫。

④珠祓：缀珠的裙带。佩囊：随身系带的用以放零星物品的小口袋。三合字：古代阴阳家以十二地支配金、木、水、火，取生、旺、墓三者以合局，谓之"三合"，据以选择吉日良辰。

④宝钗：首饰名，用金银珠宝制作的双股簪子。

⑤兰襟：带有兰花芬芳香气的衣襟。

**【赏析】**

整个早晨，你想编一个花环，把两个人的爱围住。但花儿却滑落了。黄昏

的时候，你垂下红帘，把自己深深地藏起来。可是藏不住的夕阳，流淌出来。落霞与孤鹜齐飞时，爱的，不爱的，都已告别。只剩柔情在徘徊不安。相爱的季节。

你虽然有柳树的腰肢，桃花的眼神，芳草的发髻。但春天又要走了。你不知道。花落谁家。夜晚，花瓣合起。你为谁憔悴？不过是缘来缘散，缘如水。

此篇写闺怨。词只就少女的形貌作了几笔的勾勒，犹如两组影像的组接。

上阕描写闺中场景和她犹豫不定的行动。"十二红帘窄地深，才移划袜又沉吟"。绣织有太平鸟的红色帘幕垂挂在地上，刚刚移动了脚步又迟疑起来。起首这两句，通过描写垂挂的帘幕和犹疑的行为，渲染出女主人公若有所思、怅然若失的情态，把她的生活环境和内心矛盾含蓄而细腻地揭示了出来，为全词营造出迷离恍惚的意境。以下一句，"晚晴天气惜轻阴"。"晚"点明时间已值傍晚，"晴"说明天气晴朗。因为时候已经不早了，所以树荫不再浓密，转而疏淡。此句表面上说的是少女对轻阴的怜惜，实际上是借物言己，惜阴以自惜，哀婉青春将逝，故要加倍珍惜。

下阕是其梳妆打扮的特写。"珠袱佩囊三合字，宝钗拢髻两分心。"缀有珠玉的裙带上佩戴着香囊，正切中了"三合"之吉日字；宝钗将发髻拢起，好像分开的两个心字。如此精妙的刻画，直使女主人公形神毕见了。而"三合字"与"两分心"既是对女主人公装束的如实描绘，也是对其和恋人双方爱情关系的指代。古代阴阳家以十二地支配金、木、水、火，取生、旺、墓三者以合局，谓之"三合"，据以选择吉日良辰。钗也不仅是一种饰物，它还是一种寄情的表物。古代恋人或夫妻之间有一种赠别的习俗：女子将头上的钗一分为二，一半赠给对方，一半自留，待到他日重见再合在一起。辛弃疾词《祝英台近·晚春》中的"宝钗分，桃叶渡，烟柳暗南浦"，即在表述这种离情。故此词中"宝钗拢鬓两分心"实际上饱含女主人公与自己所爱分离的痛楚。也正是因此，才有了末句"定缘何事湿兰襟"的疑问：我俩的姻缘是前世注定的，你为什么还要泪湿衣襟呢？看其语气，是在反诘，似乎对前景充满信心，其实隐忧无限。或许女主人公早已清楚，这一美好姻缘在现实中屡遭创伤，几经磨难乃至难以为继，而自己又委实难断情缘，遂以慰语自安，亦求安人。

# 浣溪沙

寄严荪友①

【原文】

藕荡桥边埋钓筒②，苎萝西去五湖东③，笔床茶灶太从容④。
况有短墙银杏雨⑤，更兼高阁玉兰风⑥。画眉闲了画芙蓉⑦。

【注释】

①严荪友：即严绳孙，字荪友，一字冬荪，号秋水，自称勾吴严四，复号藕荡渔人，江苏无锡人，一作昆山人。康熙己未（一作戊午，误）以布衣举鸿博授检讨，为四布衣之一。

②藕荡桥：严绳孙无锡西洋溪宅第附近的一座桥，绳孙以此而自号藕荡渔人。钓筒：插在水里捕鱼的竹器。

③苎萝：苎萝山，在浙江省诸暨市南，相传西施为此山鬻薪者之女。五湖：

即太湖，《国语·越语下》："果兴师而伐吴，战于五湖。"韦昭注"五湖，今太湖。"

④笔床：搁放毛笔的专用器物，南朝徐陵在《玉台新咏序》中说："琉璃砚盒，终日随身；翡翠笔床，无时离手。"如同今天的文具盒。茶灶：烹茶的小炉灶。从容：镇定，不慌张。

⑤短墙：矮墙。银杏：即白果树，又名公孙树、鸭脚等。

⑥高阁：放置书籍、器物的高架子。玉兰：花木名，落叶乔木，花瓣九片，色白，芳香如兰，故名。

⑦画眉：即汉代张敞画眉事。《汉书·张敞传》"〔敞〕又为妇画眉，长安中传张京兆眉怃。有司以奏敞。上问之，对曰'臣闻闺房之内，夫妇之私，有过于画眉者。'上爱其能，弗备责也。"后用为夫妇或男女相爱的典实。芙蓉：

荷花之别称，严绳孙善画，尤工花鸟，故云。

**【赏析】**

夏日的藕荡桥边。你住在亭亭的荷叶隔壁，用丝丝的绿萍问候湖水。你的钓竿已经归隐山林。而你，已归隐钓竿。

挥一挥左手，苎萝山从西边归来；挥一挥右手，太湖在东边流淌。

你有一支笔，可以闯入许多唐朝诗人的句子里，没有飞鸟的群山，没有人迹的小径。你有茶灶，可以采撷几片宋词，舀起三江水，煮成清茶一杯。你还有很多从容，留给妻子，在她眉间画上一对对云朵。你有一生的晴朗天气。

严荪友即严绳孙。严绳孙（1623～1702），号藕渔，又号藕荡渔人，江南无锡（今属江苏）人。康熙十八年（1679）以江南名布衣身份被推荐参加"鸿博"考试，临场时，因目疾仅作成《省耕诗》一首即退场，期望能就此脱身。但康熙帝笼络士子之心正切，就援引唐代祖咏以咏雪诗二十字入选的掌故，破格以"久知其名"擢置二等末，授翰林院检讨，让他参与编修《明史》，不久充日讲官，迁右中允，又不久即告别官宦，回归故里，杜门不出，以书画著述终老。著有《秋水集》，小令特佳，清逸幽婉而时见冷隽藏锋。容若与严氏交情颇厚，寄赠不少，本篇大约作于康熙十六年。

此篇作法别致，即全是想象之语，全从对面写来，是对南归故里的荪友的生活情景的描绘。

开首"藕荡桥边埋钓筒，苎萝西去五湖东"二句，言荪友过着隐逸高致的生活，桥边垂钓，五湖泛舟，自在陶然之极。"埋"字表现出欣于垂钓，陶然忘机的沉醉情形，让人生出无限向往之心。"西""东"二字，分明有着苏东坡"竹杖芒鞋轻胜马"的潇洒飘逸，不禁令人歆美。接下是"笔床茶灶太从容"，此言或执笔写写画画，或烹茶品茗，从容自乐。这种徜徉山水、从容度日的方式，正是自来遁迹山林者所乐的境界。词里突出地表现了这种闲适、超脱的襟怀。由景物入笔，又以景写人，很好地表达了荪友的山水性情。上阕三句平平叙述，几乎没有任何刻画渲染，但正是在这种随意平淡的语调和舒缓从容的节奏中，透露出作者对荪友一片消散自得、悠闲自如的情趣的激赏。

"况有短墙银杏雨，更兼高阁玉兰风"。此二句系承上阕意，谓其居处更饶安闲之景，短墙银杏，高阁玉兰，著雨经风更加风流动人。"况有""更兼"二词的运用，更是把这种怡然自得的情怀荡漾得沁溢而出。末句"画眉闲了画芙蓉"。"画眉"用张敞画眉事典，寓指荪友家庭生活和谐，夫妻和美。"画芙蓉"指闲暇之余，可以游逛芙蓉湖，寄情山水，照应前面"藕荡桥边埋钓筒，芑萝西去五湖东"的意境，凸现了严氏清逸高朗、放情山水的品格。

纵览全词，作者满怀深情地描绘了南归故里的荪友的生活情景，不言自己对友人的怀念，而是写对方归隐之放情自乐。此种写法便显得更为深透，更加倍地表达出思念友人的情怀。

【词人逸事】

纳兰性德虽为满洲贵族、权臣之子、皇帝亲信，然而他本性纯然，完全没有门第观念，为人四海，与僧道、艺人、失第举子、落职官宦均有交游，乐善好施。他与江南很多文朋词友成为莫逆之交，相互切磋学问，砥砺志节；自己的才情也得到他们认同，使一位满洲贵公子在上层社会中超凡脱俗。

无锡人严绳孙便是他的莫逆之交，绳孙工书画，五十七岁时因为是"江南名布衣"而被逼应试博学鸿词科。然而他看透清廷只是利用该科名士做政治工具，仅写了一首诗即托病退场，性德却视为好友，两人词风也相近。

后来绳孙回到江南，隐居在无锡西洋溪藕荡桥之畔，过着闲适惬意的生活，顾贞观《离亭燕·藕荡莲》自注云："地近杨湖，暑月香甚，其旁为埽荡营，盖元明间水战处也。苏友往来湖上，因号藕荡渔人。这首词是绳孙归隐江南后，纳兰性德的怀友之作，可见二人感情深厚。故宫藏有禹之鼎画纳兰性德像，严绳孙题诗画上。"

# 浣溪沙

【原文】

欲寄愁心朔雁①边，西风浊酒②惨离颜。黄花时节③碧云④天。
古戍⑤烽烟⑥迷斥堠⑦，夕阳村落解鞍鞯⑧。不知征战几人还。

【注释】

①朔雁：指北地南飞之雁。

②浊酒：用糯米、黄米等酿制的酒，较浑浊。

③黄花时节：指重阳节。

④碧云：青云，碧空中的云。

⑤古戍：边疆古老的城堡、营垒。

⑥烽烟：烽火。

⑦斥堠：斥堠亦称斥候，是中国古代对侦察兵的称呼，多为轻骑兵。

⑧鞍鞯：马鞍子和垫在马鞍子下面的东西。

【赏析】

在边塞送客。寒秋苍茫，大地苍茫，你的别情苍茫。

"我寄愁心与明月，随风直到夜郎西。"在离别的筵席上，你始终无法做到红尘一笑，行到水穷处，坐看云起时。

因为，这里的天，是碧云天。这里的地，是黄花地。因为，这里，温一壶离愁，就能将心中的悲伤喝个够。孤帆远影碧空尽。

终于，故人走了。留下一股烽烟，一片夕阳，一座城楼，一件马鞍。有人说，守着它们一生的人，不知道有几个可以生还。

纳兰词多偏婉约一脉，很多词读来忧伤默默，哀婉不尽。然而偏偏他也有几首偏向豪放的词，这首《浣溪沙》就是其中之一。下阕中"古戍烽烟迷斥堠，夕阳村落解鞍鞯"还颇有唐朝边塞诗的味道。然而纳兰毕竟不是岑参那类边塞诗人，唐时的边塞诗是荒凉中透出豪迈，纳兰词却是豪迈转向了凄凉。

这首词写词人使至塞上，又于客中送客，由此联想到长年戍守边关的将士，遂不胜悲悯和伤怀之感。

　　上阕写客中送客。首句借用李白《闻王昌龄左迁龙标遥有此寄》诗："我寄愁心与明月，随风直到夜郎西。"李白这首诗是他听说王昌龄被贬谪为龙标尉后所作，其将自己的"愁心"寄予明月，不仅表现出李王二人的心灵都如明月般纯洁、光明，而且也意喻了只要明月还在，他们二人的友谊就会像皓月一样永远长久。词人引用李白诗句，自然道出了他对友人的一片深情：我将对你的

一片情思寄予朔雁，希望它带着我的思念伴你至朔方，聊慰你孤寂的身影。"西风浊酒惨离颜，黄花时节碧云天"两句描述了秋日边地惆怅的离别场景。"西风"句谓秋风中，浊酒一杯，为君饯行，离别的筵宴，不胜忧愁凄苦。"黄花时节碧云天"一句从高低两个角度描绘出寥廓苍茫、萧飒零落的秋景，渲染了离别的苦况，不禁叫人想起范仲淹《苏幕遮》"碧云天，黄叶地，秋色连波，波上寒烟翠"和王实甫《西厢记》"碧云天，黄花地，西风紧，北雁南飞。"

下阕写边关苍茫凄清之景。由于是塞外送客，且友人也是前往边地，所以别筵罢后，词人不禁想到边地戍守情形。"古戍烽烟迷斥堠，夕阳村落解鞍鞯"即是言此。古戍苍苍，烽火已燃，硝烟顿起，戍卒登楼眺望；残阳西落，军卒夕归，卸去行装，驻扎安营。此二句颇能见出纳兰边塞词的雄浑苍凉。结句"不知征战几人还"，袭用王翰《凉州词》"醉卧沙场君莫笑，古来征战几人回？"，表达了对边地士兵的悲悯之情，引人思索。

# 浣溪沙

**【原文】**

败叶填溪水已冰，夕阳犹照短长亭①。何年废寺失题名。
倚马客临碑上字②，斗鸡人拨佛前灯③。净消尘土礼金经④。

**【注释】**

①短长亭：短亭和长亭的并称。

②倚马：靠在马身上。南朝宋刘义庆《世说新语·文学》："桓宣武北征，袁虎时从，被责免官。会须露布文，唤袁倚马前令作。手不辍笔，俄得七纸，绝可观。"后人多据此典以"倚马"形容才思敏捷。

③斗鸡：使公鸡相斗的一种游戏，多用来指纨绔子弟游手好闲，不务正业。

④金经：指佛道经籍。

**【赏析】**

这首词，是容若在一个萧瑟的冬日里途径一处荒废的寺院，有感而作。

"败叶填溪水已冰"，交代外景，残败的落叶填满了小溪，而小溪也早就结冰了。"夕阳犹照短长亭"，"短长亭"在前文已经讲过，是城外供路人歇脚的地方。"何年废寺失题名"，镜头拉近，一座寺院不知是哪年修建的，匾额要么朽坏了，要么被蛛网遮盖了，看不出这寺院的名字。

上片这三句话就像电影一开始时的镜头手法，先给人一个"败叶填溪水已冰"的画面，然后摇成远景"夕阳犹照短长亭"，然后镜头逼近一座废寺，在门口停顿片刻，再模仿人抬头仰望的感觉向上转到匾额。当然，真要用镜头来表现，自然会比这三句词更流畅、更细腻，但在诗词的表现能力里边，这三句已经非常精彩了。

诗词里边写景的句子和电影的镜头手法是异曲同工的，如果不懂这些，写出来的东西就会像室内剧一样，毫无镜头美感可言。这种手法在诗歌艺术史上也有一个发展的过程，唐人讲"诗中有画"，这还只是使诗歌语言具有了静态的画面美，还没有动态的镜头美，到了容若的时候，这种镜头美就比较成熟了。现在还有很多人说诗必盛唐，一来是崇古心理作祟，二来是对历代诗歌缺乏综合了解，三来唐诗比较通俗，易于被广大人民群众接受。事实上艺术总是越发展越高明的，只是越高明的东西就越少有人能够领会。

下片把镜头从"景"切换到了"人"的身上："倚马客临碑上字，斗鸡人拨佛前灯"。这个对仗很工整、很巧妙，也很费解。有注本说这里"倚马客"和"斗鸡人"对举，意思是这座寺院里的人已经不是往日的善男信女了，而是前来闲游的过客，或是贤人雅士，或是豪门贵族的公子哥们。此中含义，是说无论古今，贤愚不肖，各色人等，此际都成了过去。

但这个解释未必就是对的。这两句词的难解，有人说是用典太偏，我倒觉得难度不在这里，而在于你很难确认它们到底是用典还是白描。

"斗鸡人"确实有个典故。唐玄宗宠爱一个叫作贾昌的斗鸡小孩，给了他极其尊贵的待遇，而且恩宠达几十年之久。但斗鸡斗得再好，毕竟也是个弄臣，贾昌的待遇让文人们很看不惯，少不了写诗讽刺。后来安史之乱爆发，唐玄宗逃亡蜀地，贾昌没了靠山，只好隐姓埋名寄居于一所寺院，家里那么多的财富全被乱兵所劫，一点都没剩下。大概是因为受了这个刺激，也受了这一段寺院生活的感染，等时局稳定下来之后，贾昌没再重操旧业，而是真当和尚去了。他是弄臣出身，一直都是个富贵文盲，老来勤读佛经，也开始识文断字了，从此像换了一个人似的，开始了清苦的修行生活。

"倚马客"也有个典故，这是大家熟知的"倚马千言"，现在我们夸一个人可以随时随地给领导写稿子，也可称"倚马千言，文不加点"。

在我看来，这里的"倚马客"和"斗鸡人"都不是白描，而是用典，因为一来这两则典故都很切合容若的身份；二来从对仗规则来看，如果"斗鸡人"是用典，与之对应的"倚马客"应该也是用典，这是通常注本不察的地方。

从"倚马客"来看，容若一来才情过人，确实有着倚马千言，文不加点的本事，二来他做的也正是这种差事，经常要给康熙皇帝处理公文、翻译应景之作等等。"倚马客临碑上字"突出的一个反差：为领导写稿子的大手笔如今竟然在这荒废的寺院里临写碑文。

从"斗鸡人"来看，容若也是一般地"少年得志"，虽然不是弄臣，但也不是大臣——以满洲传统论，他只是一个奴才；以工作职责论，也无非是个秘书、保镖、跟班。尽管甚得皇帝宠信，那又如何呢？和斗鸡神童贾昌又有多大的分别呢？越是深入汉文化，越是难免会对自己的身份产生无法认同的感觉。而今在这座荒废的寺庙里，"斗鸡人拨佛前灯"，这个皇帝驾前的红人也像安史之乱以后的贾昌一样，在佛家的世界重新寻找安身立命之所了。

末句"净消尘土礼金经"，所谓"金经"，有注本解释为《金刚经》的简称，这是不对的；有注本认为泛指佛经，这是对的，却未详述此说法的来历。为什么佛经会被称为金经，因为抄写佛经会消耗大量黄金——古人写字，无非是用文房四宝"笔、墨、纸、砚"，至多也就会用到朱砂，而抄写佛经可大不一样，墨里是要掺金粉的。抄啊抄，工工整整的，泥金小楷《金刚经》，想想就觉得漂亮，就觉得尊贵。一个人抄，两个人抄，倒也用不了多少金子，可架不住千千万万个人抄。当千千万万篇漂亮尊贵的泥金小楷佛经被抄完之后，也就又有大量的黄金被这么消耗掉了。历史研究者曾对中国历史上大量黄金的消失感到难以理解，后来得出的结论就是：黄金都被佛祖弄走了，一是金粉抄佛经，二是没完没了地给佛像重塑金身。

重新品位容若这首词的下片三句，"倚马客"表示一流的才干，"斗鸡人"表示荣耀与地位，而这些在一座荒废的寺院之中却完完全全地匍匐了下来，所谓"净消尘土"既写实（拂去衣服上的征尘），也是写虚（忘掉尘世的纷扰），最后的归宿只有这寂寥的佛前。这是怎样一种刺骨的消沉呀。

### 【词人逸事】

纳兰性德是一位入世极深的士人，然而他所向往的却是温馨自在的生活。在康熙身边多年，他看遍了清廷政治党争倾轧，他想做的事不能做，不想做的事又不得不做。在不停地陪侍出行中耗蚀青春年华，这些都使他厌畏思退。

再加上他的父亲明珠，本来是位政治才能杰出的能臣，在统一台湾、平定三藩、治理黄河水患等重大国务中都起了相当大的推动作用，他还坚定地支持天主教会，为闭塞的皇朝打开了与外界交流的契机。这些都足以使他名垂青史，然而势高位重同时也滋长了明珠的腐败作风，他结党营私，贪污受贿，终被罢相。虽然这些在纳兰性德生前尚未发生，然而这位才子却似乎已然预见到了这个结局。面对朝为权贵、暮则家破势尽犹如穷僧的境遇，纳兰性德自嘲是"斗鸡人拨佛前灯",透出了看破前程却又无可奈何的忧伤之怀!

# 浣溪沙

【原文】

十里湖光载酒游,青帘低映白洲①。西风听彻采菱讴②。

沙岸有时双袖拥③,画船何处一竿收④。归来无语晚妆楼。

**【注释】**

①青帘：旧时酒店门口挂的幌子，多用青布制成。白洲：泛指长满白色花的沙洲。唐李益《柳杨送客》诗："青枫江畔白洲，楚客伤离不待秋。"

②采菱讴：乐府清商曲名，又称《采菱歌》《采菱曲》。

③沙岸：用沙石等筑成的堤岸。双袖：借指美女。

④一竿：宋时京师买妾，一妾需五千钱，每五千钱名为"一竿"。李煜《渔父》："浪花有意千重雪，桃李无言一队春。一壶酒，一竿身，世上如侬有几人。"故此处之"一竿"亦可指渔人。

**【赏析】**

史上文人词句，各有风格。纳兰之词，可谓是情由景生，情景交融。这一首词，读罢内心充满美好的期待。目光所及，如诗如画。

景是湖边之景，文人向来喜爱以湖景为背景，兴许是由于湖之温和、宁静，令人心境平和。甚是喜爱朱自清的《桨声灯影里的秦淮河》，灯火酒家，映于湖面之上，悠扬醉心令人留恋不已。携酒游于湖面之上，风是江南之风，水为江南之水，酒家门面上的青布幌子掩映着白色的沙洲，好一幅惬意的佳景。

和着西风在小舟之上饮酒，醉心之趣，好似听见采莲曲悠扬地在湖面上拂过，又有沙岸上美女水袖飘然，翩跹起舞，自是美不胜收。此时纳兰又借李后主《渔夫》中"浪花有意千重雪，桃李无言一队春。一壶酒，一竿身，世上如侬有几人"一句，表达身在舟中，好似渔夫撑竿，尽享自然情趣的美好感触。当年李后主身为君王身不由己，只得写这样一阕词，画饼充饥，以抚慰自己疲惫无奈之心。在美景之中，纳兰是否也如后主一般惆怅地期待，我们并不能身临其境地大胆猜测，但至少从这词看，基调明朗闲适。纳兰对山山水水尤其喜爱，心心念念想要回归自然，为天地之间的一名酒客便可。这心愿，从满首词间漫溢的情趣就可窥见。

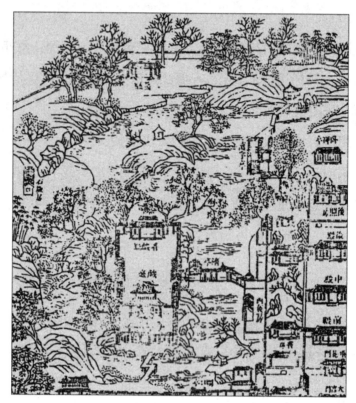

　　纳兰这词，写得清新、雅致，写景之词历代文人有不少佳作，纳兰写景却依旧不让人觉得雷同厌倦。勾勒这描绘的图景，秦淮河的灯火之夜又于脑中浮现，朱自清轻柔的笔触淡描："醉不以涩味的酒，以微漾着，轻晕着的夜的风华。不是什么欣悦，不是什么慰藉，只感到一种怪陌生，怪异样的朦胧。朦胧之中似乎胎孕着一个如花的笑——这么淡，那么淡的倩笑。淡到已不可说，已不可拟，且已不可想；但我们终究是眩晕在它离合的神光之下的……"湖面、小舟、酒家、沙堤、美女、灯火都有了，便觉人间万千之美，都已获得。纳兰之心，想必也是这般。田园之趣，之于生活，已然足够，不需更多。

　　读一阕写景之词，读出如此欢愉，纳兰之心，了然于世。

　　仔细读罢，好似亲眼目睹其人笑容满面。

# 浣溪沙

【原文】

脂粉塘空遍绿苔①，掠泥营垒燕相催。妒他飞去却飞回。

一骑近从梅里过，片帆遥自藕溪来②。博山香烬未全灰。

【注释】

①脂粉塘：溪名。传说为春秋时西施沐浴处。《太平御览》卷九八一引南朝梁任《述异记》："吴故宫有香水溪，俗云西施浴处，又呼为脂粉塘。"这里指闺阁之外的溪塘。

②片帆：孤舟，一只船。

【赏析】

写离愁，往往写闺怨。

尤其温庭筠的词作，常见触及闺怨，以《更漏子》为最：

玉炉香，红蜡泪，偏照画堂秋思。眉翠薄，鬓云残，夜长衾枕寒。梧桐树，三更雨，不道离情正苦。一叶叶，一声声，空阶滴到明。

守望空阶的女子，哀婉凄楚，惹人心碎。

纳兰这阕词，主人公亦是女子。开篇便是景色的渲染，写脂粉塘空旷只剩铺满的绿苔，早失却了昔时景象。这脂粉塘，相传正是春秋时候西施沐浴的溪塘，南朝梁任《述异记》有言："吴故宫有香水溪，俗云西施浴处，又呼为脂粉塘。吴王宫人灌妆于此溪上源，至今馨香。"纳兰句中的脂粉塘，实为女主人公闺阁之外的溪塘。女子之心细腻敏感，心有戚戚，窗外的溪塘，都如同着了凄凉的颜色。还未到分别之时，那溪塘都如同脂粉塘那般令人迷醉，可相离许久，溪塘都不再繁华，逐渐萧条。眼中之景，都像蒙了灰。

此时又见大地春回，看燕子掠泥而飞，好像是相互催促着，一片生机盎然的景象，可伫立至此，等不到思念之人执手相看，净是看燕子双双来去，分明高兴不起来。连燕子都有相伴的幸福，为何迟迟等不到你的归来？

离情凄凉。心爱之人在这景色里不能相伴，连那燕子都想要去嫉妒一番。

可嫉妒又有何用？无奈凄凉，只得怨那离别，让人愈发想念。恍惚，思念愈深，好似幻觉中他正轻骑从近处的梅园出现，又像是坐着小舟，从遥远的藕溪归来。晏殊之词浮于脑际："无穷无尽是离愁，天涯地角寻思遍"，弱女子的相思之情，全都寄托在那天涯地角的期待里，哪天心爱之人将从哪里归来，想象连连，好似梦了一场，醒来之时，恐怕甚是凄楚。臆想之辞，尤其感人。痴心人如此，怎能不让人动容？人生自是有情痴。这相思近痴的女子，不知道爱人归来之日是何时，也只得想象重逢之景，一次一次，念了一千遍，痴了一千遍，再见会是怎样的场景。好似要把所有的可能，都罗列一遍，要让自己重逢之时，不至于情绪失控，号啕大哭一般。

最后一句，博山炉中香已烧完，却未燃尽。言有义，意无穷。女子大概是注视着炉里升起的袅袅香烟，心里是比这缭绕的轻烟更剪不断理还乱的愁绪。香未燃尽这一意象，充满让人沉醉的力量。烟未散尽，女子的愁绪不能穷尽，等待归期到来的日子也不知到何时才尽。凄清之至，读罢也觉眼前轻烟袅袅一般，哀婉无奈。

忍不住想要去猜测，纳兰写如此一名痴情的女子想要诉说的是如何的深情？

这女子写的是他日夜思念的爱人，还是他自己内心成痴的愁？

遥寄相思，等待的爱情最是苦痛，却又让人欲罢不能。

# 浣溪沙

大觉寺①

**【原文】**

燕垒空梁画壁寒②，诸天花雨散幽关③。篆香清梵有无间④。

蛱蝶乍从帘影度⑤，樱桃半是鸟衔残。此时相对一忘言⑥。

**【注释】**

①大觉寺：可能为今北京西北郊群山台之上的大觉寺。此寺始建于辽成雍四年，初名"清水院"，后改"灵泉寺"，为金代"西山八景"之一。明宣德年重修，改名"大觉寺"。

②燕垒：燕子的窝。画壁：绘有图画的墙壁。

③诸天：佛教语。指护法众天神。佛经言欲界有六天，色界之四禅有十八天，无色界之四处有四天，其他尚有日天、月天、韦驮天等诸天神，总称之曰诸天。花雨：佛教语，诸天为赞叹佛说法之功德而散花如雨。后用为赞颂高僧、颂扬佛法之词。幽关：深邃的关隘，紧闭的关门。

④篆香：犹盘香。清梵：谓僧尼诵经的声音。南朝梁王僧孺《初夜文》："大招离垢之宾，广集应真之侣，清梵含吐，一唱三叹。"

⑤蛱蝶：蛱蝶科的一种蝴蝶，翅膀呈赤黄色，有黑色纹饰，幼虫身上多刺。

⑥忘言：谓心中领会其意，不须用言语来说明。

【赏析】

这是纳兰记游之作。面对如此气魄的大觉寺，感受僻静行宫中走动的幽静之感，他不禁感叹道：此时相对一忘言。

大觉寺是北京"八大寺院"之一，始创于辽代。纳兰当时所见的大觉寺是明代的规制。至今大雄宝殿、三世佛殿还保留着明代的木结构，院落宽阔，殿堂高大，花木繁多，以玉兰、银杏最为著名。大殿中保留着精美壁画、悬塑。至今主佛像、"二十诸天""十二缘觉"的塑像保留完好。故纳兰寺中之见，都且芰荷灵泉泉水曾是"八绝"之一，故大觉寺曾有名曰"灵泉寺"。此地一向为文人所爱，有俞平伯的《阳台山大觉寺》，也有季羡林的《大觉明慧茶院品茗录》，可见大觉寺可爱之处，确是不少。

纳兰之词，燕垒二句，"燕垒""空梁""画壁"，皆写表面看去一番荒凉残破的景象：燕群在寺中空梁上筑巢，壁画清冷。本应是普通的写景，若是忽略下文，自然会猜测是否写的是凭吊古迹之词，但对着荒凉的寺中之景，却隐约能闻到幽幽的篆香，清幽的诵经声似有若无。荒凉的院子，霎时变得肃穆清雅，梵天幽静。

佛经梵语，总有这能耐让浮躁之人心神安定，连那看似荒芜的小院，此时也罩了点梵家之光，不似平凡的荒芜。

此时蛱蝶翩跹由帘影下飞过，枝丫上的一颗樱桃被鸟儿啄去半颗。所取之物是自然界最渺小之物，倘若没那宫阙似的古屋，没那回音缭绕的梵音缠绵，不过是人间最单纯的田园之乐。而偏偏这不是田园情趣，此间之意，回味阵阵。乃至似乎还能感受到侍卫在高大殿堂的台阶下巡行，在僻静的行宫跨院当值的情景，地大人少，空旷寂寥，但绝不衰败，反倒有超然幽静的静谧肃穆。这地，是超脱了俗世之态的纤尘。

此中必有真义，心领神会，却只能相对妄言。这最后一句有些许伤感，总显几分消极，但反倒放在这景色中，颇有别样的意蕴。景物寥落却静谧有致，和这才子的伤感，契合正好。

# 浣溪沙

【原文】

抛却无端恨转长，慈云稽首返生香<sup>①</sup>。妙莲花说试推详<sup>②</sup>。

但是有情皆满愿③，更从何处着思量。篆烟残烛并回肠④。

【注释】

①慈云：佛教语，比喻慈悲心怀如云泽之广被世界、众生。稽首：古时的一种跪拜礼，叩头至地，是九拜中最恭敬的。

②妙莲花说：谓佛门妙法。莲花，喻佛门之妙法。莲花世界为佛教所称西方极乐世界。明汪廷讷《狮吼记·摄对》："安得三轮尽空，化作莲花世界。"推详：仔细推究。

③满愿：佛教语，谓实现了发愿要做的事。唐皮日休《病后春思》诗："应笑病来惭满愿，花笺好作断肠文。"

④篆烟：盘香的烟缕。回肠：喻思虑忧愁盘旋于脑际，如肠之来回蠕动。

**【赏析】**

纳兰多情，世人皆知，却少有人知晓他通晓佛学精华。纳兰号为楞伽山人，正是取自于佛学。大乘佛经中有一本非常著名的佛经叫《楞伽经》，全名《楞伽阿跋多罗宝经》。《楞伽》是佛经的一种，传说达摩从西域带来，是佛学中一部很主要的宝典。义趣幽眇高深，读者极需慎思明辨。古人取"山人"为号，有隐居者的意思，故"楞伽山人"即隐于佛经者。

想要抛却无端烦恼转而幽恨更长，纳兰说：慈云稽首返生香，是祈求于神明，愿赐予返生香，好让亡妻回到身旁。

"返生香"一词则由东方朔所写的《海内十洲记》而来："人鸟山"。山多反魂树，能自作声，如群牛吼，闻之心震神骇；伐其根心煮汁为丸，名为"惊精香"或"震灵丸""返生香""震檀香""人鸟精""却死香"。

此时的纳兰丧妻之痛过于深重，已有成痴之态。常理上来说这尊贵的公子，仕途平坦，职位算高，受正统的满人教育，文武全才，不应有心钻研佛学。唯一可解释的是内心的重创，痛失爱人，让他的生活充满了回忆念旧的清冷气息。写这阕词时纳兰在大觉寺中，正值妻子逝世一年，痛定思痛，痛断柔肠，试图摆脱这般消极，却愈是更加思念。无奈只得乞求于神明、乞助于佛道，希望找到一条解脱之道。

妙莲花说，指的《妙法莲华经》，这里的"华"同"花"，莲花喻佛门妙法，这一说法由明代李贽的《观音问》"若无国土，则阿弥陀佛为假名，莲华为假象，接引为假说"而来。《妙法莲华经》被称为佛经中最重要的一部，因其极高的文学、美学价值被众多的文人喜爱。相传当年王安石的女儿出嫁吴家，万分思念父母。王安石为安慰女儿，同时抚慰自己，写了《次吴氏女子韵》：

秋灯一点映笼纱，好读楞严莫念家。

能了诸缘如梦事，世间唯有妙莲华。

这里的妙莲华，指的也是这部经。

有情皆满愿，属于佛学思想，鼓励众生要愿意相信。只需潜心希望，都可如愿。但纳兰却道：更从何处着思量？

读来是有些怀疑和埋怨的。乞求至此，倘若如它所说，有愿景者都可如愿，为何亡故之妻，却迟迟不归？

今生难见，纳兰心里明了，只是不肯接受罢了。每每思念其人，都觉得内心苦痛难耐，才以这乞求的方式，恳上天予他一个奇迹。——不过自我安慰罢了。可奇迹总是不会发生的，于是每思痛楚，都觉得愁绪有如篆烟燃尽留下那凹凸的残烛，无序纷杂。

佛学只得以暂时解脱于苦痛，对这痴情的丈夫，恐是没有那能耐彻底根治他内心的凄苦了。只叹这痴情人，痴情之心顽固又深情。

# 浣溪沙

小兀喇①

【原文】

桦屋鱼衣柳作城②，蛟龙鳞动浪花腥③，飞扬应逐海东青④。

犹记当年军垒迹⑤，不知何处梵钟声⑥，莫将兴废话分明⑦。

【注释】

①兀喇：亦作乌喇，即今吉林省吉林市。

②鱼衣：用鱼皮做衣服。

③蛟龙：传说中能使洪水泛滥的一种龙。

④海东青：一种凶猛而珍贵的鸟，属雕类，产于黑龙江下游及附近海岛。宋庄季裕《鸡肋篇下》："鸷鸟来自海东，唯青最佳，故号海东青。"《元史·地理志二》："有俊禽海东青，由海外飞来，至奴儿干，土人罗之以为土贡。"

⑤军垒：军营周围的防御工事。《国语·吴语》："今大国越录，而造于弊邑之军垒。"

⑥梵钟声：佛寺中的钟声，僧人诵经时敲击。

⑦兴废：盛衰，兴亡。

## 【赏析】

纳兰其家族——纳兰氏，隶属正黄旗，为清初满族最显赫的八大姓之一，即后世所称的"叶赫那拉氏"。纳兰先祖可上溯至海西女真叶赫部，居吉林松花江流域，后南迁至辽河流域。这年纳兰扈驾东巡，经过兀喇，这兀喇一带，正是纳兰家族曾经的领地。往事悠悠，思古讽今，怀古之思读来并不仅仅是今昔之感，兴亡之叹。

身处家族故地，目睹人们以桦木建构屋宇，用鱼皮做衣服，扦插柳木作为城围，生活简朴。蛟龙鳞动，江边看浪花逐着海东青，一片壮阔景观，却百感萧条，不禁回想起当年叶赫部被爱新觉罗部灭族的往事。上片描绘的，看似是写兀喇的特异景色和风俗民情，实是那郁结之心的爆发前奏。看纳兰所取之景，尽可感受这环境凛冽。似是这蛟龙，传说是使洪水泛滥之龙，再似那海东青，据说是凶猛而珍贵的鸟类，再看浪花是"腥"，蛟龙是"鳞动"，寒山恶水，好一番沉郁的喟叹！

有景的铺设，下片转为抒情。"犹记"一词，引得回忆当年军垒之迹。"当年军垒"，正是海西遗迹。恰逢这时，不知哪里响起梵钟声，历史滚滚往事，随这钟声飘荡回转，悠远冗长。这时感慨，莫将兴废话分明，怕是不知如何话分明罢。以此作结，后人揣测不得，说不清纳兰心中愁绪，算否为恨。前扬后抑，似寓有难言的隐恨。

性德曾祖金台石之妹孟古是清太祖努尔哈赤之皇后、清太宗皇太极之生母。然而为争夺疆土，反目成仇，叶赫部被努尔哈赤吞灭，金台石自焚身亡，其子尼雅哈归降，被划归满洲正黄旗，尼雅哈之子正是纳兰之父明珠。

因而有人说，纳兰其人，潜意识里深藏着对爱新觉罗氏的世仇。这种宗族之仇灭门之恨是否存在，不得而知。但读这词，确实似有潜藏的隐怨。故《饮水词笺注》前言有分析如此："纳兰塞外行吟词既不同于遣戍关外的流人凄楚哀苦的呻吟。又不是卫边士卒万里怀乡之浩叹，他是以御驾亲卫的贵介公子身份扈从边地而厌弃仕宦生涯。一次次的沐雨栉风，触目皆是荒寒苍莽的景色，思绪万端，凄清苍凉，于是笔下除了收于眼底的黄沙白茅、寒水恶山外，还有发于心底的'羁栖良苦'的郁闷。""几乎是孤臣孽子的情绪了"（严迪昌《清词史》）。这话说得切中肯綮。

这贵公子之心，本是敏感多情，只为尽孝而听从家庭的安排，游于官场，实际无心于此。他注定是这家族的人，遵循着官途尽臣子之忠，为君王出生入死，但不巧有颗"为人之心"，生来抵触奴才之命。服侍君王，并非他所要的诗书人生，太坎坷，太不自由。再加之这祖先史前的恩怨，今昔甚远，叫人郁结。这隐恨，隐得辛苦，恨得惆惘。生是惆怅客。

# 浣溪沙

### 姜女祠①

**【原文】**

海色残阳影断霓②，寒涛日夜女郎祠③。翠钿尘网上蛛丝④。

澄海楼高空极目⑤，望夫石在且留题⑥。六王如梦祖龙非⑦。

**【注释】**

①姜女祠：又称贞女祠，在山海关欢喜岭以东凤凰山上。据民间传说，在秦始皇时，孟姜女的丈夫被强迫修筑长城，一去几年音信全无。她不远千里去送寒衣，然而却未找到丈夫。她在城下痛哭，城墙因而崩裂，露出了丈夫的尸

骨。孟姜女痛不欲生，投海而死。姜女祠就是为纪念她而建，相传始建于宋，明代重修。

②断霓：断虹，称虹为霓。

③女郎祠：即姜女祠。

④翠钿：用翠玉制成的首饰。

⑤澄海楼：楼名。在河北旧临榆县南宁海城上，明兵部主事王致中建。

⑥望夫石：辽宁兴城西南望夫山之望夫石，相传为孟姜女望夫所化。留题：参观或游览时写下观感、题诗。

⑦六王：指战国齐、楚、燕、韩、魏、赵六国之王。祖龙：指秦始皇。

【赏析】

康熙二十一年壬戌（1682年）二月至五月纳兰扈从东巡，作了一系列的写景词。期间作为臣子的纳兰，寻访古迹途中心灵受到不少冲击。因纳兰家族先世恩怨、本身的特殊经历和处境，纳兰对历史的怀思亦颇有意味。

这词因景而起，落日残阳挂在薄薄的西天，余晖映在海面上，贴着涌动的浪涛，成一段虚渺的霓虹。冷冽的潮水不辞疲惫，姜女祠里日日夜夜听闻浪涛拍打礁石的动静。这祠又叫贞女祠，据说是为纪念那痴情哭动长城的孟姜女而建。距这痴守女子的年代已去甚远，汪洋与孤守的祠堂相望也不知过了多少个日夜，庙中的孟姜女，盘髻上的翠翘金钿依然网上层层细密的蛛丝与尘埃，翠玉光鲜的着色随着女子投海，一同沉没在历史长卷之中。姜女追随爱人而去，光鲜的历史随时代终结而去。

立于澄海楼上眺望苍茫之景，望夫石一如往昔等待之妻，坚守于南宁海城上。传说孟姜女当年苦等丈夫不归，几番立于此地守望远方，又抱寒衣远赴长

城寻找爱人，久之于此化为望夫之石，从此不论风雨都将停留于此，等候一个归期。归期无尽，望夫石仁立至今，已然可见文人墨客参观游览时写下的观感题诗，点滴墨迹都是岁月流淌的痕迹，随着这长久坚守在此的石像一同见证历史长河，流淌不息。

一转眼，"六王如梦祖龙非"。此"六王"，即指战国燕、赵、韩、魏、齐、楚六国。这说法出自唐朝杜牧的《阿房宫赋》，之曰："六王毕，四海一。"再有《集解》云："苏林曰：'祖，始也；龙，人君象。谓始皇也。'"故秦始皇又叫祖龙。纳兰感叹，六王毕、四海归一的大业，恍然只如梦了一场，悄无痕迹，秦始皇的英姿也业已长眠于地下。

这词题为"姜女庙"，写尽壮阔之景，博大之感，但事实并非单纯记游之作，而是借游此庙发往古之幽思，抒今昔之感，欲抑先扬。纳兰饱读诗书，写

词看似直白易懂，实际用典巧妙，字字珠玑，不论写景抒情，都是发自肺腑。忧郁沉敛的骨子里是对历史和现实更加敏感的认知和反思。单就这词，六王如梦祖龙非，思考就甚是凝重。

再细究：为何纳兰要用姜女祠来作为抒情的寄托和引子呢？

为修建长城，流的是百姓的血与泪，哭的是百姓的累或亡。战争带来悲剧连连，人们却依旧为改朝换代互相争夺残杀。参照纳兰祖先的恩怨，也不难理解。历史长卷不断翻看，目光所及，都是泊于苦痛之中的艰难百姓，叫人怎么忍心再读？

沉思至此，难怪这本该尽享荣华的贵公子，一生忧心郁结。

# 浣溪沙

**【原文】**

泪浥红笺第几行①，唤人娇鸟怕开窗，那能闲过好时光。
屏障厌看金碧画②，罗衣不奈水沉香③，遍翻眉谱只寻常④。

**【注释】**

①泪浥：被泪水沾湿。红笺：红色笺纸。多用以题写诗词或做名片等。

②金碧画：即以泥金、石青、石绿三色为主的山水画。此画古人多画于屏风、屏障之上。

③水沉香：即沉水香，又名沉香。

④眉谱：旧时女子画眉所参照的图谱。

【赏析】

这首《浣溪沙》继承了传统诗词写作一大风格，便是情感女性化。词人借所思念之人的对自己的思念，来表达自己的思念，故虽词浅意显，仍是心思委曲，积思甚多，在情思上，可谓一波三折，别开生面。

从总体上看，全词在"怕""闲""厌"三阶段情感递进中上升。

上片"泪浥红笺"起首，全词的格调基本奠定下来。"泪浥红笺"是一种情感的外放，起头以这种方式，在诗歌中较为常见，也颇有效，在情感统摄上，有开门见山的优势。接着写"唤人""娇鸟"，却"怕开窗"，这时，在情感的表现方式上，较诸"泪浥红笺"，就显得内敛一些，用"怕"来表现内中矛盾，她大抵会黯然神伤："此遭启窗看，只怕又是，一番空倚栏。"接着情感益发收拾了一番，用了"闲"这看似无情感的词，然而这"闲"是藏着极深沉情感的，"闲"与"好时光"的交织，是何其让她无奈与痛苦。

下片并未脱离上片的情感轨迹。第一句"屏障厌看金碧画"中的"厌"字，是全词情感的最高点，余下几句，尽是这时情感飞瀑直泻而下的水流，"罗衣犹觉寒"，"眉谱无心思"。"厌"字较之"泪""怕"，更为深沉，所以内敛得也最深。这时她对外部世界的一切只是一个"无心"，对那些氤氲的沉香、华丽的屏画、缤纷的眉谱等，就因一个"厌"，不闻、不看、不画，无有适意，无不伤怀，看似"天命无常，人事随兴"，其实心中的情感确是最为激烈的。这种"非我所爱，皆我所恨"的细腻而激烈的情感，逐渐从词中表现出来。

回观全词，词人在情感处理上颇动心思。在情感的处理手段上，采用"收"的方法，而情感的表现上，却是念人伤怀，愈感愈深，递相深进的"放"。这首词很短，可谓"小制"，然情感上却收放并进，读之味足，感慨至切。

# 浣溪沙

【原文】

伏雨①朝寒愁不胜，那能还傍杏花行。去年高摘斗轻盈②。

漫惹炉烟双袖紫，空将酒晕③一衫青。人间何处问多情。

【注释】

①伏雨：指连绵不断的雨。

②斗轻盈：与同伴比赛看谁的动作更迅捷轻快。轻盈，多用以形容女子体态的轻快、灵活。

③酒晕：喝完酒后脸上泛起的红晕。

【赏析】

这是一首相思之作，却不同于那种甜蜜憧憬的怀想，亦不是刻骨铭心的感念。如果一定要用一个词来形容这首小令，那么非此二字莫可当得：阑珊。

作者一开始就把我们领入了那片零雨其蒙的小小天地：春潮微寒，连绵的小雨淅淅沥沥，点点滴滴。造物者是有诗意的，总是在那样一个特定的时间为我们呈现这样一个微雨的初晨。

"那能还傍杏花行。去年高摘斗轻盈"，正是"春花秋月，触绪还伤"的另一番写照。当年他曾和她在一起攀上杏树枝头摘取花枝，比赛谁最轻盈利落，而今的杏花春雨一如往昔，而佳人已逝，以至于唯恐再见到杏花，触动自己的伤心事。睹物伤情，算是中国诗歌由来已久的传统。

不过纳兰公子的才思却在这传统里有着独特的表现。我们读到这一句，会感到眼前一亮。原因很简单，在这里作者用了"高摘""斗""轻盈"，于是一幅轻灵欢快的图景如在目前。

前两句无论零雨还是落花，都是低伏着的意象。这里的突转，意义当然不局限于视觉上的节奏感，它更暗示了词的核心"情"，以强烈的对比暗示着当年的意气飞扬与今朝的意兴阑珊。

转到下片，出现一组精工的对句："漫惹炉烟双袖紫，空将酒晕一衫青。"

句中一个"漫惹"，一个"空将"，极写无聊之态。这里容若仿佛是说，我现在多么无趣啊，恍恍惚惚，呆呆地烤着炉火，饮着乏味的酒，忽忽悠悠就醉了，我也不知是为了什么，我也不知要做什么。

尾句，作者终于舍弃了一切描写与对仗，平平呵出：人间何处问多情。以人间之广大，竟然还是无处寻觅、亦无处寄托那一分多情。看似平淡的一句话，却实已把天地逼仄到了极处。这正是"谁念西风独自凉"的境界，西风遍吹，而独有我感到了深深的凉意。天地广大，而唯有我心怀迂曲，无处排遣，无处寄托。

# 浣溪沙

**【原文】**

谁念西风独自凉？萧萧黄叶闭疏窗。沉思往事立残阳①。
被酒②莫惊春睡重，赌书③消得泼茶香。当时只道是寻常。

**【注释】**

①残阳：夕阳，西沉的太阳。

②被酒：醉酒。

③赌书：比赛读书的记忆力。

**【赏析】**

这首《浣溪沙》写的是宋代女词人李清照与丈夫赵明诚之间相敬如宾、意趣相投的爱情故事。李清照十八岁时与右相赵挺之之子赵明诚结婚，夫妻生活甜蜜恩爱。两人志趣相投，一起收集古玩字画，并一起勘校、考订版本，生活十分闲适惬意。

他们最常做的游戏就是在晚饭后猜书斗茶。两人先煮上一壶茶，然后轮流由一人说出一句或一段古人的诗文，让对方猜这句话出自哪本书、第几卷、第几页、第几行，以猜中与否分胜负，猜对了就优先喝一杯茶。由于李清照的记忆力特别强，几乎是每猜必中，赵明诚不得不甘拜下风。然而，聪明幽默的赵明诚也每每在李清照端起茶杯时讲笑话，结果常常引得她哈哈大笑，以至茶杯倾覆怀中，浇得一身湿漉漉。这便是"赌书消得泼茶香"一句的由来。

这首词通过李清照的口吻，回忆和丈夫曾经的美好高雅的生活，表达天人相隔的无限伤感。同时，纳兰也回忆起自己和妻子的经历，从而生发一种顾影自怜的情绪。

西风吹来，谁会想到有人在这风中独自悲凉？"无边落木萧萧下"，遍地黄叶堆积，万物在沉寂前，似乎都要纷扬一番，如同蝴蝶一样地翻飞。秋也如此壮阔美丽。然而独坐闺中，疏窗紧闭，似乎与世相隔，只因为心中寂寥，独自凄凉。念起往事，独自沉思，在斜风残阳中，无限思量涌来，人何能禁？

这首《浣溪沙》中间"沉思往事立残阳"与"当时只道是寻常"二句，情感极浓，感情上是递进式的：由不知人生为何如此辛苦而"沉思"，思到头终究也无答案，却转头长叹"当时只道是寻常"，如何的悲观决绝，如何的痛不欲生！所以王国维会如此盛赞纳兰："纳兰容若以自然之眼观物，以自然之舌言情。此初入中原未染汉人风气，故能真切如此。北宋以来，一人而已。"

# 浣溪沙

【原文】

莲漏三声烛半条，杏花微雨湿轻绡①。那将红豆寄无聊。
春色已看浓似酒，归期安得信如潮②。离魂入夜倩谁招。

【注释】

①轻绡：一种透明而有花纹的丝织品。代指杏花的红色花朵。
②信如潮：即如信潮，信潮，定期而来的潮水。

【赏析】

这阕词，是以女子的口吻话离别之情。

词的上阕，着重写景，即景抒情。莲漏，又称浮漏，是宋代发明的一种计时器。"莲漏三声"点明词人容若正处在一个寂静的夜晚。在这个烛光微摇、略带寒意的夜间，寂寞的容若打开小窗，任那略带寒意的几许杏花春雨轻打自己的脸庞、发丝和那薄薄的绡衣，蓦然发现，寒食节已经近了。

寒食节将近而相思无计可消除—面对此情此景，刻骨的相思便如同春水一般袭来，紧紧萦绕在容若周围。痴心如斯，不由得心生感慨："那将红豆寄无聊。"红豆是相思的象征，古代女子一般会采撷红豆遥寄思念，作者在这里运用对写法，虽明写爱人采撷红豆遥寄无聊，实则是为了突出词人在思念远方的妻子，愈见思念之深。此时的纳兰心中所思念的女子会是谁呢？想必是那"生而婉娈"的娇妻卢氏吧。

词的下阕，从身旁的景物出发，即景抒情。在一派杏花春雨柔美的包裹之中，容若不禁感慨：而今的春色，已然如同这香醇的美酒一般浓烈，让人沉醉。

"已看"二字与"安得"相对比，春色愈浓，愈加体现出容若对于离家已久而归期不得的焦急与惆怅，对于远在故乡的卢氏的深切思念。

在这如酒如诗的春色里，远方的伊人于脑海中挥之不去，而遥远的归期却如同潮水一般可望而不可即。心念及此，容若不由得万般惆怅涌上心头，真是"此情无计可消除，才下眉头，却上心头"。那缠绵的情思如同一张晶莹而细致的网，将容若紧紧地裹住。良久，容若望着这深沉的夜色，知道唯有将这一腔无人可诉的思念寄托在寂寞的夜里，在梦里摆脱这无奈而甜蜜的思念，"离魂入夜"，与卢氏，魂灵相依。

这首词运笔流畅如行云流水，描写爱情真挚缠绵，低回悠渺的情致渗透在字里行间，使读者不知不觉间已被他深深打动。

# 浣溪沙

**【原文】**

消息谁传到拒霜①？两行斜雁碧天长②，晚秋风景倍凄凉。

银蒜押帘人寂寂③，玉钗敲竹信茫茫④。黄花开也近重阳⑤。

**【注释】**

①拒霜：花名。木芙蓉的别称。冬凋夏茂，仲秋开花，耐寒不落，故名。

②斜雁：斜飞的雁群。碧天：青天，蓝色的天空。

③银蒜：银质蒜头形帘坠，用以压帘幕。

④玉钗：玉制的钗。由两股合成，燕形。

⑤黄花：菊花。重阳：节日名，古以九为阳数之极，九月九日故称"重九"或"重阳"。

## 【词评】

吴世昌《词林新话》云："此必有相知名菊者为此词所属意，惜其本事已不可考。"

## 【赏析】

"秋"这个意象是纳兰性德最常用的，几乎是仅次于"愁"。而这一意象的使用，往往也是和"愁"结合起来的，这是传统诗词的一大风格。可以说，纳兰性德的这首《浣溪沙》就是通过渲染"秋"来突出"愁"的，要表达的正是期待落空的愁思之情。

是谁把消息传来，说到秋日拒霜花开的时候就会回到我的身边？它开得如此繁盛了，它告诉我秋天已经如期而至了。长天一色，两行斜雁缓缓向南飞去，这晚秋的景致益发悲凉。

蒜头形制的帘坠压着帘子，寂寞闺中，有人独坐窗前。玉钗轻轻敲着燃烛，人生何其茫茫！今年菊花又开了，大抵重阳又近了罢？

这首词在意象使用上主要采用了渲染法，尤其是对"秋"的渲染。不知何时，思念的人在远方传来消息，说秋天会回到她的身边，所以秋就超出本身作为季节的含义了，秋成为相见的季节，成为期盼的季节。这词中渲染最多的便是"秋"。首先是"拒霜"花开了，然后"两行斜雁"翔"碧天"，后更直接说"晚秋风景","黄花开"以及"近重阳",这些都在刻意点染季节。

除用渲染法表达情感外,词中还恰如其分地运用了点染法,对"闲"进行了很好的点染。"银蒜押帘人寂寂,玉钗敲竹信茫茫。黄花开也近重阳。"人寂寞凄凉,万事无心,百无聊赖,无尽空虚,尤其是"玉钗敲竹"一句,表现得何其空虚。词中通过渲染和点染的结合,表现出客观世界的"秋"以及浅层心理世界的"闲",从而将深层次的"凄凉"表达出来。

吴世昌《词林新话》中说:"此必有相知名菊者为此词所属意,惜其本事已不可考。"说纳兰性德有个互为知己的恋人,名字和菊有关系,这首词就是为了她而作的。但是这一推断不能得到考证。《纳兰性德词新释辑评》上说:"既然本事无考,我们也不必非去计较对方究竟是谁,只把它当作一首爱情词去欣赏也就够了。"

# 浣溪沙

【原文】

雨歇梧桐泪乍收,遣怀翻自忆从头。摘花销恨旧风流。

帘影碧桃①人已去,屧痕②苍藓径空留。两眉何处月如钩?

【注释】

①碧桃:桃树的一种。花重瓣,不结实,供观赏和药用。一名千叶桃。

②屧痕:即鞋痕。

【赏析】

这首纳兰词，以全篇来看，应该是表达怀人之心，寄托相思之意的词作。

上阕写景，"雨歇梧桐泪乍收"把这雨打梧桐之景和离恨别情融在一个"泪"字上，做到了情景交融。泪为眼中雨，雨是天之泪。雨泪相对，纳兰以我观物，所看之物便皆著我之色彩，自然，在纳兰眼中梧桐也在为其伤心，漫天秋雨也只不过昭示了他的宣泄。"泪乍收"语涉双关，一重理解是梧桐停止滴雨，就好像停止了流泪，如此则梧桐已然通了人性，自是脉脉含情；另一说则是词人听见秋雨暂歇而不再泫然流泪，如此一来，词人伤情，自然显露无遗。但不管作何种解释，词人的伤感在此作中却是不变的。

由此而来的"遣怀"二句也正点明了这种伤感之情。刚收泪眼，就过渡到回忆过往。"遣怀"二句正是承接上边造景时留下的余响加以推进的，此处词人感怀伤情，也自然与故人的一段美好往事有关，在这里，词人应指自己和昔日恋人一起度过的那段美好岁月。词人少年风流，伊人貌美如花，两人相偕，或吟诗作赋，或鼓瑟吹笙。相伴的日子一晃而过，昔日的甜蜜和浪漫随着时间的流逝都成了"旧风流"，一个"旧"字顿时显出往事尘封的沧桑，这其中有词人的多少感慨。

下阕承接上阕"旧风流"，笔触描写到眼前之景，一片空寂。

"帘影碧桃人已去，屧痕苍藓径空留"，此句全然写景，影帘招招，桃依旧青涩，苍藓小径上，鞋痕犹在，人却不知何处去了，表达了好景不长的感慨和无限怅惘的情怀。"屧痕苍藓"表现的意象是伊人离去之后，足迹仍在，这也只能是词人心中所想，不是实景；"径空留"意即小路寂然，依旧在眼前斜陈。"空"并不是外在的虚无，而是内心的空虚，恍恍惚惚，不知所往。

自古以来物是人非、人去楼空都让人无限叹惋，而词人流露更多的是内心的寂寥和孤独。"两眉何处月如钩?"以眉代人，以月抒怀。正是月缺是思，月圆是念。

# 浣溪沙

西郊冯氏园看海棠，因忆《香严词》有感。

**【原文】**

谁道飘零不可怜，旧游时节好花天，断肠①人去自今年。

一片晕红②疑着雨，晚风吹掠鬓云偏。倩魂销尽夕阳前。

【注释】

①断肠：形容悲伤到极点。

②晕红：中心浓而四周渐淡的一团红色。这里指晕红的花朵。

【赏析】

纳兰性德这首词是重游伤感之作。词中"一片晕红疑着雨，晚风吹掠鬓云偏"两句，是对海棠的正面描写，使用了纳兰惯用的意象处理方法，也就是给美的意象增加悲剧元素，刻画了一丛楚楚可怜的海棠花：看这海棠凋落，又飘零，谁不会生发一种怜惜的爱意？遥想去年，相偕一同赏花，正是繁花时节好天气，而如今，那令我肝肠寸断的人，别我而去已经一年。

海棠花有多种，历来是受文人喜爱的花木，因为它高雅淡然，味淡而近乎无味，色美而不觉妖艳，被誉为"花中神仙"。纳兰性德说"一片红晕疑着雨"，看样子应该是指红海棠或白海棠。

唐玄宗曾将沉睡的杨贵妃比作海棠。当然也有张爱玲，她有三恨，"一恨鲥鱼多刺，二恨海棠无香，三恨红楼梦未完"，足见她对海棠的倾心，只恨于她所爱的竟不能美到极致。苏东坡对于海棠的喜爱，也是尽人皆知的，"只恐夜深花睡去，故烧高烛照红妆"一句，便可见一斑。

下阕中，一片红晕的花朵，似乎沾上了雨点，那么催人心生爱怜，如我一般楚楚可怜。晚风吹起，天边云朵如鬟，随风飘去。伊人梦魂尽销，独立夕阳欲坠前。

龚鼎孳为当时名士，与钱谦益、吴伟业并称"江左三大家"，他与纳容若相交甚厚。容若此时与友人故地重游，本是一件高兴的事，他却触景生情，想起龚鼎孳《香严词》中有"重来门巷，尽日飞红雨"的佳句，并由此想起当年游园时的情景，容若从昔日之景着笔，却将今日的悲欢离合寄寓其中。初读时，似感迷茫，再读时，境界尽出。

# 浣溪沙

【原文】

酒醒香销愁不胜，如何更向落花行。去年高摘斗轻盈。

夜雨几番销瘦了，繁华如梦总无凭①。人间何处问多情。

【注释】

①繁华：是实指繁茂的花事，也是繁盛事业的象征。无凭：无所凭借、无所依托。

【赏析】

文章看似怜花，实际借花写出了对故人的思念。

一夜酒醒之后却发现柔弱的花儿已经凋零，只剩下片片花瓣残留，回忆起这些花儿仍在枝头绽放时的美丽容颜，谁能料到眼前这番颓败之景？如何能迈步再去赏花，如何舍得踏上这娇嫩的身躯，再给他们沉重的破坏？

去年高摘斗轻盈：花儿已经凋零，逝去的美好不复返。只有回忆慢慢升起，顺着血液在全身汩汩流淌，渐渐涌上心头。那悠远的场景缓缓出现，春红柳绿，听得到黄莺嘤咛，听得到笑声如铃，去年今日赏花时，高摘斗轻盈。一起攀上枝头摘取花儿，比赛谁的身姿更加轻盈，一路笑语不断，惊起一片飞鸟。伊人如画美如梅。当时只道是寻常，而今阴阳相隔，只能花下落泪，睹物思人，两处销魂！

　　"夜雨几番销瘦了，繁华如梦总无凭。"风吹雨打，花儿怎禁得起如此，往日枝头的熙熙攘攘如烟如雾、如画如卷、如梦一场消逝了，不可依托。残留的花瓣无言地展示着时间的无情，繁华亦如此，不过是梦一场，不过是过眼云烟。欲借酒消愁，却愁更愁，醒来不过是更残忍的世界，绵绵阴雨带来的压抑加重了内心的孤寂，屋檐的水珠滴滴敲在心上。

　　纳兰出身贵族，超凡脱俗，才华横溢，宦海生涯平步青云，在别人眼里一切都是值得美慕的，但是谁能了解他的天性，对仕途的不屑，对功名的厌倦，对友情的追寻，对爱情的坚守，这些堆积在内心深处无处诉说的话渐渐形成一层层厚厚的锈迹，一颗玲珑剔透的心充满了斑斑伤痕。

醉时的梦幻、酒后的残酷，往往令人唏嘘不已。夕阳渐渐爬上墙头，时光易逝，红颜老去，只留一地余香借以缅怀，内心的孤寂只能独自品尝，何处问多情？

浣溪沙，淘尽了英雄红颜，只留下千载的孤寂与相思。

# 浣溪沙

**【原文】**

欲问江梅①瘦几分，只看愁损翠罗裙②。麝篝①衾冷惜余熏③。

可耐④暮寒长倚竹，便教⑤春好不开门。枇杷花底校书人。

**【注释】**

①江梅：江边的梅树。

②愁损：忧伤。翠罗裙：绿色的丝裙。

③麝篝：燃烧麝香的熏笼。余熏：犹余香。

④可耐：同"可奈"，无可奈何。

⑤便教：即使、纵然。

**【赏析】**

想要问问江边的梅花，冷风中你又清瘦了几分？只看得罗裙也憔悴。熏笼中燃香殆灭，只余下些许残香，衣襟渐凉，哪能忍受这暮色寒风里倚门而立？

即便是盛春中，心中如此凄凉，又有何心情启门游目。枇杷花下，她紧闭闺门，唯索书强读。

全词在情感的表达上呈现一种宛转而含蓄的风格。第一句"欲问江梅瘦几分"，明显并非发问，只是想发一番牢骚以解心中愁绪，可紧接着情思上却突转，淡淡地说了声"只看愁损翠罗裙"，只是让人看看罢了，并未大发牢骚。下片的"可耐暮寒长倚竹"，是将自己的孤单寂寥说出来了；而紧接着的句子却是"便教春好不开门"，自己却将自己锁在闺房，独自承受痛苦。词中情感主体的性格特征明显表现得十分复杂，我们可以说她优柔寡断，但正因为这样，她的性格才更迷人，让读者读来才会感同身受。

纳兰性德在这首词中借用了薛涛的典故来凸显自己的寂寞寥落之情。薛涛

是唐代著名的女诗人，家道中落后成为一名乐伎。她才情出众，其诗以清词丽句见长，与著名诗人元稹、白居易、张籍、王建、刘禹锡、杜牧、张祜等人都有唱酬交往。当时的中书令韦皋听说了薛涛的才华，对她十分赏识，并准备提名她为校书郎，但是受到护军阻挠，只好作罢。而她"女校书"的名号却被叫响。又因为薛涛家门前有几棵枇杷树，韦皋就用"枇杷花下"来描述她的住地，从此"枇杷巷"也成了妓家之雅称。

后来，由于薛涛几经沉浮，与元稹的爱情也受到打击，于是暮年的薛涛索性穿起道袍，闭门索居，建吟诗楼于碧鸡坊，在清幽的生活中度过晚年，不再参与诗酒花韵之事。

纳兰性德结句用了薛涛典故，婉转曲折地将一种今古之悲轻轻道出，方寸感伤，却油然而生。

# 浣溪沙

**【原文】**

五月江南麦已稀，黄梅①时节雨霏微②。闲看燕子教雏飞。

一水浓阴如罨画③，数峰无恙又晴晖。溅裙④谁独上渔矶⑤。

**【注释】**

①黄梅：春末夏初梅子黄熟的一段时期，这段时期我国长江中下游地区连续下雨，空气潮湿，衣物等容易发霉。也叫黄梅天。

②霏微：雾气、细雨等弥漫的样子。

③罨画：色彩鲜明的绘画。多用以形容自然景物或建筑物等的艳丽多姿。

④溅裙：古代的一种风俗，旧俗于农历正月元日至月晦，士女酹酒洗衣于水边，以避灾度厄。这里指水边的美丽女子。

⑤渔矶：可供垂钓的水边岩石。

【赏析】

提到纳兰容若，无可避免地谈及他显赫的家世、悲戚的情史，以及他英年早逝的遗憾。如果有一天，当所有明艳的光环、绯色的传闻散去，余下的纳兰，应是一位最率真的诗人，吟游江南、纵马边陲。

五月，水墨江南里，青葱的小麦稀疏错落于阡陌，恰逢黄梅雨时节。"五月江南麦已稀，黄梅时节雨霏微"，雨丝簌簌地飘落下来，再有一份闲心静坐，看屋檐下的雏燕恰恰学飞，扇动着稚嫩的翅膀，即"闲看燕子教雏飞"。

烟波流水就像浓墨泼出来的山水画，山峦静谧，隐隐透露出雨过天晴的阳光，正所谓"一水浓阴如蘸画，数峰无恙又晴晖"。水边布衣女子赤脚踩上渔矶石，木槌轻举，捣衣声寂静回响在这田园之中，一句"湔裙谁独上渔矶"结尾，余音怅惘，回味无穷。

容若如此婉婉道来，一幅泼墨山水田园画便缓缓铺展在眼前，让人沉醉其中，身心轻盈，浮想联翩。颜色浓处，是云青青兮欲雨，墨色淡处，是水澹澹兮生烟。这样一幅安静的国画，却遇见了"湔裙谁独上渔矶"，捣衣女瞬间点碎了安静，使画面变得生动明晰起来，又添了几分彩墨的跳跃。"湔裙"指古代的一种风俗，旧俗于农历正月元日至月晦，士女醉酒洗衣于水边，以避灾度厄。

这首词读来有《诗经》的淡雅之趣，所阐述之事也颇具田园民风，原来生命所需要抵达的从来不是功名利禄、名誉万世，而仅仅是内心的平和与安定。纳兰用他的笔触告诉人们，尘间的确是有这样的地方的。

# 浣溪沙

咏五更，和湘真韵①

【原文】

微晕娇花湿欲流，簟纹灯影一生愁②。梦回疑在远山楼。

残月暗窥金屈戌③，软风徐荡玉帘钩④。待听邻女唤梳头。

【注释】

①湘真：即陈子龙。陈子龙，字人中、卧子，号大樽、轶符，松江华亭人。明末几社领袖，因抗清被俘，宁死不屈，投水殉难。有《湘真阁存稿》一卷。本篇作者所和之词为陈子龙的《浣溪沙·五更》："半枕轻寒泪暗流，愁时如梦梦悠悠。角声初到小红楼。风动残灯摇绣幕，花笼微月淡帘钩，陡然旧恨上心头。"

②簟纹：席纹。灯影：物体在灯光下的投影，此处指人影。

③屈戌：门窗等物上所钉的铜制钮环，上边可扣"了吊"，还可以再加锁。此处指闺房。

④软风：和风。玉帘钩：帘钩的美称。

【赏析】

这首词将自己比喻成独守闺房的女子，那种幽怨与缠绵在这首词里面一览无余，形象生动地表达出自己的思念、无聊和心中怀有大志却不能报效国家的忧伤心情。

词的上阕描写了女子在五更时候醒来，天色微明如晕，眼角还有着昨夜的泪痕，思念之泪，就算梦中，也不曾停止过流落，显然是一夜失眠。"微晕娇花湿欲流"中的"湿"字应该是指泪水，仿佛随时都会如泉涌出。

暗淡的灯影映照着竹席的纹路，就像思念的情思缕缕，像女子一生"剪不断，理还乱"的愁绪，竹席冰凉，灯影凄迷，无限感伤。"簟纹灯影一生愁"

里的"簟"指竹席,用在这里便指代人影。夜里,她"梦回疑在远山楼",梦见了那座远山的小楼,这个"小楼"是虚指,指代一个思念、等待、眺望心爱之人的地方。

那遥远的山楼就如自己的梦想与远大抱负,明明就在自己的面前,却异常缥缈遥远,似乎伸出手就可以触碰得到,可是当自己伸出手的时候却发现原来一切都只是梦一场。词人引用这个梦境很明显是在强化自己胸怀大志,却无力施展抱负的那种哀伤。这是因为梦中的远山楼,更加强化了他心中的等待,期盼之情如此强烈与无奈。

词的下阕写天亮之后的慵懒无聊,"残月暗窥金屈戍",寂寞冷清时候,只有那一弯微明的月亮,冰寒地照进了她的闺房,月光也暗淡如纱,没有光泽。

金屈戌乃门或窗上的铜制环钮、搭扣，用来代指闺房，之所以用它代指闺房，是为了词的音韵考虑，没有实际意义。

伊人掀开帘子，露出甜蜜的笑颜，伸手相拥的温存，"软风徐荡玉帘钩"，突然听见邻居的女子叫喊着梳头的事儿，"待听邻女唤梳头"，从而打破了这一宁静。这一句最有艺术魅力，从邻女的早起梳头来反衬她自己慵懒地躺在床上的无聊，此外，把女子从思念的怀想中拉回了现实，举重若轻之笔。纳兰容若的词总是在不经意间就表达出自己的感情，看似如潺潺流水，却意义悠远，在轻描淡写之间风轻云淡地将自己的内心情感展露无遗。

读完此词，我们知道纳兰之意并非思念，而在于抒发自己的无聊与无奈的情感。

# 浣溪沙

**【原文】**

容易浓香近画屏①，繁枝②影著半窗横。风波③狭路④倍怜卿。
未接语言犹怅望⑤，才通商略⑥已惺腾⑦。只嫌今夜月偏明。

**【注释】**

①画屏：绘有彩色图画的屏风。

②繁枝：繁茂的树枝。

③风波：比喻纠纷或乱子。

④狭路：窄小的路。

⑤怅望：惆怅地看望或想望。

⑥商略：商讨、交谈。

⑦懵腾：形容模糊，神志不清。

【赏析】

这首《浣溪沙》为爱情词，与大多数纳兰词的冷清凄迷不同，此首词主要描绘恋人初逢的场景，细腻柔婉，缠绵悱恻。

上片前两句写景，"浓香""画屏""繁枝"，后一句由景转到人，写的是男子看到恋人时微妙的心理变化。"容易浓香近画屏，繁枝影着半窗横"，画屏逶迤，浓香扑鼻，树影横斜。窗半开着，女子露出头来。"风波狭路倍怜卿"，这一句是说两人相逢的场面，微风过处，杏花微雨，不禁让窗后的人对急切赶来的人更生怜爱。此处，容若并没有对女子的容貌进行描写，而是通过描写周围的景物，营造一种神秘感。窗后的女子，该是宝钗笼髻，红棉朱粉，或轻颦，或浅笑，或娇嗔，可谓梨花一枝春带雨，薄妆浅黛总相宜，如此那般，不可方物。

下片紧接上片，对相逢场景进行描绘。"未接语言犹怅望"，可以想象是女子从树影中看见我已经到来，轻声唤我。或者两人是太久没有见面了，或者沉迷在这幅美丽的图画中不能自拔，忘记了怎么说话，要说什么话，只是呆呆地望着。"才通商略已蕾腾"，我们才刚刚开始交谈，容若就已经沉迷陶醉，忘乎所以了。

末句"只嫌今夜月偏明"，将描写的视角由叙事转到场景上。"月偏明"，月亮稍稍亮了一点，月亮偏偏是亮的。这小小的抱怨，让容若内心深处的欢心喜悦更加暴露无遗。但正是因为月明，才需要更加小心，这又造成了容若内心提心吊胆的情绪。心理的几重复杂，生动传神。

# 浣溪沙

**【原文】**

十八年来堕世间，吹花嚼蕊弄冰弦。多情情寄阿谁<sup>①</sup>边。

紫玉<sup>②</sup>钗斜灯影背，红绵粉冷枕函偏。相看好处却无言。

**【注释】**

①阿谁：谁，这里指自己。

②紫玉：紫色的宝玉，古人以为祥瑞之物。

**【赏析】**

这首词主要描写的是一对夫妇的新婚画面。

此词首句"十八年来堕世间，吹花嚼蕊弄冰弦"是说，悠悠岁月，似水流年，转眼间，又十八载，如今，"我"已是翩翩少年。"吹花嚼蕊"本是吹奏、歌唱之意，这里引申为反复推敲声律、辞藻。"我"时常穿梭在花丛中，享受自然的熏陶，不时折取令人爱怜的绿叶，卷成曲状，放至嘴边吹拂，一曲仿佛天籁，响彻耳际。可是，"多情情寄阿谁边"，人渐长，情渐多，多情的我已不再满足这山花、丝竹，那么，这浓情该寄送给何人呢？

下阕，写新婚之夜最是动人。"紫玉钗斜灯影背"，玉人端坐红烛后，端庄娴静，娇小苗条的身影映在淡红中，令人神往。斜镶在发髻上的紫玉钗，散着紫气，好不动人。沙漏细滴，烛身渐短，夜已深了，玉人和我双双躺下了。

"红绵粉冷枕函偏"，红绵纤细柔软，似粉般。然而多时的端坐，早已让红绵凉如清水。温热的肌肤触着这红绵，突觉有阵阵凉意袭来，所以，匣状的枕头也被弄得歪歪斜斜。尽管这般，双双卧床的我及玉人，在红影中"相看好处却无言"，相互凝视着娇媚俊貌，竟没有一句呢喃细语。

这首词上阕与下阕情感表达流畅，上阕"多情情寄阿谁边"既出，下阕即是新婚之夜，中间部分环节虽简略，却刺激读者发挥想象，令人回味无穷。

# 浣溪沙①

中华传世藏书

纳兰性德全集

《纳兰词》赏析

**【原文】**

锦样年华水样流②，鲛珠迸落更难收③，病余常是怯梳头④。

一径绿云修竹怨⑤，半窗红日落花愁，惜惜只是下帘钩⑥。

**【注释】**

①这首词描写闺中女子无聊的生活和幽怨的心境。

②锦样年华：锦瑟般的年华。李商隐《锦瑟》诗："锦瑟无端五十弦，一弦一柱思华年。"此指青春年华。

③鲛珠：泪珠。干宝《搜神记》："南海之外有鲛人，水居如鱼，不废织绩，其眼泣则能出珠。"

④"病余"句：谓病后多脱发，故怕梳头。

⑤绿云：喻竹叶茂盛。修：长。

⑥惜惜：柔弱貌。

**【赏析】**

纳兰词万语千言总不外乎一个"情"字。柔情一缕，九转回肠，凄婉处令人不忍卒读。

这曲《浣溪沙》，第一句便杀伤力十足。"锦样年华水样流"，"锦样年华"

说的是年华如锦缎一样绚烂，无限美好，却无奈流逝得太快。更要命的是，当你处在锦样年华这个阶段的时候，并不觉得这有什么珍贵的。只有当时光荏苒年华老去，忽然回忆起来，才体会到往昔青春的难能可贵。

"鲛珠迸落更难收"，是说哭得止不住眼泪。"鲛珠"是眼泪的雅称，将这两句连起来看，便是，美好年华像水一样流逝得太快，每每想起便哭得止不住。

词到下阕便开始转换视角，"一径绿云修竹怨，半窗红日落花愁"构成对仗，说少女窗外的景象，有一条小径、一片竹林、半窗落日、点点落花。词人借着女主角的眼睛，看到小径上绿竹如云，只觉得那如云的尽是怨念，看到半窗落日映衬着落花，那飘扬的尽是愁绪。尤其是，风景年年不变，青春却一年年地耗过去了，心里便越发凄楚。

末句"愔愔"一词是柔弱、忧郁的意思，"愔愔只是下帘钩"是描画词中女子快快地放下帘钩，关上窗子，想要把"一径绿云修竹怨，半窗红日落花愁"统统隔在窗外。这又是一个巧妙的修辞：前边说绿云修竹是怨，红日落花是愁，于是想用关窗的办法把这些愁都给隔开，可再怎么琢磨，都有种"抽刀

断水水更流，举杯消愁愁更愁"的意味在这里。

这首词算不上是纳兰词里的一流作品，但"锦样年华水样流"却的的确确是一个千古伤心人可以与之共鸣的句子。老去的人缅怀青春，青春的人惧怕老去，这不是一时一地的感觉，而是人类永恒的无奈与悲伤。

# 浣溪沙

【原文】

肯把离情容易看，要从容易见艰难。难抛往事一般般①。

今夜灯前形共影，枕函虚置翠衾②单。更无人与共春寒③。

【注释】

①一般般：一样样、一件件。

②翠衾：即翠被。

③春寒：春季寒冷的气候。

【赏析】

纳兰的悼亡词自是千古独绝的，少有人能及得上他的哀伤。这首《浣溪沙》则又是一纸句句愁情、字字哀婉的悼亡。

"肯把离情容易看，要从容易见艰难"，词人说得直白，旧时隋怀若能说忘便忘，这世间不知道要减去多少百结愁肠，即使几番平和了心态去面对过往，也经不住点滴回忆从不设防的缝隙里一路叫嚣而来。而所有离别情绪中最令人不堪忍受的，便是生死之隔；所有陈年过往中最折磨人的，便是对亡者的记忆。

纳兰在妻子卢氏死后虽然没有追随而去，以后的生命里也有过别的女人，但他的伤痛和寂寞，却没有得到一丝一毫的减少。"难抛往事一般般"，细碎的往事一件又一件，想要抛开实在太难。

"今夜灯前形共影，枕函虚置翠衾单"，话说到这已是字中带泪，词人仿佛做了一场短暂的梦，醒来之后，世界已经不是原来的样子，孤窗明月，寂寂书案，冰冷而难耐。他知道，从此以后再也没有妻子为他殷勤问暖，深夜挑灯，再也没有罗香偎人，盈盈笑语，牵挂他在外的脚步。

今夜，灯光满满，记忆满满，屋里却是空空的——妻子已经死了——"更无人与共春寒"，如花美眷，已作尘土，风雨消磨生死别，要他如何熬过那些枯竹冷雨的不眠长夜，如何面对孤灯明灭的客里茕茕？

这首小令将悼亡的情绪在夜晚灯火的映照下肆意铺张，在寥寥言语间蜿蜒流转，或许，纳兰的悲剧不在于卢氏的死亡，也不在于卢氏死亡所带来的悲伤，而在于卢氏死亡后他心灵无法摆脱的幻灭状态。字面上心死如灰的背后，是纳兰的迷惘。

# 浣溪沙

古北口①

**【原文】**

杨柳千条送马蹄，北来征雁旧南飞。客中谁与换春衣②

终古闲情归落照③，一春幽梦逐游丝④，信回刚道别多时。

**【注释】**

①古北口：长城隘口之一。在北京市密云县东北，为古代军事要地。

②春衣：春季穿的衣服。

③终古：往昔，自古以来。落照：落日的余晖。

④幽梦：隐约的梦境。游丝：飘荡在空中的蜘蛛丝。

**【赏析】**

纳兰性德身为皇帝侍卫，深受康熙喜爱。尽管如此，一次次的扈从远行却让纳兰感到十分厌倦。这种倦怠之情每每在其诗词中都有所体现。这首词写的正是词人扈从远行的事情，是纳兰词中为数不多的塞北词之一。

上片中写出了此次出行的经过，重点写景。"杨柳千条送马蹄，北来征雁旧南飞"，首句交代此次扈从的前后时间，春天出发，夏天还没到，在杨柳依依的时节，词人骑着骏马踏上了扈从之路。秋天回京，在春天北来的大雁如今依旧向南飞去，此句可能语带双关，即也指康熙一行仲夏北上，如今向南返归。这一来一回就是一春一秋，其间所受之苦谁人能知？接着是一句反问"客中谁与换春衣"，道出心中一片辛酸。只身在外，已经换了季节，身上还是春天的衣服，哪能像在家里一样，有人更换衣服。

下片则着重于抒情，开头通过落照、游丝把心中苦闷之情跃然于纸上，即"终古闲情归落照，一春幽梦逐游丝"。我只好把自己的闲情逸致寄托在落日的余晖上，梦境中，竟然隐隐约约追逐飘荡在空中的蜘蛛丝。这是作者对自己常年忙于侍卫职责，在消磨青春时光的扈从出巡中难得自由的慨叹，当然也流露出其对这种生活的厌倦，只能通过自然之景消磨时光。

纳兰性德生命的一大部分完全迷失在苦闷中，我们可以说，他是一个不称职的侍卫，却是一个中国词坛上难得的词人。

### 【词人逸事】

纳兰性德身为皇帝侍卫，深受康熙喜爱，"上（皇帝）有指挥，未尝不在侧……上之幸海子，沙河、西山汤泉及畿辅五台、口外直京、乌剌，及登东岳，

幸阙里，省江南，未尝不从"。单单是古北口一处，就曾多次护驾经过，如康熙十六年十月，扈驾赴汤泉；康熙二十一年二月至五月，扈驾巡视盛京、乌喇等地；康熙二十二年六月、七月，奉太皇太后出古北口避暑；康熙二十三年五月至八月，出古北口避暑等。

康熙爱读纳兰性德的诗词，经常赏赐给他金牌、佩刀、字帖等礼物："先后赐金牌、彩缎，上尊御馔、袍帽、鞍马、孤矢、字帖、佩刀、香扇之属甚伙。

中岁万寿节，上亲书唐贾至《早朝》七言律诗赐之。月余今赋干清门应制诗，译御制《松赋》，皆称旨。于是外庭金言，上知其有文武才，且迁擢矣。"清代文坛，纳兰性德算是一个拿到了"金牌"的诗人，这些足见康熙对他的荣宠。然而一次次的护驾远行，自己身为护卫壮志难酬的尴尬身份，已经使他厌倦了这种生活，因而每每在诗词中有所体现。

# 浣溪沙

庚申除夜①

**【原文】**

收取闲心冷处浓②，舞裙犹忆柘枝红③。谁家刻烛待春风④。

竹叶樽空翻采燕⑤，九枝灯爇颤金虫⑥。风流端合倚天公⑦。

**【注释】**

①庚申除夜：即康熙十九年除夕。

②收取闲心：谓约束心思。

③柘枝，即柘枝舞。柘枝舞是中亚一带的民间舞，伴奏音乐以鼓为主，间有歌唱，舞姿美妙、表情动人。此舞唐代由西域传入内地。

④刻烛：古人刻度数于烛，烧以计时。

⑤竹叶：酒名，即竹叶青，亦泛指美酒。采燕：旧俗，立春日剪彩绸为燕饰于头部。

⑥九枝灯：古灯名，一干九枝的烛灯。灺：熄灭。金虫：比喻灯花。

⑦端合：应当、应该。天公：天，以天拟人，故称，即老天爷。

【赏析】

这是一首词写的是除夕之日贵族家守岁的场景。

片首一句"收取闲心冷处浓"，意为在寒冷的除夕夜里把浓郁的闲情收起，作者回忆起了当年守岁的场景。"舞裙犹忆柘枝红"，意为那柘枝舞女的红裙多么令人怀念啊。这两句看似是回忆，却也道出了作者在除夕夜的一种怀念往昔生活的心情。

纳兰性德是个怀旧的人，他对旧的事物有一种天生的敏感和眷恋，所以才会在除夕之夜写到自己当年观看柘枝舞的情形。"谁家刻烛待春风"，这里的"谁家"其实指的就是纳兰性德自己家。这句是说，当年自己常常会在除夕夜里用蜡烛刻出痕迹，来等待新春的到来。这本是一件极为普通的事，但被纳兰在词中提起，可见，他对曾经的家庭生活有多么眷恋。

下片"竹叶樽空翻彩燕，九枝灯她颤金虫"是说青竹酒已经喝尽了，大家都在头上戴着彩绸做成的燕子来欢庆新年的到来；灯烛已经熄灭了，而剩下的灯花仿佛一条条颤动的金虫。这两句用酒杯、彩燕和灯几种意象来衬托除夕夜的热闹，反映出整个除夕夜的欢腾的情景。这两句还是对仗句。"竹叶樽"对"九枝灯"，"空"对"她"，"翻彩燕"对"颤金虫"，很是工整，这些丰满的意象让人非常明了地感觉到了除夕的喜庆气氛。

末句"风流端合倚天公"是说风流是自然形成的，而不是人力所能达到的。这句也表明了纳兰性德对当年逍遥自在生活的无限回忆。

通篇来看，这首词写的是纳兰性德对往年除夕的回忆，词中着力描写了柘枝舞和舞女的美妙风流，也深深地表达了自己的怀念之情。

# 浣溪沙

红桥①怀古，和王阮亭②韵

【原文】

无恙年年汴水③流。一声水调④短亭⑤秋。旧时明月照扬州。

曾是长堤⑥牵锦缆⑦，绿杨清瘦至今愁。玉钩斜⑧路近迷楼。

【注释】

①红桥：桥名，在今江苏扬州，明崇祯时建，为扬州游览胜地之一。

②王阮亭：王士禛，字子真，一字阮亭，又号渔洋山人，山东新城人。少时多填词，有《衍波词》。

③汴水：古河名，即汴河。发源于荥阳大周山洛口，经中牟北五里的官渡，从"利泽水门"和"大通水门"流入里城，横贯今之后河街、州桥街、袁宅街、胭脂河街一带，折而东南经"上善水门"流出外城。过陈留、杞县，与泗水、淮河汇集。

④水调：曲调名，传为隋炀帝时，开汴渠成，遂作《水调歌》，唐代将它演变为大曲。

⑤短亭：旧时城外大道旁，五里设短亭，十里设长亭，为行人休憩或送行饯别之所。

⑥长堤：指隋堤。隋炀帝时沿通济渠、邗沟河岸修筑的御道，道旁植杨柳，后人谓之隋堤。

⑦锦缆：锦制的缆绳，精美的缆绳。唐颜师古《大业拾遗记》谓隋炀帝"至汴，帝御龙舟，萧妃乘凤舸，锦帆彩缆，穷极侈靡。……每舟择妙丽长白女子千人执雕板镂金楫，号为殿脚女。锦帆过处，香闻十里。"后以此典喻指帝王穷奢极欲。

⑧玉钩斜：隋代埋葬宫女的墓地。《陈无己诗话》："广陵亦有戏马台下路号玉钩斜。"迷楼：隋炀帝所建楼名。故址在今江苏扬州西北郊。《古今诗话》云："帝幸之，曰：'使真仙游此，亦当自迷。'乃名迷楼。"

【赏析】

"烟花三月"的扬州，素来是文人墨客的汇聚地。康熙二十三年（公元1684年），纳兰性德扈从巡幸江南抵达这里，为和王阮亭在康熙元年（公元1661年）作的一首《浣溪沙》而作此词。

王阮亭的词是针对隋炀帝挖凿汴渠所作，全词如下：

浣溪沙·红桥

北郭清溪一带流，红桥风物眼中秋，绿杨城郭是扬州。

西望雷塘何处是？香魂零落使人愁，淡烟芳草旧迷楼，

隋炀帝为开通运河，征集了大量的劳力，同时也拆散了无数的家庭。身处扬州这座古城，纳兰不禁有感而发："无恙年年汴水流。一声《水调》短亭秋。旧时明月照扬州。"绵延不绝的汴水似乎仍是隋时的样子，一声声《水调》，长亭又短亭，千年倏忽无尽。明月的清辉仿佛也是旧时的，默默地笼罩着扬州这座古城。

"曾是长堤牵锦缆，绿杨清瘦至今愁。玉钩斜路近迷楼。"隋堤上的杨柳曾系过华美的锦制缆绳，却因此清瘦不堪，至今愁苦难言。那埋葬着宫女的"玉钩斜"就在"迷楼"旁，看来，生死富贵，皆作尘土。末尾那句"玉钩斜路近

迷楼"在使用对比突出上，与杜甫的"朱门酒肉臭，路有冻死骨"有异曲同工之妙，强烈的对比真是触目惊心。

词的上阕是诉"生离"，到了下阕则开始叹"死别"，整首词"婉而多讽"。

### 【词人逸事】

这首词作于康熙二十三年（1684）十月，是纳兰性德扈驾巡幸江南抵达扬州之时所作。为和王士祯的《浣溪沙》而作。

修禊是古代的一种民俗，于农历三月上旬的巳日（三国魏以后始固定为三月初三）到水边嬉戏，以祓除不祥。清代著名诗人王士祯开启了清代红桥修禊的先河，他在扬州任推官期间，"昼了公事，夜接词人"，"与诸名士游无虚日"。他去世后，扬州百姓将他和宋代欧阳修、苏轼并列，建"三贤祠"纪念。康熙元年春，王士祯主持红桥修禊，作《浣溪沙》3首，其中广为流传的名句有："北郭清溪一带流，红桥风物眼中秋，绿杨城郭是扬州。"众人皆和韵作诗，一时传为佳话。纳兰性德这首词正是为和此词而作。

康熙三年（1664）春，王士禛再次与诸名士修禊于红桥，王士禛作《冶春绝句》20首，其中"红桥飞跨水当中，一字栏杆九曲红。日午画船桥下过，衣香人影太匆匆"一首脍炙人口，唱和者甚众，一时形成"江楼齐唱《冶春》词"的空前盛况，大有王羲之兰亭雅会之势。王士禛后将这些诗词编成《红桥唱和集》3卷。时至今日，王士禛留下的《绿杨城郭》《冶春》这两首佳词，仍为扬州人传唱不衰。

# 浣溪沙

### 郊游联句

【原文】

出郭寻春春已阑（陈维崧），东风吹面不成寒（秦松龄），青村几曲到西山（严绳孙）。

并马未须愁路远（姜宸英），看花且莫放杯闲（朱彝尊），人生别易会常难（纳兰性德）。

【赏析】

这首词是纳兰与友人合谱之作，写在北京西郊的春游：出城来踏春，没想到春天已经尽了。东风吹在脸上已经没有一丝凉意，山路弯弯曲曲折折通往西山。停下马来不要担心路途遥远，且看山花烂漫莫忘举杯畅饮，只是人生分别容易，重聚却很难。

【词人逸事】

纳兰性德没有门第观念，为人四海，与僧道、艺人、失第举子、落职官宦均有交游，乐善好施。他与江南很多文明词友成为莫逆之交，相互切磋学问，

砥砺志节；自己的才情也得到他们认同，使一位满洲贵公子在上层社会中超凡脱俗。纳兰仗义助友的事迹也是不胜枚举。这首词的几住作者个个与纳兰交情深厚，无锡人秦松龄因奏销案被斥革十余年，纳兰性德荐举博学鸿词开科录取一等；浙西词派创始人朱彝尊与纳兰性德也是交谊终生，阳羡词派领袖宜兴人陈维崧曾填《贺新郎·赠成容若》有"昨夜知音才握手"的感佩之言；还有姜宸英和严绳孙与纳兰性德更是莫逆之交。

# 霜天晓角

**【原文】**

重来对酒①，折尽风前柳。若问看花情绪②，似当日，怎能够。

休为西风瘦，痛饮③频搔首④。自古青蝇白璧⑤，天已早、安排就。

**【注释】**

①对酒：面对着酒。

②情绪：心情，心境。

③痛饮：尽情地喝酒。

④搔首：以手搔头，焦急或有所思貌。

⑤青蝇白璧：比喻谗人陷害忠良。唐陈子昂《宴胡楚真禁所》诗："青蝇一相点，白璧遂成冤。"青蝇，苍蝇，蝇色黑，故称。白璧，平圆形而中有孔的白玉。

**【赏析】**

人间四月天。你们又一次举起别离的酒杯。丝丝杨柳，丝丝话语，不能作别。

想当年，壮志凌云，逸兴遄飞，书生意气，挥斥方遒。那是少年的梦，那是侠客的情，令人魂牵梦绕。如今。同样是饮酒赏花。你却问，当时绽若烟花的菊，为何此刻却含苞如彼此指尖上沉重的心事？

西风北客两飘零。还是痛饮美酒吧。毕竟，人生如水泄平地，各自东南西北流。毕竟，自古以来，宵小之人，妒人娥眉，月明多被云妨。

这首词像是与友人共酌而抒发的感慨。

上阕说重又对酒作别，而此时的心境与当日大不一样，颇蓄惜别之情。"重来对酒，折尽风前柳"是说把酒话别。此处"对酒"与曹操《短歌行》中"对酒当歌，人生几何"以及柳永《蝶恋花》"拟把疏狂图一醉，对酒当歌，强乐还无味"二者中的"对酒"颇不相同。曹操语出慷慨，"对酒"表示及时行乐；柳永语出缠绵，"对酒"表示不胜春愁。纳兰对酒，只为送别，"劝君更尽一杯酒，西出阳关无故人"，是谓也。"折尽风前柳"是用折柳送别的旧典。汉代都城长安东门外的灞桥柳色如烟，都城人们送别亲友至灞桥而止，折柳枝为赠。

此后折柳赠别成为我国民俗，故南朝范云诗有"春风柳线长，送郎上河桥"之句。而一个"尽"字，写出了词人的深情——似乎只有折完风前细柳才能显示出他对友人的惜别之情。离别总是黯然销魂，也总能勾起千般感触、万种思量涌上心头。于是就有接下的"若问看花情绪，似当日、怎能彀"。这三句是说别情之外的心绪。饮酒赏花，当为人生快事，只是情绪低落，怎是以前所能相比？想当年少年意气，何等壮志。可如今，只有一声长叹。至此，上阕的情感基调已经由伤别转入对世事人生的感叹，词遂进入下阕。

"休为西风瘦，痛饮频搔首"。这是词人慰己慰友之辞。因为上阕里追忆往事，感慨万千，心潮汹涌而不能自持，所以词人就劝慰到，还是少叹于西风古道这些扫兴之事了，毕竟相聚不易，还是赶紧痛饮美酒吧。最后三句，"自古青蝇白璧，天已早、安排就。""青绳白璧"，语出陈子昂《宴胡楚真禁所》"人生固有命，天道信无言。青蝇一相点，白璧遂成冤"，词人用此典，意谓自古英雄没有几个可酬壮志，给青蝇一点便成败物，我们又何多愁如此，既然上天早已安排好，就无须多言，且饮酒为乐吧。出句貌似洒脱，实大有不平之鸣，然劝慰之意殷殷，彰显出对友人的一片深情。

# 菩萨蛮

【原文】

黄云紫塞三千里①，女墙西畔啼乌起②。落日万山寒，萧萧猎马还③。笳声听不得④，入夜空城黑。秋梦不归家，残灯落碎花⑤。

**【注释】**

①黄云：边塞之云，塞外沙漠地区黄沙飞扬，天空常呈黄色，故称。紫塞：指北方边塞。

②女墙：女儿墙在古代时叫"女墙"，包含着窥视之义，是仿照女子"睥睨"之形态，在城墙上筑起的墙垛，所以后来便演变成一种建筑专用术语，特指房屋外墙高出屋面的矮墙。

③猎马：打猎人所乘的马。

④笳声：胡笳吹奏的曲调，亦指边地之声。

⑤碎花：喻指灯花。

**【赏析】**

这是一首在边塞时写的词，词人身处边塞，离家千里，油然而生思乡之情。

边塞狂飙横扫，黄沙漫天，这北方的大漠，千里无垠，一望无际，西边城墙上，一只孤独的乌鸦一声促啼响起，惊起我的无限感伤。夕阳渐渐落下，满目绵延的山川渐生寒意，烈马萧萧长鸣，一骑独归来。

胡笳一声声传来，催人泪下，不忍卒听。黑色渐渐笼罩下来，边塞马上就要进入漫漫长夜。离乡千里之外，即便在秋梦中也不能回到家乡。孤灯已点上，灯花如泪，簌簌落下。

因为边塞诗词的创作在环境上比其他风格的诗词具有更为开阔的视野和感染力，所以在心理情感上则更显直白性和狂放感。纳兰性德的边塞诗与前人相比，最大的特点就在于情感上更加细腻委婉，曲折有致，这也和他忧郁的性格特点不无关系。

# 菩萨蛮

【原文】

隔花才歇帘纤雨①，一声弹指浑无语②。梁燕自双归③，长条脉脉垂④。

小屏山色远⑤，妆薄铅华浅⑥。独自立瑶阶⑦。透寒金缕鞋⑧。

【注释】

①帘纤雨：如珠帘般的绵绵细雨。

②弹指：形容时间极短。本为佛家语。《翻译名义集·时分》："《僧祇》

云，十二念为一瞬，二十瞬为一弹指。"

③梁燕：梁上的燕子。

④长条：长的枝条，特指柳枝。脉脉：犹默默。

⑤小屏：小屏风。

⑥铅华：妇女化妆用的铅粉。

⑦瑶阶：本指玉砌的台阶，也为石阶的美称。

⑧金缕鞋：指金丝绣织的鞋子。

**【赏析】**

波渺渺，柳依依。双蝶绣罗裙的女子，你与幸福，只有一朵花的距离。但是春天却送来绵绵细雨，让你久坐闺中，辜负了美好的芳春。

天晴的时候，双燕已归，柳枝低垂。娇嗔如你，一春弹泪话凄凉。寒夜到来，你掩上望归的门。默默地，朱粉不深匀，闲花淡淡春。

想他的时候，你独自站在瑶阶上。柔肠已寸寸，粉泪已盈盈。

此词内容当是触眼前之景，怀旧日之情，表现了闺中女子伤春伤离的痛苦和不尽的深思。

上阕第一句"隔花才歇廉纤雨"，绵绵的春雨刚刚停止。"隔花"二字让人想起欧阳修的"隔花啼鸟唤行人"。欧阳修这句是描写春物留人，人亦恋春，明明是游人舍不得归去，却说成是啼鸟出主意挽留。

不过，此篇里的闺中女子是否有此心怀，不得而知。但对春雨，她分明有一种朦胧的娇嗔：蒙蒙的春雨持续了这么长时间，以至于弹指一算，离别已久，竟辜负了美好的春光，遂孤寂无聊，实在无语可述。

虽然此时"浑无语"，但是伤春的意绪已然萌动。于是她看见了梁间的燕子，也要感叹一下它们是"自双归"，一个"自"，似乎写出了她的艳羡之情。

而杨柳枝也通了人性，含着无限情思垂下枝条。"梁燕自双归，长条脉脉垂"这两句笔势灵动，表达了此闺中女子郁积于心的流连惆怅之情。

下阕仍是一句一景，只是视点由室外转到室内，大概是因为此女子临景伤春，不胜春愁，以至于退避屋内。

首句"小屏山色远"，这里的"山"是画屏上的山，如牛峤《菩萨蛮》所说的"画屏山几重"。这一句所写的情境，《花间集》中颇多见，如毛熙震《木兰花》"金带冷，画屏幽，宝帐慵熏兰麝薄"，张泌《河传》"锦屏香冷无睡，被头多少泪"，都可作为理解此句的参考。

此处，值得玩味的是这个"远"字，虽然可以它理解为小屏风上绘有的远山之画图，但是给人的感觉似是另有所指，或者是远方的恋人，或者是一种幽远的情思。"妆薄铅华浅"三句，像是对她的特写，第一句言淡美的妆容，第二局言独伫瑶阶的寂寞，第三句言寒冷的金缕鞋。这三句既写出了她的自怜之情，也写出了她的孤寂之心，还写出了她得不到安慰与温暖的失望心理（不然就不会用"透寒"二字了），真可谓幽微深婉、饶有韵味。

# 菩萨蛮

【原文】

催花未歇花奴鼓①，酒醒已见残红舞②。不忍覆余觞③，临风泪数行④。粉香看又别，空剩当时月。月也异当时，凄清照鬓丝。

【注释】

①催花：即击鼓催花，用于酒令，鼓响传花，声止，持花未传者即须饮酒。花奴鼓：唐玄宗时汝阳王李琎（小名花奴）善击羯鼓，玄宗尝谓侍臣曰："速召花奴将羯鼓来，为我解秽。"后因称羯鼓为"花奴鼓"。

②残红：凋残的花，落花。

③余觞：杯中所剩的残酒。

④临风：迎风，当风。

【赏析】

催促春花盛开的鼓声一直还没有停，酒醒之后已经看见落花纷纷扬扬，感慨这时光何其迅速，而你我又到了饮这离别之酒的时候。不忍倾杯一饮而尽这酒杯中残余的薄酒。面对秋风，离情别绪顿生，情不自禁地流下眼泪。

可爱的人儿啊，如今这离别又出现在眼前，寂空无所依，只留下一轮圆月，独立天际——甚至就连这月亮也与当时我们在一起时不同，你看这凄凉的清光缕缕地照在我的青丝上，如何不催人泪下。

这首词通过临别前和临别时的环境以及心理描写，来渲染相思之情。上片通过临别前饮酒与心绪不宁的矛盾心态，下片更进一步，通过写马上要离别时，突然感到物非人非的强烈情感，表达了面对离别而无法自禁的剧烈情感变化。

这首词表达情感典型特点就是毫不节制，倾倒式地表现情感。

上片情感表现还在自控的范围内，最多是愁肠百结而"不忍覆余觞"，实在不能忍受心中痛苦也只是"临风泪数行"，或许情人问起，她可能还会忍住说是眼中吹进了沙子。

下片就显然增强了情感。眼看马上所爱的人就会很难再看见一次，情感上何以能忍受？原本物是人非都已是催人肝肠寸断的了，她却说就连物也并非原来的物了，天上那轮见证过你我二人爱情事实的圆月也突然冷酷无情起来，这营造了一种极大的内心恐惧感、寂寞感、空虚感。

这种情感表现在纳兰性德是常见的，但中国诗词写作中却并非主流，根本原因在于纳兰性德表达情感的方式是汉族文化的方式，但由于受到自身民族气质影响，表现形式就是自然与真，当然这自然与真是较之汉族文人而言的。汉族文人的诗词在情感表现上多受传统诗歌理论的束缚，如"诗言情"却要求"哀而不伤"，甚至也有"诗言志"等前置的束缚。纳兰性德并不是没有受到汉族文化传统中这些影响很深的传统影响，并不是真正一点也没有"染汉人风气"，而是原来的民族风格也起到了对他整体风格的塑造作用。

这首词中"催花未歇花奴鼓"句引了唐代玄宗时人物李琎的典故。他是大唐睿宗皇帝嫡孙，是唐朝宗室让皇帝李宪的长子，正由于他是让皇帝的长子，

所以被封为汝阳郡王。他小名叫花奴，是个长得面容俊美姣好的美男子，并且音乐能力很强，可谓才貌双全。他还擅长弓和羯鼓，聪明敏捷。众所周知，唐玄宗也是历史上一个极富艺术修养的皇帝，在音乐舞蹈方面都是行家，身边有个多才多艺、才貌双全的美男子花奴，玄宗当然对他很是喜欢，并曾亲自教他音律，据说玄宗还亲自教授他羯鼓。

汝阳王李琎亦是杜甫的诗作《饮中八仙歌》里的人名，在诗中排名第二。"汝阳三斗始朝天，道逢麴车口流涎，恨不移封向酒泉。"翻译出来就是"汝阳王李琎饮酒三斗以后才去觐见天子。路上碰到装载酒曲的车，酒味引得口水直流，为自己没能封在水味如酒的酒泉郡而遗憾。"杜甫笔下，可见李琎的风度。天宝六年（747年），杜甫时年三十六岁，赠诗汝阳王李琎。在《赠特进汝阳王二十二韵》诗中，杜甫极力颂美汝阳王，述礼遇之厚，明感颂之由透出投赠本意，结果做了个李家的门客。

这首词写思恋、写离别，本身用词也巧，典故也大有可玩味处，真可读可感：花奴不鼓，唯见残红飞舞，前欢不再，而其悲则无穷，读之惨然，起身无绪，怅然若有所思。

# 菩萨蛮

### 早春

【原文】

晓寒瘦著西南月①，丁丁漏箭余香咽②。春已十分宜，东风无是非。

蜀魂羞顾影③，玉照斜红冷④。谁唱《后庭花》⑤，新年忆旧家。

【注释】

①瘦著：瘦削，这里指弯月或月牙。

②漏箭：漏壶的部件，上刻时辰度数，随水浮沉以计时。咽：充塞、充满。

③蜀魂：鸟名，指杜鹃。相传蜀主名杜宇，号望帝，死后化为鹃。春月昼夜悲鸣，蜀人闻之，曰："我望帝魂也。"故称。

④玉照：镜的异名。斜红：指人头上所戴的红花。

⑤《后庭花》：乐府清商曲吴声歌曲名，唐为教坊曲名。本名《玉树后庭花》，南朝陈后主制。其辞轻荡，而其音甚哀，故后多用以称亡国之音。这里喻为凄凉之曲。

【赏析】

提到伤春悲秋，清人钱谦益《李义山诗笺注》序中有句："绮靡浓艳，伤春悲秋，至于'春蚕到死'、'蜡炬成灰'，深情罕譬，可以涸爱河而干欲火。"可见此种情怀多是销魂而略显颓唐的。

想来春秋二季的自然景色一则百废待兴，一则萧条待寂，如此变化，便容易牵引住文人那颗敏感的心，也能够产生一种作诗的环境，在那样的环境里人们更容易抓住景物的特征来表达自己的感情，因此在春秋时候做出来的诗多感情婉转绵长，萧索深沉，而且我们也能与之产生共鸣，所以悲秋伤春的诗才能流传千古。

伤春之作从古至今数不胜数，而纳兰的词里，总也有着伤春的格调，可是

他却是最懂春之性情的人，春光年年令人流连，然而春光虽好，流年不早。

仔细注意，便可发现，纳兰的词作几乎都是表述深夜时候的所思所感，这是万籁俱寂时更易于思考么，还是那孤寂的气氛更让人产生凄怆的感情？

春夜将晓，天气寒凉，西南天际仍斜挂着一弯月影，漏壶叮叮咚咚，声声作响，燃尽的香烟在满室间绵转缭绕。

淡月下，调砚聚墨，几笔白描，铁画银钩，写出一个纳兰，无边飞絮无边忧，一地月印一地愁。自古来文人多喜以月为意象，那消逝的繁华景秀，一切都是轮回一场梦，唯有那月。古人今人若流水，共看明月皆如此。唯有纳兰，"落寂奈何香几许，纳兰饮水随消逝"。行走在消逝中，拭尽英雄泪。君不见，月如水。

此时节本应是春光十分相宜，可偏偏东风无是非，在这凄幽孤独的氛围里将美好春光送去，这怎么能叫人不哀怨不留恋呢？疼痛与沧桑漾满了时间的褶皱，他去过江南，走过塞外，陪伴纳兰的只有风，风声酿成了亘古不变的乐曲，是谁说过呵，灯花瘦尽，何曾梦里依旧，似水流年，风逝无痕，离魂缥缈。

自己实在是不愿意去看那玉照上的身影，你看那头上如火的红花都给人已凉寂之感。只因那形影让人观一眼便觉得伤心欲绝，周身凄冷无比，托意幽婉。记忆深处有孤魂的存在，就有纳兰孑然前行的背影。

提到《后庭花》，即《玉树后庭花》，唐李白曾有作《金陵歌送别范宣》："天子龙沉景阳井，谁歌《玉树后庭花》？"后作为靡靡之音或者亡国之音象征，极有凄凉之意境。

回到这首词中来，是谁在暗夜里哼唱着这首凄凉的《后庭花》呢，惹得我翻身醒来，忆及旧家？朦胧含婉，极具悲感。词中的"寒"与"冷"的意向刻画和心理描绘，独到地将此时忆旧家的情怀凸现出来。

单薄而纯粹的纳兰，单薄而纯粹的纳兰词。

风从净远幽香的地方吹过来，吹进了纳兰那单薄的灵魂深处，晴朗的天于是就满是碎片。

你看他拟人的将东风抱怨起来，都怪你呵，不把春多留住。

叶嘉莹先生曾给纳兰的词心做出这样的解释："纳兰却曾以其天生所禀赋的一份纤柔善感的词心，无待于这些强烈的外加素质，而自我完成了一种凄婉而深蕴的意境。"是的，流水落花，情深都在字里行间，让时间搁浅在指缝间。纵使他钟鸣鼎食，金阶玉堂，平步宦海，然而微风婀娜起舞，托起一声叹息，炊烟背后，尘世的烟尘里，蓦然回首，岁月恍如童话。在这一年之计在于春的新年里，只是不知旧家是何景象了。

人们常说，非文人不能多情，非才子不能善怨。而纳兰本就是天资超然清逸，悠然尘世之外。他是孤独的，他也是肆意的。且让我们跟随着纳兰的那"丁丁漏箭"去留恋逝去的春日吧。

## 菩萨蛮

**【原文】**

窗间桃蕊娇如倦，东风泪洗胭脂面。人在小红楼，离情唱《石州》①。夜来双燕宿，灯背屏腰绿②。香尽雨阑珊③，薄衾寒不寒？

**【注释】**

①《石州》：乐府商调曲名。

②绿：昏暗不明。

③雨阑珊：微雨将尽。

【赏析】

东风始来，三月的桃蕊初绽，不胜娇美，慵懒如同刚刚睁开睡眼的少妇。初上绣楼，凭依窗子，远眺之时，"忽见陌头杨柳色"，想起久久未归的游子，苦涩的离情溢满心头，泪水湿了新妆。唇齿之间，这一首《石州》曲，吟遍了古今多少离情别绪。忽而想起昨夜那来宿的双燕，"落花人独立，微雨燕双飞"，形只影单的少妇倍觉凄凉，灯烛背对屏风，回首处，昏暗不明。春意料峭，微雨将尽，那远方的人是不是只有一张薄衾，又是温，是寒呢？

短短四十来字，上片写尽了春闺情愁，下片写尽了销魂之感。

这首词写的是游子思妇的离别之情，在古典诗词中极为常见。早在初唐张若虚的笔下，就有了"谁家今夜扁舟子，何处相思明月楼"的春闺情怀。丈夫离家，日复一日，思念并没有因时间而成为习惯。某日初上翠楼，忽见桃红，心底多少愁思，涌上心头，难下眉头。"窗间桃蕊娇如倦"，看似写"桃花"，

其实写"人面"。"桃之夭夭，灼灼其华"，"桃花"自古便是红颜的象征，都是一种脆弱的美。"人面桃花相映红"，是写花的美，也是写人的美；是写人对桃花的欣赏，更是写人对自己的怜惜。人见桃花烂漫，不由联想到自己也是青春如许，却春闺独居，难以与心中思念的人共相朝夕。春日本多情，"泪洗胭脂面"便知闺中人心中的愁苦，非窗前的一缕薄烟，也非耳际的一阵轻风，它的厚重也许根本没有什么事物可以用来比拟，也不需要用什么来比拟，既无它诉，便只得轻吟一首哀婉的《石州》曲。

"夜来"二字起首，便知漫漫长夜中闺中人的凄婉心境。南唐亡国词人李煜说，"寂寞梧桐深院锁清秋"，正是如此；南宋女词人易安说，"莫道不销魂，

帘卷西风，人比黄花瘦"，正是如此；温庭筠说，"过尽千帆皆不是，斜晖脉脉水悠悠，肠断白蘋洲"，也正是如此。一夜料峭春雨不止，人也久久难以入眠，双燕因深夜寒冷而借宿檐下，相依相偎，触动了闺中人的心事。灯烛背对着屏风，因而昏暗不明，似也困乏欲睡，此时此刻，已至深夜，唯有人独醒着。"薄衾寒不寒"的设问中，其实早已预设了回答：闺中人"半夜凉初透"，凄凉境地下，不由想到远在异乡的人是否能禁得住这番春寒？由物（燕）及己，由己及人，才有了"寒"的意蕴。

一面是春愁如许，一面是凄婉销魂，都是对于闺中人痛楚心理的刻写，在这个过程中间，还有着景致之间的鲜明对照——一明一暗。总体看来，上片"明"在"桃"字，下片"暗"在"背"字。如果不是春日风和日丽，明媚如新，又怎能一推窗而见桃红一点，娇蕊动人？如果不是背向屏风，又怎知闺中人听闻燕声时，回首间，"屏腰"昏暗不明。但无论是"明"，还是"暗"，无论是白天所见，还是夜晚所闻，所投射的都是闺中人的离情别绪。在一明一暗的对照中，更加凸显了闺中人心绪的低沉。

相传，词人纳兰性德曾与自己青梅竹马的表妹情投意合，然而造化弄人，有情人终究不能成眷属，这位才色双全的佳人却被选入宫中，宫墙深锁。这给纳兰性德带来了无尽的伤感和酸楚，因而这种伤感和酸楚之情在他的词里经常有所显现，有很多以春情闺怨为题材的词作。

# 菩萨蛮

回文

【原文】

研笺①银粉②残煤③画，画煤残粉银笺研。清夜一灯明，明灯一夜清。片花惊宿燕，燕宿惊花片。亲自梦归人，人归梦自亲。

【注释】

①研笺：压印有图案的信笺。

②银粉：银色的粉末。

③煤：古代对墨的别称。

**【赏析】**

纳兰之词，看似句句无意，实际字字泣血。就像这首词，思念之情仿佛云淡风轻，实则凄婉灼人。

"研笺银粉残煤画，画煤残粉银笺研"，"研笺"是指压印有图案的信笺，"煤"即墨的别称。夜色清澈，百无聊赖，词人便开始在压印有图案的信笺上写写画画。"清夜一灯明，明灯一夜清"，小灯一盏，一夜便打发过去。"清夜"和"明灯"两个意象让此时的气氛显得孤独又凄冷。

百无聊赖的动作，放在回文的效果里，尤其衬景，好似能亲眼目睹灯下之人对着那印图的信笺眼神游离，反反复复地鼓捣银粉，添添水墨。字字都被附上了深夜里的灯光。

下片，"片花惊宿燕，宿燕惊花片"，落花惊起了宿燕，宿燕惊扰了落花，这样的描写神化味美，仿佛此刻，不需要明月，不需要和风，只这么坐着，我们就能听到落花、宿燕的动静，唯美至极。

古代文人骚客用典，"燕"是常出现的意象，这是燕为候鸟之故，随季节变化迁徙，春去秋来，常被引用借以思念亲友，惜叹时光流逝，匆匆而过。不知，这纳兰写花写燕时，是否也有对故友之思呢？无奈叹："亲自梦归人，人归梦自亲。"清夜之人，思念如潮，却为何仍是梦中之人。

纳兰不愧是位高超的词人，他以景观物，能将目光所及的一切信手拈来，成为其情感的寄托。

# 菩萨蛮

回文①

【原文】

雾窗寒对遥天暮，暮天遥对寒窗雾②。花落正啼鸦，鸦啼正落花。
袖罗垂影瘦，瘦影垂罗袖。风剪一丝红③，红丝一剪风。

【注释】

①回文：诗词中的一种修辞手法。指运用词序回环往复或顺读倒读均可的语句。

②暮天：傍晚的天空。

③风剪：即风吹。

**【赏析】**

古代的诗词中，士人喜欢用"回文"这种文字游戏来体现自己的才华或者作为娱乐，通常价值不大。这首词描摹的是眼前风物，虽然意义不大，但是依旧不失隽永别致。从中更可看到词人娴熟的文字技巧。

## 菩萨蛮

**【原文】**

惜春春去惊新燠①，粉融轻汗红绵扑②。妆罢只思眠，江南四月天③。

绿阴帘半揭，此景清幽绝④。行度竹林风，单衫杏子红⑤。

【注释】

①新燠：天气刚刚变热。燠，本义温暖。

②红绵扑：丝绵的粉扑，妇女化妆用品。

③四月天：指初夏之时。

④清幽：风景秀丽而幽静。

⑤单衫：单衣。

【赏析】

这首词描写初夏时节，仕女伤春的情景：怜惜春色，春天却已离去，初夏的天气带来了丝丝微热，化妆时已感到脸上轻汗。梳洗过后来感受一下江南四月的天气。珠帘半揭，绿树成荫，景色秀丽幽静。竹林清风，杏红衣衫，如此的清新灵动。

# 菩萨蛮

【原文】

新寒中酒①敲窗雨，残香②细袅秋情绪。才道莫伤神，青衫③湿一痕。

无聊成独卧，弹指韶光④过。记得别伊时，桃花柳万丝。

**【注释】**

①中酒：饮酒半酣时，也指醉酒。

②残香：残存的香气。

③青衫：古代学子或官位卑微者所穿的衣服，借指学子、书生。

④韶光：美好的时光。

**【赏析】**

雨点敲窗，天气微寒，这样的天气，我明明没有喝多少酒，却一下就醉了。香烟袅袅，一如我满腔的愁绪，缠缠绵绵。我无数次告诉自己，不要再伤怀，可是，很不争气的，还是有泪流下来。

在这孤枕难眠的夜晚，脑中挥之不去的，是与你分别的场面。那日百花吐艳，杨柳依依，竟是好天气。

容若此篇，乃表相思意。此首词作描述的是与伊人在春日离别，到秋日仍念念不忘当日离情，然后在一个急雨敲窗的夜，思念被一触即发，一发不可收拾的境况。容若果真是个痴情种，每每怀人，便会似痴似醉，又难安睡。该词上片由相思到分别，下片又由无聊到分别，可见那日分别的画面太难忘记。整首词翻转跳跃，屈曲有致，在容若的挥毫笔墨下，相思之苦被描摹得淋漓尽致。

"中酒"，意为醉酒。"敲窗雨"即雨敲窗，后世曹雪芹也曾以此入诗："青灯照壁人初睡，冷雨敲窗被未温。"与容若这句，竟有异曲同工之妙。

"残香"，指将要燃尽的香。宋诗人赵鼎有《雨夜不寐》一诗："西风吹雨夜潇潇，冷炉残香共寂寥。"残香似乎总是与落寞相伴，或者应该是说残香中总能读出几分寂寥。有人就曾以"剪碎一地的残香与叹息"来评价容若的诗词，可见，残香几乎就要成为这位多情公子的代言了。

本二句讲的是，天气微微转寒，外面急雨敲窗，快要燃尽的香烟袅袅升腾着，似乎在无声地诉说着秋日的哀愁。房中人酌饮须臾，竟已是半醉半醒，寂寞无聊。

"伤神"一词，乃伤心之意。唐代杨炯在《益州温江县令任君神道碑》中写道："佳人不再，荀奉倩之伤神，赤子无期，潘安仁之惨恸。"说的也是为佳人伤心，与此句中所表达的意境极为相似。

词人刚刚才对自己说，不要再沉湎于过往的伤怀中，要试着敞开心扉，岂料不经意间，泪水早已湿了衣襟。这是怎样一种揪心的思念啊，这又是怎样一种身不由己的爱恋啊，明明知道会断肠，会伤神，却偏偏放不下，甚而相思更浓。这样一番深情，谁人读来不唏嘘？

"弹指"，指的是极短的时间，本为佛家语。《僧祇》云："十二念为一瞬，二十瞬为一弹指。""韶光"则是指美好的时光。南宋吴锡畴在其《春日》中写道："韶光大半去匆匆，几许幽情递不通。"抒发的是对春光易逝的感慨。此句承接上一句，续写无聊的心情。在这冷雨萧瑟的秋日，词人坐卧不安，百无聊赖，而韶光却已悄然逝去，令人好不懊恼。此时，词人果真是无聊吗？其实不然。此处暗示出没有恋人在身边，一切都了然无趣，对她的思念，似乎源自对她的依赖。有知己相伴，时光便无须靠无聊来消遣了。

古诗词中，提及"别伊"，似乎都应是不那么欢愉的，一如后唐庄宗李存勖在其《如梦令》中所写："长记别伊时，和泪出门相送。如梦，如梦，残月落花烟重。"本词中的"记得别伊时"不管在结构还是意境上，都与李诗如出一辙，可见容若此句乃为化用。但前者对应的是一派衰败之象，是一种对离别心情的正面衬托。而容若此处，却忆及离别那日的桃红柳绿，春光灿烂，极言春日之美好，反而更加衬托出今日的凄清冷落。相思之痛，一经阳光曝晒，更加惨白，这便是反衬法的妙效之所在。

# 菩萨蛮

**【原文】**

梦回酒醒三通鼓，断肠啼鴂①花飞处。新恨隔红窗，罗衫泪几行。

相思何处说，空有当时月。月也异当时，团圞②照鬓丝。

**【注释】**

①啼鴂：杜鹃啼鸣。相传此鸟为蜀主望帝魂化，春末夏初时啼叫，其声惹人生悲。

②团圞：指明亮的圆月。

【赏析】

去年今日此门中，人面桃花相映红。人面不知何处去，桃花依旧笑春风。想起逝去的她，你总是想起这首凄美的唐诗。

那时，吴山青，越山青，罗带结同心。那时，绣帘相依，燕子双飞来又去。可是如今，梦回酒醒的时候，泣血的杜鹃，声声断肠。

这一腔的相思，捂在心间，痛的时候，也不会喊疼。

此阕是月夜怀人之作，凄婉缠绵之至。

上阕首二句，"梦回酒醒三通鼓，断肠啼鴂花飞处"。三更鼓之时酒醒梦回，显然是伤痛彻骨，酒也不能彻底麻痹。古人夜里打更报时，一夜分为五更，三更鼓即半夜时。"啼鴂"，即鹈鴂的啼鸣。鹈鴂一鸣，春将归去，夏季将至。《离骚》云："恐鹈鴂之先鸣兮，使夫百草为之不芳。"张先《千秋岁》云："数声鹈鴂，又报芳菲歇。"姜夔《琵琶仙》云："春渐远，汀洲自绿，更添了几声啼鴂"。半夜酒醒，情意阑珊，此刻耳边偏又传来鹈鴂的悲啼之声，于是伤情益增，愁心愈重，在美酒的放松抚慰下，人怎么能不清泪涟涟？

三四句，"新恨隔红窗，罗衫泪几行"。这是词人假借女子对男子的爱来寄托自己的情思，借女人的口来表达难以启齿、过于缠绵的情感，写得凄然销魂，沁人心脾。

下阕写借酒浇愁、见花落泪后的对月伤心、新恨旧愁。"相思何处说，空有当时月"。在古代，明月时常成为爱情的见证。玉蟾当空，有情人可以相互偎依看月，在月亮下畅叙幽情，山盟海誓或者临虹款步，即使不在一处，也可以相约同看天涯明月，寄取相思。但是此处，词人说"空有当时月"。一个"空"字表达了爱侣逝后作者无人可与"说相思"的无限悢怆之情。遂想起张若虚《春江花月夜》中的"江畔何人初见月，江月何年初照人？人生代代无穷已，江月年年只相似。不知江月待何人，但见长江送流水"，其关于人生、时光、自然之感慨，不禁使入哑然。末句，"月也异当时，团圞照鬓丝"，当头之明月犹在，但却与别时不同，它现在只是照映着孤独一人了。此情此景，直叫人想起崔护的"人面不知何处去，桃花依旧笑春风"与周邦彦的"当时相候赤阑桥，今日独寻黄叶路"，皆是一种"物是人非事事休"的留恋心情，让人"欲语泪先流"。

容若心肠九曲，总是为了一个情字。如丝如缕，萦回不绝。不过能将相思之苦，婉曲道来，絮而不烦，这亦是天赋情种，有如情花烂漫到难管难收，此等纵情执定亦是纳兰词题材狭窄却出尘高妙之处。

# 菩萨蛮

【原文】

朔风①吹散三更雪，倩魂②犹恋桃花月③。梦好莫催醒，由他好处行。无端④听画角，枕畔红冰⑤薄。塞马一声嘶，残星拂大旗。

【注释】

①朔风：北风，寒风。

②倩魂：少女的梦魂。唐人小说《离魂记》谓：衡州张镒之女倩娘与镒之甥王宙相恋，后镒将女另配他人，倩娘因以成病。王宙被遣至蜀，夜半，倩娘之魂随至船上，同往。五年后，二人归家，房中卧病之倩娘出，与归之倩娘

合一。

③桃花月：桃月，农历二月的别名。农历二月桃花盛开，故桃月为二月之代称。

④无端：犹言平白无故。

⑤红冰：喻泪水，形容感怀之深。

【赏析】

这首词，是容若塞上之作。历来戍边之作，或豪气干云，或语涉悲愤，然而容若却另辟蹊径，写了塞外一梦。容若借梦境说真心，表达了对和平优雅生活的向往。其次，这首词篇幅短小，但却大量运用了对照手法。上阕写冰雪塞外暮景下梦境之和煦：桃花盛开的春日，美好的伴侣在侧。而下阕则转入残酷的现实，那辽远的画角，冰冷的旅枕，嘶叫的战马，战旗之上残星点点的夜空。容若这样的笔法，不仅仅是辞藻与意境上的对照，更是他所处现实与他心底理想之间的对照。此词写尽了容若的无奈。

恐怕没有一个人会喜欢战争。自有诗歌始，便有思乡厌战的征人悲歌。《诗经·邶风·击鼓》或许是最早最著名的一首。镗镗的击鼓声里，那被选征入伍的丈夫，将要作别温柔的妻。他将跟随英武的将领孙仲子，离家去国，讨伐陈与宋。他本是农夫，"永远无言地跟在犁后旋转，翻起同样的泥土溶解过他祖先的"。他侥幸逃脱了修筑都城的劳役，却逃不脱变身为一名士兵。——士兵者，以拼命为本分，赴死为责任也。社会崇尚征伐，国君好战喜功，卖力和卖命，

不幸或更不幸，总会被选中一件。"醉里挑灯看剑，梦回吹角连营"，那是将军的梦。"一将功成万骨枯"，他只不过是小兵，被迫前赴后继，随时预备灰飞烟灭。即使幸存，战事结束后的他们仍要离家万里，职守边关："不我以归，忧心有忡。"因此，《击鼓》代表了行进在锋镝边缘的卫国士兵之深沉怨词。其中"死生契阔，与子成说。执子之手，与子偕老"的誓言成为千古绝唱。

这首《菩萨蛮》，写于康熙二十一年秋，是容若侍卫生涯中真正令他骄傲的一个秋天。受天子委派，容若随副都统郎坦率兵往打虎儿、梭龙，以捕鹿为

名，沿黑龙江行围，径薄雅克萨城下，勘其居址形势，侦察入侵到我国境内的沙俄军队的兵力。这是容若侍卫生涯中唯一一次冒险，他终于能够置身马蹄硝烟之中。在这场冒险中，容若的军事才华以及他未竟的抱负显露无疑。

这支皇帝派出的侦探队伍在当地居民的协助下探敌虚实，测水路通道，进行战略侦察。此番"道险远……间行疾抵其界，劳苦万状"的军事行动远胜于平素的枯燥单调，成为日后容若最回味无穷的经历。故这首《菩萨蛮》虽有思乡的愁绪，却也流露出"万里赴戎机"的豪迈。蔡嵩云《柯亭词论》云容若"尤工写塞外荒寒之景，殆扈从时所身历，故言之亲切如此"。塞马嘶鸣中，残星下的大旗，正是好男儿实现抱负的最浪漫的印记。

# 菩萨蛮

**【原文】**

问君何事轻离别，一年能几团圆月。杨柳乍如丝，故园春尽时。

春归归不得，两桨松花隔①。旧事逐寒潮②，啼鹃恨未消③。

**【注释】**

①松花：指松花江，黑龙江最大支流，中国东北北部大河。隔：阻隔。

②旧事：已往的事。

③啼鹃：子规鸟，又名杜鹃，身体黑灰色，尾巴有白色斑点，腹部有黑色横纹。初夏时常昼夜不停地叫。此鸟"规"字与"归"谐音，故后人以此鸟鸣

作为思归之声，表达思归之意。

**【词评】**

"杨柳乍如丝。故园春尽时。"亦凄惋，亦闲丽，颇似飞卿语，惜通篇不称。

——陈廷焯《白雨斋词话》

**【赏析】**

人生何其短，能与爱人相伴的时间又有多长？即使分秒必争，也嫌时间太短了。可是，现在的你，又是怎么想？竟忍心离开爱人千万里，让她日思夜想人憔悴。只是，你也有你的苦衷，除了儿女情长，还有男人的担当，只得辜负

了心爱人儿一片相思意，唯余感伤。

据考证，本首词大约作于康熙二十一年（1682）。这年的二月十一日，身为

康熙皇帝的一等侍卫，纳兰性德随君王由北京出发，到盛京（今沈阳市）告祭祖陵，然后巡视吉林乌喇（今吉林市）等地。三月二十五日，北巡队伍抵达吉林乌喇，在松花江岸举行了望祭长白山等仪式（长白山被认为是满族兴起地）。当时寒气逼人，纳兰性德不由想念起妻子与故园，便怀着无限惆怅的心情，写下了这首感人至深的作品。

"何事"在古诗词中一般有两种释义，一是指什么事，哪件事，如南朝谢朓的《休沐重还道中》："问我劳何事？沾沐仰清徽。"唐代方干的《经周处士故居》："愁吟与独行，何事不伤情？"二是指为何，何故，如晋代左思《招隐》："何事待啸歌？灌木自悲吟。"清朝李渔《奈何天·狡脱》："不解天公意，教人枉猜谜：何事痴呆汉，到处逢佳丽？"本文中是第二种释义。"轻离别"，即把离别看得太轻。这句看似容若的自问，其实也是容若想象中的家中爱人娇嗔的抱怨：我们本该朝朝暮暮，你却为何总是忍心与我别离，留我一人凄凄切切。其实，凄凄切切的又何止妻子一人，容若不是正被勾起相思意了吗？不然也不会空感叹。

　　"一年能几团圆月"，屈指数数，我们在一起的日子有多少呢？一年也没有几回啊！这里有夸张的成分，但也是事实。容若每次扈从皇帝出巡或狩猎，都不是三五天的事，短则半月，长则数月，所以一年里夫妻相聚的时光实为短暂。"团圆月"本是形容满月，即十五六的月亮，可是每每被文人们放进诗词作品里，则大多用以反衬"月圆人缺"的意境，如清朝的符曾桂也在其《上元竹枝词》中写道："不如归去，难畴畴昔，总是团圆月。"表达的也是离人独伤怀。

　　有道是"此夜曲中闻折柳，何人不起故园情"。在古诗词中，"故园"一词承载了太多的思乡意。且如本句，这种思乡情时被杨柳枝勾起。对容若来说，由于经常随皇帝出巡，所以他京中的妻子，有时又是他的挚友们，都成了他思念深重的"故园"。如同他的《长相思》："风一更。雪一更。聒碎乡心梦不成。故园无此声。"表达的都是离人思乡念乡的一往情深。这里是说：你看，在这仲春时节，北方已是杨柳依依，而京城一定也是春意正浓吧！可恼的是，这么好的春色，却不能与你相伴共游。

　　"两桨"，划舟的意象，指代归家。南朝民歌《莫愁乐》："莫愁在何处？莫愁石城西。艇子打两桨，催送莫愁来。"充满了喜乐的气氛。而容若在此表达的却是无奈的感伤：在这春意盎然的季节里，却被这松花江阻隔了归途，欲归不得何其伤。这里，他把不能回家的原因归咎于松花江横在了归途上，其实却是恼恨自己的侍卫之职，完全地身不由己。对于多情的容若来说，善解人意的妻子最是让他牵心挂肠。

　　明代的张潮在其《幽梦影》一书中谈到，最能感化人心的外界事物无非四种物象："在天莫若月，在乐莫若琴，在动物莫若鹃，在植物莫若柳。"稍加留意，我们便会发现古代文学作品中随处可见吟咏杜鹃的句子和篇章。杜鹃所表，多种含义。有借它抒发亡国之恨、爱国之痛的；有表伤春、惜时之情的；也有抒写游子的思乡怀人之情的；还有抒发谪居的凄苦和幽怨的。本句自然是表达第三种意境。《华阳国志》中说："子规鸣声凄厉，最容易勾起人们的别恨乡愁。"子规即杜鹃。诗词中还有"杜鹃声不哀，断猿啼不切"，"蜀客春城闻春鸟，思归声引未归心"等，都表达了游子深切的故园情。这句是说，思及这些事，直教人心寒，犹如眼前这寒潮送起的松花江水。此句于无声处把容若的思归心切，离恨难消表达得淋漓尽致。

【词人逸事】

康熙二十一年二月十一日，康熙皇帝再次由北京出发到盛京告祭祖陵，同时巡视吉林乌喇（今吉林市）等地。纳兰性德作为一等侍卫扈从。长白山为满洲兴起地，三月二十五日抵吉林乌喇，在松花江岸举行了望祭长白山仪式。这首词大约作于此时，当时天气尚寒，纳兰性德怀念北京的家和家中等待的人，同时流露出作者厌于扈从等事的心情。

# 菩萨蛮

【原文】

阑风伏雨催寒食①，樱桃一夜花狼藉。刚②与病相宜，琐窗③薰绣衣。
画眉烦女伴，央及④流莺唤。半饷试开奁⑤，娇多直自嫌⑥。

【注释】

①阑风伏雨：连绵不断的风雨。寒食：寒食节，在农历清明前一或二日，

其时禁火三天，食冷食。

②刚：恰好。

③琐窗：雕刻有连锁花纹的窗。

④央及：请求。

⑤奁：古代女子梳妆用的镜匣。

⑥直：只。自嫌：自己对自己不满。

【赏析】

雨下得永远没有最后一滴。待字闺中的女子，看见樱桃花的凋零，像一首安魂曲。

病中，她有时，温柔在一个人巴山夜雨的诗句里，比春天更为生动。有时，又长在相思树，那一圈圈不断扩大的年轮里。

寂寞的时候，她的衣袖空空，藏不住一点北方的风。清晨，她唤来小图画眉。

梳妆镜前的她，多像娇美的桃花……为了最美丽的开放，想了一千种姿势。

此类描写女子生活之作，纳兰词中屡见，风格颇近于温庭筠和韦庄。此词描绘了寒食节时候，一女子刚刚病起，乍喜乍悲的情态。

起二句先绘寒食节候之景，风雨不止，一夜之间樱花零落。这是全篇抒情的环境、背景，以下便是描绘她在这景象下的一系列的行动。首先是按节令而薰绣衣，"刚与病相宜，琐窗薰绣衣"。天雨衣潮，置炉薰衣，人在病中亦祛寒，喜欢炉温，故言"刚与"。

琐窗，指雕刻有花纹图案的窗子；绣衣，指华丽精致的衣物，"琐窗薰绣衣"的情景，想来是颇为高贵幽雅的，但似乎又透露出一种孤独无聊的气息。

熏完衣，然后就是打扮自己了，"画眉烦女伴，央及流莺唤"。此女刚刚病愈又逢寒食节将至，遂烦请女伴帮忙梳妆打扮，而此时小黄莺也偏偏在窗外啼啭，想来她的心情还是颇为欢愉的。然而"半饷试开奁，娇多直自嫌"。"半饷"谓许久、好久，"自嫌"是自己对自己不满。那她为何半晌才打开妆奁？无论怎么装扮，皆自嫌不称心意，又是为何？小词并未明说，只是摹其细节去刻画她的心理，淡淡地透露了几许自伤的情怀，寄深于浅，寄厚于轻。

# 菩萨蛮

为陈其年题照①

【原文】

乌丝曲倩红儿谱②，萧然半壁惊秋雨③。曲罢鬓鬟偏，风姿真可怜④。

须髯浑似戟⑤，时作簪花剧⑥。背立讶卿卿⑦，知卿无那情⑧。

【注释】

①陈其年：陈维崧，字其年，号迦陵，江苏宜兴人。其年工诗词文赋，为清初阳羡词派之首，与朱彝尊齐名。有词 1629 首，辑为《湖海楼词》，著有《湖海楼全集》50 卷。

②乌丝：指其年之作《乌丝词》，顺治十三年至康熙七年，其年居京华时所填之词，结集为《乌丝词》，誉满天下，为人称赏。此时其年之作虽不乏早期的"旖旎语"，但词风已转化，颇含湖海豪气了。红儿：杜红儿，唐代名妓，

《全唐诗·罗虬序》"广明中，罗虬为李孝恭从事。籍中有善歌者杜红儿，虬令之歌，赠以彩。孝恭以红儿为副戎所盼，不令受。虬怒，手刃红儿。既而追其冤，作《比红儿》诗百首为一卷。"亦用以泛称歌妓。

③萧然：空寂环堵萧然，不蔽风日，形容空虚四壁萧然，没有任何东西。徐乾学云：其年"所居在城北，市廛库陋，才容膝，蒲帘上锉，摊柱其中而观之"，"时时匾乏困仆而已"（《陈检讨维崧墓志铭》）。

④风姿：风度姿态。

⑤须髯：络腮胡子。须髯浑似戟：胡须又长又硬，怒张如戟，形容外貌威武。据《清史稿》本传云："维崧清臞多髯，海内称陈髯。"又《南史·褚彦回传》："公须髯如戟，何无丈夫意？"

⑥簪花：谓插花于冠。

⑦讶：讶然，惊诧。卿卿：男女间表示亲昵的称呼。

⑧无那：无限，非常。

**【赏析】**

夕阳，白云，青山，兰舟。冠盖满京华。你的《乌丝词》，你用清贫的唇齿来吟咏。

一曲吟罢，惊得唐诗宋词里的秋雨，落向了天空。玉箫声声，你的歌女，发髻都是平平仄仄的。

她的身影，如风拂杨柳，月照梨花。你的根根胡须，都是江湖豪客。

醉酒后，你喜欢头戴红花，又是妙词一阕。那个秋波盈盈的女子，此刻正背对着你。她一回眸，你的柔情，便永远没有最后一缕。

此篇副题为"为陈其年题照"。陈其年，即陈维崧，字其年，号迦陵，江苏宜兴人，工诗词文赋，为清初阳羡词派之首，与朱彝尊齐名。其年长容若三十岁，为忘年友，但二人交谊至厚。康熙十七年戊午闰三月二十四日（1678年5月14日），其年在扬州，广东著名诗画僧大汕为他画了小像。是年秋，其年入京应博学鸿词科试，其画像亦带到京中，因画像不但画出了陈氏的形貌，而且画出了个性，于是引来了众多诗朋词友的题咏。在诸多诗赋中，容若这首《菩萨蛮》词写得很别致，很风趣，颇有开玩笑的味道。

"乌丝曲倩红儿谱。"乌丝曲，指其年之作《乌丝词》，顺治十三年（1656）至康熙七年（1668），其年居京华时所填之词，结集为《乌丝词》，誉满天下，为人称赏。红儿，即杜红儿，唐代名妓，后泛指歌妓。此处是借指其年身边的歌女。这句是说其年的《乌丝词》令歌儿舞女谱唱。

那谱唱的效果如何呢？"萧然半壁惊秋雨"，萧然，冷落凄清的样子。晋陶潜《五柳先生传》云："环堵萧然，不蔽风日。"显然是形容家境贫苦，事实也正是如此。徐乾学云：其年"所居在城北，市廛库陌，才容膝，蒲帘上铗，摊柱其中而观之"，"时时匮乏困仆而已"（《陈检讨维崧墓志铭》）家贫之甚，几至"入门依旧四壁空"的境地了。

惊秋雨，出自李贺《李凭箜篌引》"女娲炼石补天处，石破天惊逗秋雨。"李贺这两句诗是描绘李凭箜篌弹奏的乐声给人们的感受的：高亢的乐声直冲云霄，把女娲炼石补天的天幕震颤。好似天被惊震石震破，引出漫天秋雨声湫湫。用在此处，形容歌女谱唱的陈其年的《乌丝词》震惊世人、轰动京城，真是生动诡谲。

"曲罢髻鬟偏，风姿真可冷。"接下两句，写画像上的吹箫女子。严绳孙

《金缕曲·序》云："题陈其年小照填词图，有姬人吹玉箫倚曲。"可见画上除了其年的画像外，还有此吹箫女子。——一曲唱罢，她发髻斜偏一旁，风姿妩媚，惹人生冷。

"须髯浑似戟，时作簪花剧。"下阕则一转，道出了其年既富湖海豪气，又不无绮艳，既刚且柔的性格和作风。"须髯"，据《清史稿》本传云："维崧清癯多髯，海内称陈髯。"可见容若言"须髯浑似戟"当是实写。如此带有玩笑意味的话语（你的胡子长得简直跟长矛、钩戟一样），也说明他们二人之间的关系是颇为融洽的。"簪花剧"，簪花，古代遇典礼宴会佳节，男女皆戴花。剧，玩耍。李白《长干行》云"妾发初覆额，折花门前剧。""时作簪花剧"，是说陈其年时常头上戴花戏耍，以诙谐的口吻赞赏其风流倜傥，风采特异。

"背立讶卿卿，知卿无那情。"结尾二句再写画上吹箫女子，用的也是女子口吻——我盈盈背立，是因为我知道如果我站在你（指陈其年）面前，你会控制不住感情的，又有什么大惊小怪的？表面看来似是写陈其年不乏风流旖旎，声华裙屐之好，其实是以戏谑的口吻对这位忘年之友加以赞美。

### 【词人逸事】

陈维崧出身于讲究气节的文学世家，祖父陈于延是明末东林党的中坚人物，父亲陈贞慧是当时著名的反对"阉党"的"四公子"之一。陈维崧少时作文敏捷，词采瑰玮，曾被名士吴伟业誉为"江左凤凰"。明亡，当时二十岁的陈维崧入清补为诸生，但长期未曾得到官职，身世飘零，游食四方。与当时名流过从甚密。与朱彝尊在词坛并为"阳羡派"领袖。其词风格豪迈奔放，兼有清真娴雅之作，现存《湖海楼词》。康熙十八年，召试鸿词科，时年逾五十，授检讨，修《明史》。

陈维崧长纳兰性德 30 岁，为忘年之交，但二人交谊至厚。康熙十七年戊午闰三月二十四日，陈维崧在扬州时，广东著名诗画僧大汕为他画了小像。秋天，其年入京应博学鸿词科试，将其画像亦带到京城，当时有三十余名才人名士为此图题咏。纳兰性德的这首词就是其中之一。

# 菩萨蛮

宿滦河①

【原文】

玉绳②斜转疑清晓，凄凄月白③渔阳④道。星影漾寒沙，微茫织浪花。
金笳⑤鸣故垒⑥，唤起人难睡。无数紫鸳鸯，共嫌今夜凉。

【注释】

①滦河：古濡水，俗名上都河，在今河北东北部。源于闪电河，自内蒙古多伦县南，折而东南流，入热河境，会小滦河，始名滦河，在乐亭、昌黎之间入渤海。

②玉绳：星名。原指北斗第五星之北二星，常泛指群星，此处指北斗星。

③月白：皎洁的月光。

④渔阳：地名，战国燕置渔阳郡，秦汉治所在渔阳（今北京密云西南）。

⑤金笳：胡笳的美称，古代北方民族常用的一种管乐器。

⑥故垒：古代的堡垒。

【赏析】

上阕用白描写景，写夜宿滦河的月下之景，清晓时分，月光、古道、星辉、浪花，一切都显得朦胧而凄迷。下阕用金笳声烘托夜的孤寂，令人难以入睡。结处描写紫鸳鸯成双成对的夜宿更添自身的孤独和冷清。

这首词是纳兰性德写自己孤身在外，夜宿滦河的行役词。滦河即在今天的河北东北部，是从北京到山海关的所经之地。作者于康熙二十一年（1682 年）三月和八月两次去山海关，这首词描写得是秋冬景色。

上片主要写夜景，在孤独的夜晚，看到斗转星移，天空渐渐明亮，以为天已破晓。其实，那是凄凄的白月光照在了渔阳道上。夜色微茫，星光点点照射在寒沙上，如水上的浪花翻动，一派凄清。这四句把外部环境描写得恰到好处，为下片抒情埋下了伏笔。

下片，写作者的思乡的孤寂之情。金笳就是胡笳，是西北少数民族的典型乐器，声调高扬凄凉，有很强的穿透力，同时有相当强的表现力，所谓"刚柔待用，五音迭进"，在汉代传入中原，逐渐成为一种与胡文化有关的文化符号。金笳悲鸣，伴宿故垒，心中已经足够悲凉，难以入眠。连鸳鸯也怕冷，这里用了侧面描写的手法，从中可见外部环境的恶劣。

词人的情感寓于周围的景中，词人所写的景中又都暗含作者的情感。情景交融，艺术技巧十分巧妙。主要风格上看，用素描来写景。词中的北斗斜转，渔阳古道月微白，星影闪烁，河水微漾，等等，都以点染的方式呈现景。

这不由让读者想起元代散曲作家马致远所做的《天净沙·秋思》："枯藤老树昏鸦，小桥流水人家，古道西风瘦马。夕阳西下，断肠人在天涯。"因为二者都是以呈现状况给读者看，背后情感都是从作者营造的环境中产生的。纳兰的词中，他没有直写自己羁旅生活的心情是多么无奈，没有直写"枯藤、老树、昏鸦"之类的周遭景色是多么荒凉，也没有直写自己返乡期望是多么浓烈。而似乎是以一种凄美的景致衬托哀情，即使是很恶劣的环境也被词人写得如此之美。这分明是词人内心的一种想象。

"星影漾寒沙，微茫织浪花。"其实，外面的夜晚星星再美丽也比不过家乡的美；"无数紫鸳鸯，共嫌今夜凉。"就算家乡的夜晚再怎么冰凉，也比外面的夜晚温暖。也许从这里我们更能看出纳兰性德对于长期在外扈驾远行的厌倦与无奈之情吧。这也更能显出词人内心苦苦的挣扎，足见其此时此刻的心情。

# 菩萨蛮

【原文】

榛荆满眼山城路①，征鸿不为愁人住②。何处是长安，湿云吹雨寒③。

丝丝心欲碎，应是悲秋泪。泪向客中多，归时又奈何！

【注释】

①榛荆：犹荆棘，形容荒芜。山城。依山而筑的城市。

②征鸿：即征雁。

③湿云：谓湿度大的云。

【赏析】

此词乍看之下，便让人想起大数边塞之作。台湾著名学者李敖曾说，唐诗里有一半都是思乡的诗。想必，词从范仲淹《渔家傲》一出，苏辛开创豪放词

风以来，表达羁旅行役之苦、怀远思乡之情的词作也是词题材中一个重要组成

部分。

　　有人说，人类文明都是在血与火的洗礼中进步的，自从有了人类社会，战争就像它的附带品，中国历史的发展也不能例外。但战争对于战士们来说，他们首先要面对的是两种残酷的现实：一种是与亲人、家乡的远别；另一种是最终的流血与死亡。而当这两种愁思或恐惧同时占据他们的思想时，他们对亲人和家乡的怀念也就分外强烈。因而，在中华民族几千年的历史中，从《诗经》中的《国风·陟岵》《邶风·击鼓》到唐朝李益的《从军北征》，宋代范仲淹的《渔家傲·秋思》，我们无不可以看到征战所引起的与亲人、家乡的远别，在读者的心灵上引起多么强烈的震撼。

伟大诗人屈原曾说"悲莫悲兮生别离"。在古代，人生最大的悲伤莫过于与亲友远别。而对于战乱诗词来说，"生别离"却是恒久以来重要的表达内容之一。纳兰这首《菩萨蛮》便是在这种文化背景中产生的。

词的上片，开篇纳兰便展现出一派荒芜之境，"榛荆满眼山城路"说的是行役途中所见，榛荆，犹似荆棘，此处便是荒蛮之地了。料想当时应该为纳兰出行途中所作。

山城遥遥，满眼荒芜颓败之景，荆棘一样的植物在这城边的行军道上显得格外刺眼。忽然从远天传来断断续续的几声嘶哑的雁鸣，在丝丝雨声中，它们只顾前进，倏忽间就飞向远方去了，像那断雁前来，却不为愁人暂住片刻，那为何还有"鸿雁传书"的古语呢？想必不过是自己一厢愁情，更无处安放罢了。前路未知，雨还是丝丝缕缕，越加觉得寒冷，但归处何在？

纳兰发此感叹，极易让人想到清朝史事，当时清廷准备与罗刹（今俄罗斯）交战。军情机密一切需要人去打探，康熙于是派出八旗子弟中精明强干之人，远赴黑龙江了解情况，刺探对方军情。正是因为纳兰等人的辛苦侦察和联络，清廷得以在黑龙江边境各民族的支持下，顺利完成了反击俄罗斯侵略的各种战略部署。想必此词就是途中所作。而另一首同词牌的词作中，纳兰提到"明日近长安，客心愁未阑"，想来则是归途中所作了。

下片抒情，承转启合中纳兰表现出不凡的功力，把上片末句中"寒雨"与自己的心绪结合起来，自然道出"丝丝心欲碎，应是悲秋泪"的妙喻。俗话说："触景生情"，"睹物思人"。出门在外的行役之人、游客浪子，眼中所见、耳中所闻、心中所感都包含着由此触发的对遥远故乡的眺望，对温馨家庭的憧憬。李白《春夜洛城闻笛》中有："此夜曲中闻《折柳》，何人不起故园情！"说的便是诗人听到《折柳》曲，生发出思乡之情的佳句。纳兰此处也是如此，看到那断雁远征，奔赴远地而不知暂住。寒雨丝丝，想来自然成了悲秋之泪，凡所苦役沿途所遇景物，都被蒙上了一层浅浅诗意的惆怅。想到此处，不觉黯然泪下，发出"泪向客中多，归时又奈何"之叹。

纳兰一生虽然没有经历战乱之祸，但此期间边庭政治斗争却一直没有停息，由此纳兰作为御前一等侍卫，不免卷入宫廷的政治祸乱中，早是心生疲倦。

那塞上满眼荆棘顽强生存着，昭示着在人间，而自己却只剩一腔恨意结于胸中。呼之不出，是故郁郁。

# 菩萨蛮

**【原文】**

荒鸡再咽天难晓①，星榆落尽秋将老②。毡幕绕牛羊③，敲冰饮酪浆④。
山程兼水宿，漏点清钲续⑤。正是梦回时，拥衾无限思⑥。

**【注释】**

①荒鸡：指三更前啼叫的鸡。旧以其鸣为恶声，主不祥，认为荒鸡叫则战事生。

②星榆：白榆树。

③毡幕：即毡帐。

④酪浆：牛羊等动物的乳汁。这里指酒。

⑤钲：古代行军或歌舞时用以指挥进退、动静的乐器。

⑥拥衾：即拥被。

## 【赏析】

还未三更鸡已鸣过一阵，怕是战事将起，可鸡鸣再次消歇时，天依然难见晨晓。天未亮，尘未绝，秋天却将老去。"一叶落而知天下秋"，你看那满树繁华如星光坠落，尽了秋日便将寒冬。冬天，北国的冬天，放牧的牛羊要用毡幕圈起来才行，饮食牛羊酪浆得敲碎冰块，这本也算塞外一番快乐生活。只可惜，这是不太平的北国。

翻山过水风餐露宿，只因那行役之匆，钲鼓急敲和着漏壶滴答，时刻催人

进发。夜以继日，再多劳苦怕也难敌思乡的苦。此一刻午夜梦回，正是战鼓急点；再一宿夜半难眠，只剩了无限思念。拥被而卧，却是衾褥不敌寒，是人太多思量还是景本凄然？

　　这是一首描绘边塞行役中的生活及思念家园的小词。

　　上片皆出以景语，而景物无不凄然关情。"荒鸡"既点出时间又指出事因，一个"荒"字起头便定了悲凄的基调。而鸡鸣"再咽"表明当事人是辗转难眠，"咽"更添了凄凉之感。"星榆落尽秋将老"，星星一样繁盛的白榆树也落尽了叶子，秋天都要过去，天地只是肃穆而荒凉了。过几日牛羊也要用毡围成圈幕了，连饮食酪浆都怕要敲碎冰块才行。后两句既写北方冬天的酷寒，又为下阕写行役之苦作铺垫。整个色彩基调由凄清入荒凉，再进入一种肃杀的境地。让人不禁想象北方冬天战鼓累累，大地一片萧索的场景，顿觉寒气袭来。简单几句景物描写，却写出了无限凄楚之情。纳兰始终是婉约派，词总是写得含蓄动人。上片虽没有明写边关和塞外寒冬，却让人联想到了唐边塞诗人岑参那首最著名的《白雪歌送武判官归京》，"散入珠帘湿罗幕，狐裘不暖锦衾薄"，"瀚海阑干百丈冰，愁云惨淡万里凝"，冬日的塞外寒苦便呈现在我们面前，那难消的行愁实在理由足够。

下片写行止无定，夜以继日，唯梦中可暂得安慰，但好梦又不成，只剩有无限的苦思了。"山程兼水宿，漏点清钲续"句无疑让人想到那首《长相思》，"山一程，水一程，身向榆关那畔行，夜深千帐灯"，同样的跋山涉水风雨兼程，同样的夜宿无眠怅惘寂寞。"风一更，雪一更，聒碎乡心梦不成，故园无此声"，好一首《长相思》，是说不尽的相思扰人清梦，还是那风雪声聒碎了"乡心"？此刻"正是梦回时"，却"拥衾无限思"。又是一番好梦难成，那唯一的安慰也没了。是谁说，你白日想的会在夜晚梦里实现呢？可是身躺着，心却醒着，为何要这般苦思？这里暂无风雪，这里尚未寒冷，我的"故园"，却还是一再出现在这里，在我的脑海里我的心里，我醒着的"梦"里，我也只好把她安放在我的词里。

辛而容若有词这番天地，有着文字的世界来给个出口。那行役的劳苦不敌思乡的苦，相思无限无处诉，借着文字是抒了情发了苦还是更寂寥了？多少，应该还是给了他安慰吧。

午夜梦回，爱怎么回味就怎么回味。但人前人后，却要装出什么都没有发生过的样子。

你可以的，我们都可以，人都是这般活。

# 菩萨蛮

**【原文】**

白日惊飚冬已半①，解鞍正值昏鸦乱。冰合大河流②，茫茫一片愁。烧痕空极望，鼓角高城上。明日近长安③，客心愁未阑。

**【注释】**

①惊飚：谓狂风。

②冰合句：谓大河已为冰封，河水不再流动。李贺《北中寒》诗："黄河冰合鱼龙死。"

③此代指北京。

【赏析】

北风卷地白草折，十一月必然是大风飞扬的天气，边塞的冬天已至半，你终于是要踏上归途了。长烟落日，黄昏古城，本是苍茫壮美，却只是王维笔下

的。馆外野店，正解鞍马，群鸦未歇，重重飞影暗沉了远方暮色，也乱了你心间一片芳草碧连天；这样的长城外古道边，想必你早已厌倦。于是，你策马随大河东去，可是冰封的黄河水如何奔涌东流？问君能有几多愁？茫茫大地无声无息，萧索一片却全在说愁。

思归的马蹄，越山过水，踏过的原野，还极目可望野火烧过的痕迹，前方的城阙鼓楼上人影渐丰。高楼望断，天涯已是昨天；再挥一鞭，明日就到家园。你却说，日暮乡关何处是，烟波江上使人愁。这久别的北京明明就是你的长安，你的心何苦愁未阑？

这一阕羁愁归思之词当是作于纳兰与康熙二十三年冬南巡返程途中。整阕词很明显溢满了伤感愁绪，上下片结尾两处出现"愁"字，可见纳兰是愁心难泯，天生多情的他最不吝惜的怕就是愁了。只是我们还是不解，离家远行的时候，他思家成愁实属人之常情，此番回京返乡该是欣慰甚至高兴才对，怎的也愁呢？可是容若就是容若，他若不多愁善感，恐怕只是一个温柔的富贵公子，而成不了一代垂名的天才词人。我们且残忍地剥开他几段愁，看看这到底是一位词人，还是一名愁客？

"风淅淅，雨纤纤，难怪春愁细细添。"这是《赤枣子》里的春愁；"愁无限，消瘦尽，有谁知？"这是《相见欢》里的夏愁；"西风一夜剪芭蕉，满眼芳菲总寂寥。强把心情付浊醪。"这是《忆王孙》中的秋愁。一年四季都是愁，怕还是不够。在外漂泊的时候，他写"长漂泊，多愁多病心情恶。"（《忆秦娥》）在家居安的时候，他又写"好天凉夜酒盈樽，心自醉。愁难睡。"（《渌

水亭秋夜》）似乎才情满腹的纳兰，真是愁如江海茫茫无期，天下怕是没有谁如他这般，是当之无愧的多愁客了。至此，该知这阕词里的归家生愁不是奇，是至情至真。虽然，只是纳兰的愁心一点，却成就了一阕好词。看来，这愁客成了词人实在太顺理成章。谁让他那么易愁，更那么爱把愁记在词里。友人说，

上天忌妒他的才华而让他生得多病多愁；也许，从一开始，老天就把才华赋在他的愁里。

本篇写景为主，将个人愁绪隐于归途所见所感中，让人生出一种怜忧。

首起二句白描手法勾画出一幅白日深冬归程图：狂风卷折的冬日，归途昏鸦飞乱了天边的云霞，词人解鞍少驻初程。画面壮丽而又消沉，让人生出欲说难言的怅惘。"惊飚"将冬日寒风之凛冽与气候的恶劣一词道出，精到而更有画面感。"冰合大河流，茫茫一片愁"，将归程图拉伸至无限壮阔之处，有种"长河落日圆"的雄阔壮丽。

下阕，归程图纵横延伸。放眼望去，苍茫的草原上是一片野火的烧痕；极目仰望，远处城阙鼓楼上人影渐丰，想起繁华的北京城已经不远，然而旅途的劳累愁苦并不能消减。结尾两句化自谢朓《暂使下都夜发新林至京邑》"大江流日夜，客心悲未央"，在全词有画龙点睛之效，这愁便是纳兰的经典式愁。词中景皆是昏暗凄然，令人生忧，然景致壮阔处又别有一番风度。结句言浅意深，引人深思。

# 菩萨蛮

寄梁汾<sup>①</sup>苕中<sup>②</sup>

**【原文】**

知君此际情萧索<sup>③</sup>，黄芦<sup>④</sup>苦竹<sup>⑤</sup>孤舟泊。烟白酒旗青，水村<sup>⑥</sup>鱼市<sup>⑦</sup>晴。

柁楼⑧今夕梦，脉脉春寒送。直过画眉⑨桥，钱塘江上潮。

【注释】

①梁汾：顾贞观，字华峰（一作"封"），号梁汾。江苏无锡人，康熙十一年（1672）举人，著有《积书岩集》及《弹指词》。

②苕中：一名苕水，有二源，一曰东苕，出浙江天目山之阳，东流经临安、余杭、杭县，又东北经德清县为余石溪，北至吴兴县为霅溪，一曰西苕，出天目山之阴，东北流经孝丰县，又北经安吉县，又东经长兴县，至吴兴县城中，两溪合流，由小梅、大浅两湖口入于太湖，相传夹岸多苕花，秋时飘散水上如飞雪，故名。顾梁汾南归后曾寓居苏州此地。

③萧索：萧条，凄凉。

④黄芦：落叶灌木，叶子秋季变红。

⑤苦竹：又名伞柄竹，笋有苦味，不能食用。

⑥水村：水边的村落。

⑦鱼市：卖鱼的市场。

⑧柁楼：船上操舵之室，亦指后舱室。因高起如楼，故称，这里借指乘船之人。

⑨画眉：指汉张敞为妻子画眉之故事，喻夫妻和美。

### 【赏析】

细看古来情缘，这缘分千百种，伯牙和子期的高山流水是一种，霸王别姬的生死情缘是一种，嵇康与山涛的挚友决裂是一种，甄妃与曹植的相思相望不相亲是一种，秦叔宝与朋友的两肋插刀是一种。

古人形容知己，用高山流水以喻之。纳兰一生重情，也重知音。纳兰的知己之求，一种神交于千里的相知相悯。顾贞观则是纳兰此生不得不提的知己挚友。中国文化中的知己之情，往往体现于患难之时、离别之际。此词作于顾贞观回无锡为母亲丁忧之时。纳兰全词词眼即在一个"知"字。无此"知"何以纳兰仿佛随顾贞观一路同行？无此"知"，何以字字写景，却句句入情呢？"知君此际情萧索"，纳兰与顾贞观的交契之深，便在这一句——"我知你"。最最平易的一句，却最是显得难得，可贵……"黄芦苦竹孤舟泊"一句，化用白居易《琵琶行》的"黄芦苦竹绕宅生"之句。一语双关，既是写顾贞观于孤舟之景，亦有暗指他同白居易一样是千古的伤心人，如《琵琶行》中所说"同是天涯沦落人"。

转笔一写"烟白酒旗青，水村鱼市晴"。陈廷焯在《云韶集》中评此句："画景"明明是纳兰所幻想的景物，却最是真实可信，最是云淡风轻。那是一

幅淡泊明朗的风景，祥和安宁的停泊之所。名为写景，却是在以安宁的景物安抚挚友的情绪。在你失意的时候，却可停泊在此温柔宁静之所。这一番平抚挚友的心意是不言自明的。

纳兰全词以所幻想之景入句，然而所包含的一路相随慰藉之情，却是在字里行间流动的华彩。"柁楼今夕梦，脉脉春寒送。"柁楼乃船尾舵工庇身之楼。今夕夜里，我身处柁楼之中，我就是那舵工，为你掌舵护航，为你送走这春季寒冷的风。这一具有幻境色彩的叙述之下，不言而喻的深情便是：你我知己，一旦倾心认可，便为你千寻万顾……

"直过画眉桥，钱塘江上潮。"意谓梁汾归去心切，得享和美的家庭快乐和安闲隐居钱塘江畔的生活。直为，犹言只为。画眉桥，梁汾有咏六桥之自度曲《踏莎美人》，谓自删后所留"其二"中有句云："双鱼好记夜来潮，此信拆看，应傍画眉桥。"自注："桥在平望，俗传画眉鸟过其下即不能巧啭，舟人至此，必携以登陆云。"

# 菩萨蛮

**【原文】**

萧萧几叶风兼雨，离人偏识长更苦①。欹枕数秋天，蟾蜍下早弦②。
夜寒惊被薄，泪与灯花落。无处不伤心，轻尘在玉琴③。

**【注释】**

①长更：长夜。

②蟾蜍：指月亮，《后汉书—天文志上》"言其时星辰之变"，南朝梁刘昭注："羿请无死之药于西王母，姮娥窃之以奔月……姮娥遂托身于月，是为蟾蜍。"后用为月亮的代称。早弦：上弦月。

③玉琴：玉饰的琴。亦为琴的美称。

**【赏析】**

风也萧萧，雨也萧萧，窗外秋叶凋零破碎，人却辗转反侧，久久难眠。异乡漂泊，经年不归，只因那难抑的孤独，故而独独品出了长夜漫漫的痛楚。辗转反侧，忽而望见深秋的月，半月当空，凄冷如水，正如此时的心境。

不知何时已昏昏睡去，也不知道醒来又是何时，只是忽然倍感夜里透骨的寒冷，灯烛摇晃明灭，灯花也随着脸颊上的泪滑落下来。此时此景，处处勾连起心中的伤感，尽付与琴声。

这首词写一位"独在异乡为异客"的离人，适逢深秋之夜，孤枕难眠的凄惶心境。

上片，先展开一幅凄凉萧条的秋夜图卷。"秋风秋雨愁煞人"，秋叶、秋风、秋雨、"秋天""蟾蜍"，营造萧索、凄凉的意境。"蟾蜍"代指月亮，"羿请无死之药于西王母，娥窃之以奔月……娥遂托身于月，是为蟾。"这个带着传奇色彩的典故也给月亮增加了离别与相思的蕴意。在这个凄清的深秋之夜，"离人偏识长更苦"，只有处于某种境地的人才懂得特定事物的特定含义。"长更"就是"长夜"的意思，长夜何以"苦"呢？只因心中孤寂难耐，"欹枕"却久久难以无眠。这与范仲淹的"黯乡魂，追旅思，夜夜除非，好梦留人睡"颇有同感。一个"数"字反映词人百无聊赖，无所寄托，唯有无意识地遥望长空残月，更加耐人寻味。

从"数秋天"到下片"夜寒惊被薄"之间存在着一个时间的跳跃。这个空隙中所留下的是词人无意识地昏昏睡去和被夜寒突然惊醒的凄惶境地。设身处地想来，一个"惊"字形象地描绘出了这种半夜醒来、无所依托的孤苦心境。"寒"不仅仅是身体的寒冷，长年别离，孤身在外，心里也生出无尽的寒意。

下片对"情"的经营也是恰到好处。全词上下无一字半言着落在"孤"、"独"之类的字眼上，却透着一份刻骨的孤单之感。"泪与灯花落"一句，有着别样独特的含义。泪珠与灯花相对簌簌落下，营造出人与灯烛相对而泣的情景，人怜灯花，灯花却不知怜人。"泪眼问花花不语，乱红飞过秋千去。"因而生出无限的惆怅，一声悠长的叹息也暗含其中。因而觉出无限的伤心，付与瑶琴，然而，却无人听。一声琴音，一腔愁情，孤寂的色彩也显得更加浓厚。

词人的笔法流畅，仅仅据着眼前所见、心中所感，而一一道来，却在朴素中营造出凄美绝伦的意境。这一点丝毫不亚于李煜在《相见欢·无言独上西楼》中绘出的"寂寞梧桐深院锁清秋"，二者相通之处在于景中融情，上片与

下片的连接和互通，情与景的交融也正是本词取胜的关键。

除此之外，本词中从景的描绘到情的抒发是有着一个渐入的过程的。起初词人只觉出长夜漫漫的寂寥，但被深秋之夜的寒冷惊醒后，心底的忧伤被"惊"动，无限伤心被莫名触动，独自对着灯花，泪水相伴而落，自而凄惶不堪，本词的情感在这里也就达到了高潮。继而写"玉琴"，赋予词更加悠长不绝的深刻意味。

有人说，"纳兰多情而不滥情，伤情而不绝情"，他一生有过不少的"悼亡之吟""知己之恨"，"家家争唱饮水词，纳兰心事几人知？"那些不幸的爱情经历为他的创作植入了影影绰绰的凄凉情怀。这首词就是表达心中寂寞之情、孤苦之意的一首代表作，字里行间，景中意外，都是纳兰性德无限孤寂、忧伤的情思。

# 菩萨蛮

**【原文】**

为春憔悴留春住，那禁半霎催归雨①。深巷卖樱桃，雨余红更娇②。
黄昏清泪阁③，忍便花飘泊。消得一声莺④，东风三月情⑤。

**【注释】**

①半霎：极短的时间。

②雨余：雨后。

③阁：含着。

④消得：禁得起。

⑤三月情：暮春之伤情。

【赏析】

你留不住将逝的春天，所以你比落花憔悴。

　　黄昏，雨来催归。在悠长，悠长，又寂寥的雨巷里，你邂逅了一个丁香一样的，结着愁怨的姑娘。她有着，桃子脸樱桃嘴，怀揣着一抹柳色，走过江南小街，环佩叮当。但当你转身凝望时，在雨的哀曲里，消散了她的颜色，消散了她的芬芳，消散了她丁香般的惆怅。

　　泪水的兰舟，泊在了你远望的眼神里。那封无法寄出的红笺，翩然从指尖滑落……

这是一首伤春伤怀之作。

词首句起势不凡，为全篇定下了留春不住而辗转憔悴的情感基调。春天就要过去了，我为春天的逝去而变得憔悴，能把春天留住的话该有多好啊！以下一句"那禁半霎催归雨"，以稍带夸张的手法，发出了留春无计的感问：可是春天哪里禁得住来催她回去的半霎雨滴呢？

起首二句营造了一种与欧阳修《蝶恋花》"雨横风狂三月暮，门掩黄昏，无计留春住"相类似的氛围和心境：同样的雨横风狂，催送着残春，主人公同样想挽留住春天，但风雨同样无情，留春不住。临此境，欧词中的女主人公感到无奈："泪眼问花花不语，乱红飞过秋千去"，只好把感情寄托到命运同她一样的花上；而纳兰词中的主人公生出无限怜惜："深巷卖樱桃，雨余红更娇"，于雨后愈显娇嫩的樱桃中暂得慰藉。关于"深巷卖樱桃，雨余红更娇"这二句，顾随《驼庵诗话》认为，其虽然清新鲜丽，但无甚回味，不耐咀嚼。但是小词未必语语耐嚼，才能为至境。绘画大师齐白石曾有一"不盈尺之作"，画的是红樱一盏，娇艳欲滴，敢问有何深意？只不过是认为其物趣天然、最是悦人罢了。纳兰此句亦是如此，虽无甚微言大义，但是于意境还是颇为相合的。

下阕，词人由怜惜转为伤怀。"黄昏清泪阁，忍便花飘泊"。这其实是个倒装句。词人实在不忍看到春天的花瓣都飘零凋落了，夕阳黄昏之中，他只得泪眼盈盈。而就在这时候，他听见一声黄莺的啼叫顺着东风飘忽而至，唤起了他对三月阳春的深情。末句，"消得一声莺，东风三月情"。"消得"本来是经受得住，这里谓无法经受，因为这一声莺啼，唤出了"东风三月情"。此处"三月情"应指惜春之情。但宋朱淑真有《问春》诗，诗中有"东风负我春三月，我负东风三月春"这样的句子，所以"三月情"或指恋情，亦无不可。

如此观之，此词似含有一段隐情，表面上是欲留春住，其实是想留人，想留而不能留，或才是诗人的心痛处。

结合上阕，可以这样来想象一个意境：春日黄昏后，深巷，伊人在巷中越走越远，诗人想留想追，话未出口，天上已下起了雨，不得已，只能返回，忽而雨停，伊人已不见了踪迹，只有雨后的樱桃红得娇艳，恰如伊人。自己一个人只能对落花流泪，而东风之中一声莺啼，又唤起三月里对她的深情……

# 菩萨蛮

【原文】

晶帘一片伤心白①，云鬟香雾成遥隔②。无语问添衣，桐阴月已西。

西风鸣络纬③，不许愁人睡。只是去年秋，如何泪欲流。

【注释】

①晶帘：水晶帘子。形容其华美透亮。

②云鬟香雾：形容女子头发秀美。

③络纬：虫名。即莎鸡，俗称络丝娘、纺织娘。夏秋夜间振羽作声，声如纺线，故名。

【词评】

钱仲联《清词三百首》云："短幅而语多曲折，能透过一层写。"

盛冬铃《纳兰性德词选》："容若与卢氏伉俪情笃，卢氏死后，容若'悼亡之吟不少，知己之恨尤深'（叶舒崇《皇清纳腊室卢氏墓志铭》）。这些'悼亡之吟'出自肺腑，其心愈苦，其情愈真，是纳兰词集中十分引人注目的部分。这首《菩萨蛮》作于清康熙十六年秋，距卢氏之死约三个月。'无语问添衣，桐阴月已西'，因一个细节又惹起无尽哀思，夜深人独，凄然泪流，容若写下当时的感受，有恨海难填之痛。"

黄天骥《纳兰性德和他的词》："秋夜，诗人对着月色，无法入睡，想起了远隔关山的妻子。最后两句，暗喻年年离别。去年，离别的眼泪还可以强忍；今年，虽然景色依然，伤心人却无法压抑自己的感情了。"

毛泽东《毛泽东读文史古籍批语集》："悼亡。"

**【赏析】**

世间最悲惨的，莫过于天人永隔。而我和你，竟不幸被老天薄待如此。你狠心去向那天上瑶池，我却在人间地狱苦煎熬。都说红尘好，我却恨不能随你而去。只要有你，即便是做牛郎织女，等待一期一会，也不愿如今这般，空守着回忆，却今生永不能再见。

据考证，本词作于康熙十六年秋，即卢氏新亡不久。小令所取只是日常生活中"添衣"的小事，却勾起纳兰性德无边的怀念与哀痛。自从爱妻卢氏逝去之后，再无人为他添置寒服。对他关怀备至。虽有仆役无数伴在侧，却哪及得上妻子的温柔可人，让他心暖，瞬间融化。

"晶帘"，指的是水晶帘，华美透亮。李白的《玉阶怨》中也提到了晶帘："玉阶生白露，夜久侵罗袜。却下水晶帘，玲珑望秋月。"此物给人一种清冷之感，说不出的萧萧然。"伤心"乃"极"的意思，"伤心白"为极白。李白有诗曰："平林漠漠烟如织，寒山一带伤心碧。""伤心碧"译作极绿。这句表面是说，晶帘看上去白花花一片。其实在容若看来，这样的白是一种惨白。这就奠定了他的情绪基调，心情是极为低落的。何以至此呢？从下一句"云鬟香雾成遥隔"就看出了端倪，原来是这惨白的晶帘，让他想起了新亡的妻子，他与她，就如同被这一袭晶帘相隔，可望而不可即。断肠人是易感的，就连这无辜的晶帘，也成了他假想的刽子手——让他们夫妻二人阴阳相隔。"云鬟"意为乌黑的秀发，出自杜甫的《月夜》"香雾云鬟湿，清辉玉臂寒"，是诗人写给妻子的，容若在此用以代指自己的妻子。"香雾"即身上的香气似雾浓，同样代指妻子。"云鬟香雾成遥隔"，他那温柔贤淑、有着乌黑长发和浓雾般香味的妻子，如今已与他天上人间。此情此景，怎一个"白"字了得？

"无语"承接上一句，即思念的人儿已不在身边，即便天气转凉，也无法问她要不要加衣裳，正是照应了前句中的"成遥隔"。卢氏在世时，总是对他嘘寒问暖，关爱有加，会时刻注意着天气的变化，提醒他加减衣服，从来不会让他冻着热着。而此刻，当他感受到些许凉意的时候，不但再无她在身边提醒他添衣，就是他想到要关心她，要敦促她添衣，也苦无机会。此时的容若，是

痛？是憾？已分不清。"添衣"一事，本为家常，在容若一贯的精美词作中也不大会出现。但这时的容若，一心沉湎在对爱妻的追忆中，最能勾起他温情的，就是与妻子的点滴过往，这些比起他的遣词造句要重要得多。而在旁人读来，却丝毫不嫌无味，反而觉得沾了烟火气的容若，更是让人心疼着。"桐阴月已西"，意为月亮已经从梧桐树阴间消失，沉下西方，即指夜色已深。可是容若却被思念揪痛了心，睡意全无。

"西风"意为秋天的风,大多表示瑟瑟寒风,别有一种凄凉的意味在里面。如"帘卷西风""古道西风瘦马""回首西风何处疏钟"等,都有凋零败落之意。"络纬"指的是蟋蟀。蟋蟀又叫"促织",一到秋天它就开叫,仿佛是在催促大家赶快织衣御寒。"愁人"当然指的是容若自己。这个"不许",难道真是因为秋风吹蟋蟀鸣叫而吵得他无法成眠吗?当然不是,都说夜来最思念,尤其又是在如此凄清的秋夜中,他对她的想念,恐怕已经翻江倒海了,如何能歇?这一句的意境和唐代张籍的《秋夜长》极为相似,张在诗中写道:"愁人不寐畏枕席,暗虫唧唧绕我傍。"一样是在秋夜,一样的无眠,只是后者是满满的孤寂之意,至于心中是否怀人,就不得而知了。

这一结句直白易懂,却最动人心弦。你能看见吗?还是一样的秋色:秋风习习,虫鸣唧唧,梧桐树下月无踪。而你也如同那调皮的月亮,"无情"地没入遥远的天边,让我看也看不见,摸也摸不着,怎能不让我伤心欲绝?末句一个"欲"字,将出未出,形容泪已流尽再无泪可流,真是哀痛到了极致。这里,容若的痛极之情被描画得极为精准,让人读来心梗然。李清照在《武陵春》中写下:"物是人非事事休,欲语泪先流。"不管是这里的无语凝噎,还是容若的欲哭无泪,都是凄凄惨惨,似让读它的人也断肠。

# 菩萨蛮

【原文】

春云吹散湘帘①雨,絮粘蝴蝶飞还住。人在玉楼中,楼高四面风。柳烟丝一把，暝色笼鸳瓦②。休近小阑干，夕阳无限山。

**【赏析】**

如今没有夕阳，有的只是低低的阴云，有的只是霏霏细雨。烟丝缠着柳条，湿湿滴落着黯然，那许多幽怨！高楼挡不住寒风，重山阻挡了归路。这思念，何处排遣？

此篇中，容若塑造了一个痴痴等候恋人归来的伊人形象，而此伊人，想必是投射了他自己的影子。黄天骥曾评论说："这是楼头思妇怀念远方游子的词。云收雨散，春意阑珊，她登上高楼，遥望远方。在苍茫的暮色中，她只见杨柳如烟，看不清楚。于是她叮嘱自己，不要凭栏纵目了。因为那夕阳落在无限远山之中，而行人更在远山之外，怎么也望不见！"

首句"春云吹散湘帘雨"中的"春云"让人捉摸不透。春天的云吹散了雨，似乎也合情合理，可是四季之中，云吹散了雨的情景随时看见，为什么偏偏要用到"春云"和"湘帘雨"？

"湘帘雨"原来是有出处的，毛泽东曾经在 1961 年写道："九嶷山上白云飞，帝子乘风下翠微。斑竹一枝千滴泪，红霞万朵百年衣。洞庭波涌连天雪，长岛人歌动地诗。我欲因之梦寥廓，芙蓉国里尽朝晖。"娥皇和女英，为了寻找南巡的舜帝，千里迢迢找到潇湘。得知舜帝死在苍梧，泪如滂沱，守着潇湘竹，"斑竹一枝千滴泪"。她们的眼泪洒在山野的竹子上，形成美丽的斑纹，世人称之为"斑竹"。"湘帘雨"自然是因为思念而致，湘妃竹编制的帘子青翠欲滴，像是流淌着湘妃的眼泪，充满了浓情蜜意。

"春云"指的是女子的美发。《花月痕》第七回："春云低掠两鸦鬟，小字新镌在玉山。""春云吹散湘帘雨"说的是女子的秀发太美，美到让湘妃竹上斑斑泪痕都消失得没有踪迹。单从首句来看，便是一个美女的速写图。

"絮粘蝴蝶飞还住"，柳絮和蝴蝶，似乎是从来不会沾边的两种东西，却在某种时空里因为缘分相遇，而且"飞还住"注定改变了彼此的航向。这一句难道不是有关爱情的隐喻？有情人相遇，飞的不飞了，漂的也不漂了，纠缠在一起，经历一段爱情的凤缘。这不是每个人心中的愿望吗？可是，有情人的结局如何？下句做了说明。

"人在玉楼中"，玉楼，指的是华丽的楼阁。宋辛弃疾《苏武慢·雪》："歌竹传殇，探梅得句，人在玉楼琼室。"处在这样一个华贵、优美的地方，物质生活是丰裕的，女主人也无疑是优雅、高贵的，按理说不应再有什么奢望，可那"玉楼"中的人却不这样想，她的感觉却是"楼高四面风"。

"楼高四面风"，楼本来很高，加之四面风让这楼显得更加空旷、寂寥。"四面风"让人疑惑，难道容若觉得一面的风还不够寒冷，不够让人心酸，一定要让这华美的玉楼有四面受敌之困的感觉？一般的楼不会有这样四面全开着窗子，容若之所以会这么写，闺中人会这么感觉，完全是一种主观的情绪在作祟。

从这两句词可以看出，有情人的结局不过是人去楼空而已。

"柳烟丝一把"中的"丝"出乎意料。柳树远看像烟雾，又像丝。为什么用"丝"来形容"柳烟"？"丝"和相思的"思"非常接近。正表达了玉楼女主人的相思之情像柳树的叶子一样繁密、悠长。容若这样写，非常巧妙地借用了"春蚕到死丝方尽，蜡炬成灰泪始干"中的"丝"字，写出来别有一番风韵。

"暝色笼鸳瓦"中的"鸳瓦"指的是鸳鸯瓦。唐李商隐《当句有对》："秦楼鸳瓦汉宫盘。"指成双成对的瓦。为什么容若提到了"鸳瓦"？是因为玉楼女主人是独守的鸳鸯，正渴盼着情人归来的她，自然觉得鸳鸯瓦刺痛了她的心。用"暝色"而不用其他快活的、让人欣喜的颜色，正是因为女主人情绪低落。

最末二句"休近小阑干。夕阳无限山"和这首词作的其他句子相比，用词浅白，也最容易理解。意思是：不要靠近阑干，因为可以看见夕阳落入崇山峻岭之中。用"无限"来修饰"山"，刻画出了女主人的内心世界，山外还是山，无穷无尽的山，我的有情人，他在哪重山之外呢？隔着这重重的山，他什么时候才能翻越回来呢？

这首词写得十分含蓄，只描写景物而不明确说出主旨，很接近《花间集》的风格。前六句描写春天傍晚时的景色。最后两句才微微透露出词的旨意，"休近小阑干"。正如辛弃疾《鹧鸪天》："肠已断，泪难收。相思重上小红楼。情知已被山遮断，频倚阑干不自由。"

# 菩萨蛮

回文

【原文】

客中愁损催寒夕[①]，夕寒催损愁中客。门掩月黄昏，昏黄月掩门。

翠衾孤拥醉②，醉拥孤衾翠。醒莫更多情，情多更莫醒。

**【注释】**

①愁损：忧伤，犹愁杀。

②翠衾：即翠被。

**【词评】**

这是一阕回文词，每句都颠倒可诵，一句化为两句，两两成义有韵。回文作为诗词的一种别体，历来不乏作者，但要做到字句回旋往返，屈曲成文，并不是容易的事。有些人把这当作文字游戏，不免因词害义，以至文理凝涩，牵强难通，结果是欲显聪明，反而给人以捉襟见肘的感觉。容若此作虽然并无特别值得称颂之处，但清新流畅，运笔自如，在同类作品中自属佼佼者，故录之以备一格。

——盛冬铃《纳兰性德词选》

【赏析】

醒莫更多情，情多更莫醒。问世间，情为何物？

情是才下眉头、又上心头的缠绵，是剪不断、理还乱的悱恻。情是口角处噙香的温柔，还是眉宇间低回的婉转。情是戒不了的瘾，情是治不愈的病。情是幸福时的酸楚，情是寂寥时的痛楚。情是说不清、道不明的心结，情是忘不了、放不下的牵挂。

情为何物？情在不能醒。

这首小词，每两句都是反复回文。"客中愁损催寒夕"，从最后一个字"夕"倒着往前读，就是下一句"夕寒催损愁中客"。整首词倒读，也是极协音律的回文词。由于有这两个特点，因此每一句开头的一字和结尾的一字也要押韵，如"客·夕""门·昏""翠·醉""醒·情"皆是如此。

"回文"之作大多虽为游戏文字所作，不过这首"回文"词却不仅仅是为了文字游戏所作。它有感情、有韵味、有意境，深入地表达了作者"情在不能醒"的无奈情绪。

先看第一联回文句："客中愁损催寒夕，夕寒催损愁中客。"前一句写词中主人公愁绪孤寂，独身的孤冷似乎把周遭的空气都凝结，寒冬似乎是因为他而提早来临。后一句写呼呼的寒气使得本已孤冷愁怨的主人公似乎更加愁怨冷寂。虽是回文，但前后两句的意思并不重复，下句是作更深一层的演绎。

接下一联："门掩月黄昏，昏黄月掩门。"门内人为不触景伤情，把能引起遐思的良辰美景关在门外；门外，月色撩人，昏黄多情，照着孤独掩着的门，更显落寞。前一句为情，后一句为景，亦情亦景，情景交融。

"翠衾孤拥醉，醉拥孤衾翠。"门里人漫漫长夜独坐，披着翠衾抱着酒壶，"举杯销愁愁更愁"；夜凉如水，醉意弥漫，主人翁拥着翠衾觉得似乎没那么冷，像那个她就在旁边，温柔温暖……这一联，写借酒浇愁，写醉酒拥人，矛盾中见深沉蕴藉。

最后一联："醒莫更多情，情多更莫醒。"为全词精警之笔。夜风吹来，词人仿佛清醒了许多，但感着此情此刻，心里却更加地痛苦。爱之深，痛之切啊！对于自己的"多情"，词人都有点害怕了，以至于告诫自己醒来以后不要再有多情之举。然而因为情多，清醒却愈发痛苦，那还是不要清醒吧，毕竟在醉生梦死中，能忘记冷酷现实里的一切。全词读罢，但觉其中充满幽怨愁绪，寂寒情恨，痛苦万分。如此深厚之内蕴，恐怕绝非普通游戏之作可以道出。

# 菩萨蛮

【原文】

飘蓬只逐惊飙转①，行人过尽烟光远。立马认河流，茂陵风雨秋②。
寂寥行殿锁③，梵呗琉璃火④。塞雁与宫鸦⑤，山深日易斜。

【注释】

①飘蓬：随风飘荡的飞蓬，比喻漂泊或漂泊的人。惊飙：突发的暴风，狂风。

②茂陵：明宪宗朱见深的陵墓。在今北京市昌平区北天寿山。

③行殿：可以移动的宫殿，犹行宫。皇帝出、行在外时所居住的宫室。

④梵呗：佛家语，佛教作法事时念诵经文的声音。琉璃火：即琉璃灯，用玻璃制作的油灯，多用于寺庙中。

⑤塞雁：塞鸿。宫鸦：栖息在宫苑中的乌鸦，唐王建《和胡将军寓直》："宫鸦栖定禁枪攒，楼殿深严月色寒。"

【赏析】

纳兰叹兴亡的词并不少见，这首写得尤其别致。

写的是茂陵之景，出现得并不突兀。

开头就是那随风飘荡的飞蓬，随着突发的狂风飘零，不知何处。实际说的是人生之不定向，人同飞蓬，漂泊天涯，不知道归处在哪，都是匆匆过客。相比于广袤的大自然，人类不过是渺小的苇草，寄蜉蝣于天地，渺沧海之一粟，丝毫无力掌控生命的方向。主宰的从来是如同"惊飙"的命运，何时急转，何时直下，何时消亡，何时弱化，都不能预知，只能顺从它的变化，跟从它的脚步。人生漫长，实际上却始终心似游子，漂泊沉浮。开头七个字，纳兰完全似旁观陈述之人，写景看似自然随意，却足以读出压抑沉郁，不免有些消极意味。

景色萧条，行人过尽，远方好似全然是烟光一片，看不清将去往哪里，写的是内心极度的无助和孤寂。因用情太深而备感苦楚，因知己太远而无处倾吐郁结的苦水，纳兰也只得感叹，行人过尽。知己聚少，爱人不再，这软弱的身躯仿佛只是愣愣立于世界中心，看周遭一切，都是空旷漫长——这才停下马来，该要认河流，思思去向了。"茂陵风雨秋"已然出现在眼前。

上片构述巧妙，让茂陵的出现颇为合理，亦融进了萧瑟的风。可见纳兰来到此处，有所思，有所虑，有所郁结，像要寻些什么来慰藉自己。

茂陵即明十三陵宪宗朱见深的陵墓，这里应是代指整个十三陵，隐含咏那已逝的明朝。但用的是宪宗之典，又另有意味。宪宗其人，算是史上唯一因贵妃之死抑郁而亡的君主，他与万妃的感情，可谓孽缘一桩。哪怕是因万妃专横，险些断了后，这君主仍是对她死心塌地。虽算不上一代英明的皇帝，也算得上是一个痴心的男人。面对这样一代君主的陵墓，纳兰何思呢？同是痴心思念，身陷丧妻之痛的纳兰，大概是感受到共通的悲凉。

爱情逝去之痛，如落花流水，周遭一切随爱人远去，光华散尽。他与这痴心君王的心是相通的，足可见纳兰对亡妻情深，深至无处不思量，历史之思，不仅大国兴亡，也有小家悲喜。亡妻之死，在他心里留下的伤，痛了一辈子，念了一辈子，任何包含有过去的景致，都能勾起些惆怅来。

下片起写茂陵之景，"寂寥行殿锁，梵呗琉璃火"，白描写景，反复吟读，满是苍凉之感，纸间散发出全是悲苦的气息。行殿之锁，梵呗琉璃，都是历史沉淀的标志事物。历史浩瀚，时光流转，那些兴盛的朝代，早被铜锁锁于时空深宫之中，褪去当年屋瓦楼阁金碧辉煌的琉璃，只剩梵呗声声，琉璃灯微亮，诵着安详的经文，亮着高墙里的微火。最终，只留下塞雁与宫鸦仍旧盘旋，仿佛为找寻昔日之景而聒噪地牢骚满腹。

纳兰道"山深日易斜"，山谷愈深，日易沉落，悖论一语，却无比沉重，字字铿锵有力，直落到心底里去。过往再深远，日终究沉落。

# 菩萨蛮

过张见阳山居，赋赠

【原文】

车尘马迹纷如织，羡君筑处真幽僻①。柿叶②一林红，萧萧四面风。

功名应看镜，明月秋河③影。安得此山间，与君高卧④闲。

【注释】

①幽僻：幽静偏僻。

②柿叶：柿树的叶子，经霜即红。诗文中常用以渲染秋色。

③秋河：银河。

④高卧：高枕而卧，比喻隐居，亦指隐居不仕的人。

【赏析】

一箪食，一瓢饮，不改其乐。那是颜回的淡泊。

采菊东篱下，悠然见南山。那是陶潜的宁静。

《圣经》云：你出自尘土，必归于尘土。

人生在世，功名权势，终究如同镜花水月，一场空而已。与其车尘马迹，忙忙碌碌，不如垂钓碧溪，对一张琴，一溪云，一壶酒。且逍遥，信步其中。

此篇为过张见阳故居之作，抒发了词人对悠闲自适的隐逸生活的向往。

　　"车尘马迹纷如织"，首句写己况，自己身在繁华中，门前车尘马迹来来去去。"车尘马迹"，本即熙攘之景，再加上"纷如织"，这就生动淋漓地道出了都市喧嚣热闹至极的情形。那都市繁华不好吗？君不见，"宝马雕车香满路"，何其繁丽，何其蔚然！然而词人觉得不好，觉得厌烦。而正是因为他素来厌倦高门华阀的贵族人家的生活，厌倦侍卫官单调乏味的生活，所以当他过见阳山居之所时，才会发出"羡君筑处真幽僻"的感喟，表达对见阳山居的羡慕之情。

　　"羡君筑处真幽僻"，"真幽僻"，幽僻在何处？——幽僻在红彤彤的一林柿叶，幽僻在萧萧作响的四面秋风。"柿叶一林红，萧萧四面风"，两句景语，悠然恬淡，消散疏落，既是友人居所幽静的具体体现，又是词人羡慕的缘由。——上阕以己处之喧阗与友人处之清幽做对比，递出心中艳羡之情。

下阕则抒发了归隐山林的渴望。"功名应看镜，明月秋河影。"二句牵出"功名"二字。功名如何？"看镜""明月""秋河"云云似是在说功名利禄之事无非是镜中之月，河中之影一样，如烟如云，虚无缥缈。而正因为功名虚幻如梦，所以要舍弃它，追求山泽鱼鸟一般闲适的生活？

非也。此处的"功名应看镜"，所用并非"镜花水月"的意象，而是用杜甫《江上》诗"勋业频看镜，行藏独倚楼"的诗意。全诗如下："江上日多雨，萧萧荆楚秋。高风下木叶，永夜揽貂裘。勋业频看镜，行藏独倚楼。时危思报主，衰谢不能休。"显然这两句诗中，杜甫是嗟叹勋业未成而容颜易老，正如金圣叹在《杜诗解》中指出：“频看镜”者，老年心热人，忽忽自忘其白，妙在一“频”字。

所以容若此处所写“功名应看镜，明月秋河影。”两句，实非是将功名利禄视若镜中之月，而是说，与其整日忙忙碌碌，对镜忧老，叹息不止，倒不如放下心来，栖此碧山，与友人高卧，畅叙幽情，惬怀为闲。此之句意，上承前句之“羡君筑处真幽僻”的“羡”字，说明正是由于自己放不下功名利禄，故此才生出“羡君”的感叹；下启尾句“安得此山间，与君高卧闲”的“安得”二字，表达了“与君高卧闲”的闲适还只是一种期盼，一种理想，不知何时才能实现。

小词质朴显露，但情深意切，不失为佳作。

# 菩萨蛮

**【原文】**

乌丝①画作回纹②纸，香煤③暗蚀④藏头字⑤。筝雁⑥十三双，输他⑦作一行。相看仍似客，但道休相忆。索性不还家，落残红杏花。

**【注释】**

①乌丝：乌丝栏，指上下以乌丝织成栏，其间用朱墨界行的绢素，亦指有墨线格子的笺纸。

②回纹：原指回文诗，此处指意含相思之句的诗。

③香煤：古代妇女用以画眉的化妆品，或指香烟。

④暗蚀：暗中损伤，谓香烟渐渐散去。

⑤藏头字：将所言的事分别藏在诗句的头一字。

⑥筝雁：筝柱。因筝柱斜列如雁行，故称。

⑦输他：犹言让他。

【赏析】

伊人远信杳杳来，长长的锦书回环，她故意蚀去了藏头诗的第一个字，谁的耳边总有绝句在萦绕？我们俩诗词对唱真的很美妙。她的眼角眉梢，她的梨涡浅笑，她过得好不好？这十三根弦的筝柱齐整如雁阵，完全让人输了弹奏它的心绪。都说弦上起相思，古筝脉脉，那传递相思的十三双鸿雁能飞到她身旁吗？

她说，红杏绽了满园。然而，杏花落了，你也未回家。你知道，你已是她双手围成的家，你是她全部的牵挂。可是你在边塞，注定是她今生最美的客。既然彼此相看如客，就别再徒费相思，索性漂泊在外，让红杏凋尽。不要再说回忆别说在想她，她苦苦思念得都放了狠话。

一个塞外，一个江南。他和她注定相遇，又似乎必然分离。最浪漫的邂逅，换一场美丽的错过，谁不曾想那个擅做长诗的吴兴才女沈宛，能常伴容若身旁，与他诗词相对、红袖添香？容若既然娶了她，便不愿负她，可终究门第族别，美好的日子总是短暂。这一段分别，也太过漫长，长过了所有春华的花期，长过了思念的终极。

上阕起写词人收到妻子的长篇书信后，拆开发现"香煤暗蚀藏头字"，妻子故意用眉笔或香烟火蚀了藏头诗的第一个字，让丈夫猜猜是什么意思。显然，这是因二人平日多以诗词对弈，互通心曲，这个小小游戏自然会勾起夫君的回忆，引发词人的无限相思。既然产生了相思，那怎么少得了寄托思念的筝弦与鸿雁？下一句"筝雁十三双，输他作一行"的出现便顺其自然而更添情怀。"筝雁"，即筝柱，柱行斜列如雁阵。《隋志·乐志下》谓筝为十三弦之拨弦乐器。"输他"，犹言让他（它）。筝柱齐整，就让它排列着好好一行吧，无心去弹拨了；十三弦，筝柱正好十三双，一个"双"字又道出多少隐痛？你我夫妻双双，谁不想把家还？可是眼下分隔两地，实在不如这雁柱成双。一语双关，将郁郁之情寓于其中，意出言外。一封家信引发的相思与孤郁，在典故的层层铺垫下，显出古奥深雅之美，别有一番韵味。想念着他的她，在他的思念里，成了天上的月牙。可望而不可即，心若咫尺却是天涯。

下阕幽婉含蓄，借妻子的口吻抒发词人内心的惆怅与无奈。"相看仍似客，但道休相忆"，世人皆美慕相敬如宾，可你我结缘以来，举案齐眉的日子越来越

少，还谈什么白首不相离？何况你我之间，客气只会生疏了彼此，可怜没办法

相互依偎，容我有机会也愿意端茶送水……沈宛于康熙二十三年归性德后，性德仍是十分忙碌，除平时需要入宫执勤外，还常随康熙出巡，在家中的时间很少。所以词人此处如斯言。"索性不还家，落残红杏花"为赌气之语：索性在外面别回来好了，反正杏花都谢尽了，还回来做什么。妻子的嗔怪，自然是有容若的行踪难定、归期遥遥等现实原因，怨气是有，倒也不是真的恨他怪他。作为红颜知己，她自然是最懂他，岂会不知他的无奈与牵挂？她只是太过思念了，她只是郁闷老天不肯给她一个团圆。而容若，用这样的口吻，诉着凝心而愁的相思，皆只因深爱。只是向来含蓄的容若，总要把深爱表达得曲折。

# 减字木兰花

新月

【原文】

晚妆欲罢，更把纤眉临镜画。准待分明①，和雨和烟两不胜②。

莫教星替③，守取团圆终必遂。此夜红楼④，天上人间一样愁。

【注释】

①准待：打算等待。

②宋杜安世《行香子》词："寒食下，半和雨，半和烟。"

③李商隐《李夫人三首》诗："惭愧白茅人，月没教星替。"

④红楼：华美的楼阁，指富家小姐的住处。

【赏析】

此词后注有"新月"二字，表明这是一首咏物词。

咏物诗词，是诗词中的一个门类。才高之人，尤其喜欢在咏物上逞才使气。宋张炎《词源》说："诗难于咏物，词为尤难。体认稍真，则拘而不畅；模写差远，则晦而不明。"正说明咏物词之难写。

苏轼咏杨花一词，本是次韵之作，却超越了原作。姜夔自度《暗香》《疏影》二曲，以咏梅花。这都是咏物词中的翘楚了。

纳兰的这首咏新月之词，没有一处粘于月，却又处处在写月，没有亏待月。正所谓不即不离，妙合无垠。而他寄托在月中的一种深情，一段怨愁，犹如那高悬在天空中的孤月一轮，冰清玉洁当中，透着凛凛的寒意，轻而易举地让人沉沦。

词的上片，以月喻眉，取其形似。同时以月的朦胧迷离写情的幽微难明。手法高明，让人分不清这到底是在写月，还是在写人。

"晚妆欲罢，更把纤眉临镜画。"妆是晚妆，眉是新月眉。新月眉，以新月之弯拟眉形，形象生动，俏皮得很。眼睛是心灵的窗户，眉毛则是眼睛的精魂。古人以水波喻眉，以远山喻眉，以柳梢喻眉，以新月喻眉。山、水、树、月，自然界的钟灵毓秀，诗人毫不吝啬地都用来形容心爱女子的眉，可见这"眉"

真是无限风光，满纸风情。纳兰开笔由月及人，写了一个女子，精心打扮，一切准备就绪，只剩最后一道工序：细细描眉。这样精心，这样刻意，定是为了某个特殊的人，或是某个特意地约定。想必她是要在相见之时，将最美的一面呈现给最爱的人。

"准待分明，和雨和烟两不胜。"和雨和烟两不胜，是化用杜安世的词，杜词本是写烟雨之下的嫩柳，不胜烟雨之柔媚娇弱的情态。纳兰既以此写了女子柔媚之态，同时以借烟雨之迷离写月的朦胧，一如女子心心念念的那一段情，准待分明，却不分明。正是这种朦胧不明，这种阻隔，让人愁心顿起，忧虑横生。阻隔和幽暗，有时是一种美，有时却是磨蚀人的意志和灵魂的毒药。

词之下片，自然过渡到一种悲情愁绪中。只是绝望之为虚妄，正与希望相同。在一片浓浓的情愁之中，隐隐约约地透着几许希望的光芒。

"莫教星替，守取团圆终必遂。"月儿啊，只要你不被群星的光芒所掩盖，不让群星取代了你的位置，终有一日，人们能得见那轮静静的满月，高高地挂在天上，注视着人间有情的圆满。月缺了，终有月圆的时候，没有人能够阻挡。可分离了，就一定有团圆的时候吗？坚持过，就一定会求得一分完满吗？

　　纳兰对此仿佛是有信心的，但结句却落入了现实的悲哀之中：此夜红楼，天上人间一样愁。想象再怎么丰满，也代替不了现实的骨感。此时此夜难为情，在这样一个孤独的夜，守着一轮残缺的月，虚拟的温暖与圆满，终无法替代现实的寒凉与残缺。所以，我不能再这样自欺欺人了，我也不想再安慰自己，用缥缈的幻想。我只知道此刻，我的心仍然是悲哀的，我的痛苦是真实的，我的眼泪也是真实的。想必这月也是一样，天上人间一样愁啊！

　　很显然，纳兰这首词所写的一定不是妻子，而是一段幽微难言、耗尽了他真情却因种种阻隔无法如愿的感情。"莫教星替"化用李商隐的诗句，李商隐以此来表达不愿续弦取代对妻子的深情，而纳兰则是寄望于对方，不要因为人世间的阻隔动摇了两人的情意，不要因为无法预料的未来削弱了自己在她心中的分量。这阻碍实在是大得很，天上人间，说的是月与人之间的距离，也是她与他之间的距离。

纵使分离，此后各有怀抱。但你终究是那个陪我横渡过时间之河的人。你在我心中翻起过的波澜，永不会流逝。

你我的心，像一朵雪白的并蒂莲，

梗上秀挺，欢欣，鲜妍——

在主的面前，爱是唯一的荣光。

# 减字木兰花

**【原文】**

烛花摇影，冷透疏衾刚欲醒①。待不思量，不许孤眠不断肠。

茫茫碧落②，天上人间情一诺③。银汉难通④，稳耐风波愿始从。

**【注释】**

①疏衾：掩被而眠而感到空疏冷清。

②碧落：道家称东方第一层天，碧霞满空，叫作"碧落"。后来泛指天上（天空）。

③一诺：谓说话守信用。

④银汉：天河，银河。

【赏析】

烛影摇晃，将我唤醒。薄薄的被子如何能耐得住寒凉？再难将息，以后不准想，不准独自入睡，不准思念断肠，否则，苦到自己心痛。阴阳两隔的感情如何能够丢弃？还是愿意与你相思到老。

关于此阕《减字木兰花》的词解及写作背景，有所争议，说法有二。一说乃悼念亡妻卢氏，一说为怀念入宫恋人谢氏。因容若没有标记题词，所以无别据可考。但从词意来看，前一种说法的可能性较大。如此大的悲伤，若非生离死别，怎能安然担承？

首句中最让人意想不到的是"刚欲醒"。寒夜烛影摇晃，被子甚薄，让人无法入睡，好不容易稳稳躺下，经久而眠，却又被内心的感情所扰，睡不踏实。

睡之前没有来得及熄灭的烛花此时摇曳如人影晃过，让本该入睡的容若又再次醒来。

"烛花摇影"本应是一个多么温馨的场景。灯光在黑暗中通常都能带给人无限的暖意与安定，若有良人相伴，或温柔同眠，或剪烛小语，都是锦上添花。而在这里，却成了映衬孤苦飘摇的心情的一个佐词。衾风正冷，枕鸳正孤，愁肠不可用酒舒。此时，容若感觉冷到彻骨，冷到心底。

"冷透疏衾"也颇值得玩味，季节转变，早该将这薄薄的被子换成厚被子，依照容若家里的生活条件，他不会连换厚被子的钱都没有，佣人也不会想不到，可是他却依然盖着薄被子。难道是因为这个被子留有亡妻卢氏的体香，这是他们曾经美好生活的象征，他不肯轻易撤掉？保存亡人的物品以此来纪念亡人，亡人已经无知觉，活着的人不过平添了一份愁思而已。

　　此句连用三个"不"字，在用词凝练、经济的古诗词中，同一句话里出现三个一样的"不"字，实在让人捉摸不透。再看看"不"字前后的语境："不思量"即不要去想，"不许孤眠不断肠"即不准一个人睡觉，也不许思念到断肠。"不"允许的恰恰是他最难戒掉、整日在想的。容若是在劝诫自己，还是在告慰那去世的灵魂？他仿佛在对亡妻卢氏说：我不会想你，也会很快续弦，也不伤心到断肠。可是，现实情况真的是这样吗？半夜了，容若还是"欲醒"，更何况是白日，就更加"难以将息"了。

　　容若的孤眠，应了那句"惆怅双鸳不到，幽阶一夜苔生"。这样郁暗青苔一样的孤独惆怅，湿嗒嗒地能滴出水珠子来，落在心里，幽幽的，是那种发不出一点声响的孤寂离落之感。孤，又总是与苦如影随形，苦至肠断。

"一诺"，指的是说话极守信用。出自《史记·季布栾布列传》："楚人谚曰：得黄金百斤，不如季布一诺""碧落"，道家所称的东方第一层天，因碧霞满空而叫作碧落。在这里泛指天上。白居易的《长恨歌》里也有："上穷碧落下黄泉，两处茫茫皆不见。"容若取其句意，慰其执念。

半夜突然醒来的容若在想什么呢？他仿佛来到了天上，看望新来天界的妻子卢氏，两人又一次郑重承诺：当初讲好的感情，一定不能变。你在天界等我，我会来的。

"一诺"既是容若在提醒卢氏记得当初的诺言，也是在向卢氏表达自己完成诺言、信守诺言的决心。

这是苏轼的一阕《江城子·乙卯正月二十日夜记梦》。苏门六君子之一的陈师道曾用"有声当彻天，有泪当彻泉"评赞过此词。浑厚功底之余，乃非情深不能及。悼亡词中，能与苏轼相提并论的，恐怕只有容若。

苏轼与妻子王弗感情甚笃，王弗十六岁时嫁于苏轼，她天资聪慧，知书达礼，是苏轼的生活伴侣，也是文字知己。得妻若此，夫复何求？苏轼和容若遭遇相同。上天嫉妒，过早地夺走了他们的爱人，独留夫婿年年断肠，夜夜心伤。


# 减字木兰花


【原文】

相逢不语，一朵芙蓉着秋雨。小晕红潮①，斜溜鬟心②只凤翘③。

待将低唤，直为④凝情⑤恐人见。欲诉幽怀，转过回阑⑥叩玉钗。

**【注释】**

①小晕红潮：害羞时两颊上泛起的红晕。

②鬟心：鬟髻的顶心。

③凤翘：古代女子凤形的首饰，或者冠帽上插的鸟羽装饰。

④直为：只是因为。

⑤凝情：情意专注，这里指深细而浓烈的感情。

⑥回阑：回栏，曲折的栏杆。

**【赏析】**

这首词犹如一部情景短剧，语短情长，尺幅千里。尤其是心理和动作的细节描写，传神贴切，美得让人迷醉。

据说这首词是描写容若和他青梅竹马的表妹在皇宫里见面的情景。据野史记载，表妹从小和容若两小无猜，过着无忧无虑的日子，表妹曾暗示容若："清风朗月，辄思玄度。"只可惜年幼的容若当时并未理解其中真正的含义。后来表妹因选秀而入深宫，二人从此成陌路，天涯两端。适逢国丧，皇宫要大办道场。容若灵机一动，买通了进宫诵经的喇嘛，裹挟在袈裟大袖的僧人行列中偷偷地混进了皇宫。

其实，我们不需要考证纳兰的这段情史。而纳兰的这首词所写的相逢的地点，也未必就是皇宫，只是有一点可以肯定：这是一段只属于他与她两人的秘密，是他们青葱岁月里初绽的爱之蓓蕾，清新，含蓄，欲说还休，却掩饰不住一种天然的纯情和风流。当然，正是因为这段情之幽隐，一种无法言说的阻隔，使这次相逢更显得弥足珍贵，更富于刺激性。也为人物在特定环境下提供了特殊的传情达意方式，颇富戏剧感。

词的上片重在写相逢之情景。

她无语，其实是此时无声胜有声。她婉约，如一朵芙蓉著秋雨。她娇羞，小晕红潮，斜溜鬟心只凤翘。芙蓉著雨，如梨花带雨，如一盏青花，摇曳在江南的烟雨里，流淌着诗意。这一句简笔，隐含着多少繁盛的情意和神韵。

更妙的是这一句细节描写："小晕红潮，斜溜鬟心只凤翘。"因为偶遇了心爱之人，一抹心悸，一分驿动，一分浓情，此时此刻，却不能对他言明。千言万语只化成了一点娇羞，一抹红晕，一个低头，连带着头上的凤翘也跟着从鬟发上斜溜了下来。

娇羞是赠予爱着自己的人的一种专利，这温柔的情愫，不懂的人不会珍惜，也难以体会其中的真意。若一个女子在一个男子面前不害羞，只有两种可能：要么是毫不在乎，要么是过于熟悉。而这显然是一对有情之人。我想，低头的一刻，足以融化爱人的心。

一样的娇羞，李清照说"和羞走，倚门回首，却把青梅嗅"，这是一个情窦初开的少女，还没有那么多婉曲的心事。而将娇羞写成经典的则是徐志摩的那一句："最是那一低头的温柔，似一朵水莲花不胜凉风的娇羞。"正如此时纳兰笔下的女子。

不用任何言语，我早已读出你眼波中的秘密。从此，我就掉进这盈盈眼波之中，深深沉溺。

词的下片，用"转过回阑叩玉钗"这一动作细节，写了有情之人欲诉幽怀而不得的矛盾与折磨。

"待将低唤，直为凝情恐人见。"多想冲出无形的屏障与樊篱，感受你真实的呼吸，哪怕只是轻轻地一声唤，让你知道，眼前的这一切，不是梦境，不是虚幻，这一切都是真的，而我，此时此刻，就在这里。只是，恐惧和担心，终于还是抑制了这种冲动，想说不能说，才最折磨。想爱不能爱，才最寂寞。

咫尺天涯。

世界上最遥远的距离，是明明相爱，却不能在一起。是明明就在眼前，却无法对你言语。不甘，无奈，能如何呢？"欲诉幽怀，转过回阑叩玉钗。"只能假装不经意地走过，却在快走出对方视线的时候，一个回头，用玉钗轻叩回阑。情定三生，不离不弃。这扣玉钗之举，就像有情之人焚香拜月，是一种仪式，一种约定，一种彼此间心有灵犀的回应。

凡事相信，凡事盼望，凡是忍耐，爱是永不止息。

当一切被时光漂洗得模糊依稀，唯你的一抹娇羞，依然清晰得一如往昔。

# 减字木兰花

**【原文】**

从教铁石①，每见花开成惜惜②。泪点难消，滴损苍烟玉一条③。

怜伊太冷，添个纸窗疏竹影。记取相思，环佩④归来月上时。

**【注释】**

①从教：任凭、听任。铁石：铁肠石心。

②惜惜：可惜、怜惜。

③玉一条：指梅树。

④环佩：代指所思恋之人。姜夔《疏影》："想佩环月下归来，化作此花幽独。"

**【赏析】**

伊人飘进了一瓣梅花里。在梅树里生长，她可爱的微笑，就是梅花的清香幽幽。而多情的你，已被诀别，温柔地诅咒成铁石心肠，不会笑，不会哭。

可是当梅花盛开，暗香浮动月黄昏时，你却脉脉含情地站在梅树下，时时凝睇，时时怜惜。寒冷的夜里，晶莹的露珠是梅的眼泪。你轻轻地呵了一口春天的空气，飘成暖暖的围巾，给寂寞的她披上。现在，请在心间，刻下那两个字。月亮出来时，你想念给她听。

　　有评家说，由"添个"句可知此词乃题画词，所题是梅花，此言大抵不差。不过容若此阕咏梅词，却不同于其他词人的题咏之作。

　　古代咏梅的诗词很多，精绝者如姜夔的《暗香》《疏影》，陆游的《卜算子》。《暗香》一词，以梅花为线索，通过回忆对比，抒写今昔之变和盛衰之感；《疏影》则连续铺排五个典故，用五位女性人物来比喻映衬梅花，从而把梅花人格化、性格化，集中描绘了梅花清幽孤傲的形象，寄托作者对青春、对美好事物的怜爱之情。陆游的《卜算子》则借梅比喻为人的原则和品德，也堪称高妙。

　　但不管是姜夔，还是陆游，他们的咏梅手法再高妙，刻画得再精美，终究也是将梅花当作一件承载他们思想趣志的道具。容若此词则不然。综观全词，他仿佛是在感慨冷惜自己稚弱清高的爱人，那梅与他，仿佛是对月临影的故知，彼此是怦然对坐的尊重，不存在谁被常，谁被赞的问题，人与梅已经完全地合而为一了。因此，这首咏梅词，写得清奇别致，富有浪漫特色。

上阕始二句从心理感受上落笔，虽不正面描绘梅花，但梅花之神韵已出。"从教铁石，每见花开成惜惜"，纵使是铁石心肠之人，每一次见到这晶莹如玉、花开姣姣的梅花也总会流露出依依怜惜之情的。短短两句，三处强调——"从教"强调语气，"每见"强调频率，"惜惜"强调感情，于是梅花之含情脉脉之神韵顿现。继二句则把笔宕开，写梅边之竹。"泪点难消，滴损苍烟玉一条"，谓那朦胧的月色下，斑竹沥沥，就好像是玉条上滴洒了点点泪水。

下阕由梅及人，由人及梅，人融梅中，梅又露着人的深情，遂有"怜伊太冷，添个纸窗疏竹影"，谓怕梅花太冷，所以特加了竹林围护。这既是从护梅之竹，从侧面烘托梅之娇贵，又是把梅当人而加以体贴慰藉，尽赋予一腔柔情，此之构想，可谓奇绝。最后二句，"记取相思，环佩归来月上时"，宕笔写去，说梅花也有魂，她特于今夜月上时归来。归来作何？有前几句柔情之语铺垫，梅花归来怕是与词人共赴幽约吧。此阕咏梅词虽无一笔正面去刻画梅之形貌，但却又笔笔不离梅花，此正所谓"不即不离"，因而梅之形神反而历历可见。

# 减字木兰花

**【原文】**

断魂无据①，万水千山何处去？没个音书，尽日东风上绿除②。
故园春好，寄语落花须自扫。莫更伤春，同是恹恹③多病人。

**【注释】**

①断魂：忧伤的梦魂。无据：无所依凭。
②绿除：长满绿草的台阶。
③恹恹：形容精神萎靡的样子。王实甫《西厢记》："恹恹瘦损，早是伤神，那值残春。"

**【赏析】**

又是离歌，一阕长亭暮。万水千山面前，他是个漂泊的左括号，闺中的伊人，可是苦苦等待的右括号？

牵手，两人的爱才能完整。然而，王孙去，萋萋无数，南北东西路。

青鸟不传云外信，已有数月。被思念灼伤的你，挪移天下的高山，用来望归。

你相信，必有菊，开在家园的南山。必有落花，飘若伊人的裙裾。只是，再也不能伤春。

病中，空空的杯盏，装满天涯，装满故乡，装满八月十五奔走相告的月光。

这是一首缠绵清远的相思之作，写法颇为清奇巧妙，像是夫妇书信往来问答。

上阕以闺中妻子的口吻说相思。"断魂无据，万水千山何处去？"起句化用韦庄《木兰花》"万水千山不曾行，魂梦欲教何处觅"，拓开境界，写梦魂飞渡万水千山，于私情中写出高远苍茫。

那么，妻子为何要梦魂远渡呢？因为整日春风吹来，台阶上的草都绿了，而所思之人却没有音书寄来。"没个音书"，用的是明白如话的口语，像极了妻子埋怨娇嗔的口吻。

而"尽日东风上绿除"，明是写景暗写心情，反衬出妻子如萋萋芳草般的愁情：东风吹绿满阶绿草，一片春光照眼，这本是赏心悦目之景，却因为东风无法为她传递书信而显得凄然。

下阕以远行在外的丈夫的口吻嘱对，说他与妻子一样地相思着。"故园春好，寄语落花须自扫"，故园春色美好，你就把一腔心思寄给落花吧。"落花"一语双关，寓指的是飘零在外的丈夫，其本身则是指即将消逝的美好春色，所以才有后句的"莫更伤春"。而"莫更伤春"中的"春"，既是实指，也是虚指，指眼前春光，亦是指两人的感情牵挂。这三句可谓词约义丰，含蓄蕴藉。末一句"恹恹多病人"，情意深长，道出两人心有灵犀为情所苦的情状。"恹恹多病人"化用了《西厢记》："恹恹瘦损，早是伤神，那值残春。"《西厢记》全名《崔莺莺待月西厢记》，是元代著名戏曲作家王实甫的杰作。书中，张生闲观普救寺之时，巧遇了寓居于此的相国小姐崔莺莺。二人相爱，却遭到父母反对，在侍女红娘的帮助下，有情人终成眷属。

原诗句"恹恹瘦损，早是伤神，那值残春。罗衣宽褪，能消几度黄昏？风袅篆烟不卷帘，雨打梨花深闭门；无语凭栏杆，目断行云"，是描绘崔莺莺的相思苦状，流淌着忧伤愁闷的情绪，可谓中国古代女子共同的心语诉说。容若化用其语，却不易其景，不改其情，与整首词词境十分相合。

# 减字木兰花

**【原文】**

花丛冷眼①，自惜寻春来较晚②。知道今生，知道今生那见卿。

天然绝代，不信相思浑不解③。若解相思，定与韩凭共一枝④。

**【注释】**

①冷眼：冷淡的待遇。

②寻春：游赏春景。

③浑不解：犹言全不解。

④韩凭：又作韩朋、韩冯。晋干宝《搜神记》卷十一载，战国时宋康王舍人韩凭娶妻何氏，甚美，康王夺之。凭怨，王囚之，沦为城旦。凭自杀。其妻乃阴服其衣，王与之登台，妻遂自投台下，左右揽之，衣不中手而死。遗书于带，愿以尸骨赐凭合葬。王怒，弗听，使里人埋之，冢相望也。宿昔之间，便有大梓木生于两家之端，旬日而大盈抱，屈体相就，根交于下，枝错于上。又有鸳鸯，雌雄各一，恒栖树上，晨夕不去，交颈悲鸣，音声感人。宋人哀之，遂号其木曰"相思树"。用为男女相爱、生死不渝的典故。

**【赏析】**

过花丛而冷眼，看落花如雨，叹息我们相见太晚，幸福已经擦身而过，便难以再相守。知道今生，今生就要如此，再不能见到你。连理千花，相思一叶，青衫湿泪痕，只是想起了那些如古老诗歌一样凄美的故事，还是相思衷情逢着了梧桐春雨？天生丽质如你，冰雪聪明如你，相信一定理解我的此般相思苦绪。若是有幸得解了相思，一定也能如韩凭，收获连理共枝依的至死不渝。

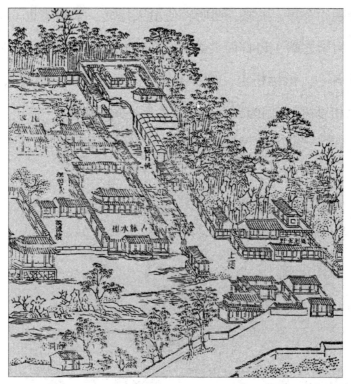

这首词大概是为进宫的意中人而作。上片言相逢恨晚。"花丛冷眼"，化用元稹《离思五首》（其四）"取次花丛懒回顾，半缘修道半缘君"。意思是自己不再寻花，经过"花丛"也懒于回看，这一半因为修道一半因为你。容若情贞较之元稹，更深甚。"自惜寻春来较晚"化用杜牧《叹花》的典故。据说唐朝著名诗人杜牧游湖州时结识了一位未成年美好少女，便与少女母亲约定十年后等少女成人就来迎娶。十四年后，杜牧出任湖州刺史，往日少女已为人妇三年。杜牧感叹中做了这首《叹花》："自恨寻芳到已迟，往年曾见未开时。如今风摆花狼藉，绿叶成荫子满枝。"容若此处即说自己与所恋女子错过了，无缘结为夫妻，却又无法再相见。接下两句叠写今生难见，无奈与苦情凄然纸上，令人怅惆销魂。

若是知道前世约定的人终会在灯火阑珊处出现，谁会在今生来一场繁华的等待呢？在华灯初上的街市甚至杳无人迹的阡陌，都有可能发生着各种形式的邂逅，人生最美好的相遇莫过于灵魂相遇，而灵魂默契的人最终的结局通常是分别，彼此深深交契，却无缘擦身而过。所以人生最无奈的相遇莫过于朝夕相处，生活中的各取所需，灵魂却完全陌生。只是今生已经错过了的两个人，来生真的会再次刻骨铭心地相逢吗？

痴缠的爱恋，伴着深深的思念，那"天然绝代"的人啊，一定理解这相思源远。"不信"，是的，我不信你不理解，凭你天资聪颖，凭我的自信，更凭你我相知的深情。结句，"若解相思，定与韩凭共一枝"，用韩凭的故事，以第二人称的口气，似以词代柬。战国宋大夫韩凭被康王夺妻，夫妻双双自尽后未得愿合葬，却于各自坟头生出"相思树"，又有鸳鸯二鸟栖于枝头，旦暮悲鸣。容若眼睁睁看着恋人入宫和韩凭的遭遇何其相似？他们的无能为力因了皇权而更多无奈与凄苦，韩凭尚得死后与妻子魂魄化鸟相守，而容若呢？活生生的一对恋人被拆散，贵为明珠公子也无能为力，那苦定是活生生的叫人难受。

"死生契阔，与子相悦。执子之手，与子偕老。……生死与离别，都是大事，不由我们支配的。比起外界的力量，我们人是多么小，多么小！可是我们偏要说：'我永远和你在一起，我们一生一世都别离开。'——好像我们自己做得了主似的。"

我们都做不了主。

你的过去我来不及参与，你的未来我也错过了。

# 卜算子

咏柳

【原文】

娇软不胜垂①，瘦怯那禁舞。多事年年二月风，翦出鹅黄缕②。

一种可怜生③，落日和烟雨。苏小门前长短条④，即渐迷行处。

【注释】

①娇软不胜垂：套用隋炀帝《望江南》"堤上柳，娇软不胜垂"。

②"多事"二句：化自贺知章《咏柳》"不知细叶谁裁出，二月春风似剪刀"，罗隐《送前南昌崔令替任映摄新城县》"二月春风何处好，亚夫营畔柳青青"。

③可怜生：可怜。生，语助词，无实义。

④苏小门前长短条：苏小即苏小小，据《乐府广题》，苏小小大约是南齐时人，钱塘名伎，相传家门前有柳树成荫。

【赏析】

这是一首咏柳词，用拟人写柳树，又用柳树喻人，很是巧妙。黄天翼《纳兰性德和他的词》中说："词以'新柳'为题。表面上，作者描绘一株娇嫩柔弱的柳树，其实以柳喻人。意境相当优雅含蓄。"

初春，埋在古柳枯干中的梦苏醒过来，伸出"娇软不胜垂"之柳枝。娇软就是柔美姣好，轻飘。不胜，与苏东坡之"高处不胜寒"中"不胜"同，指不能禁得住。柳枝娇嫩柔美，垂下树，担心瘦瘦的身躯是否能够禁得春风，禁得垂落弯折？"瘦怯那禁舞"，如此瘦弱又怎受得那凉风突如其来的随心所舞？那二月之风却偏偏年年多事，"剪出鹅黄缕"，看似不禁垂舞之嫩条也是拜二月春风所赐，才得以如烟似雾的鹅黄一春。

苏小，即苏小小历史上有两位，一位为南朝齐时钱塘名妓，另一位也是钱塘名妓，不过是南宋时的。在这首词里，苏小是后者。传说她曾邂逅一位穷困书生，赠银百两，助其奔逐前途，博得功名。但是，这个书生一去未归，从此杳无音信。最后，苏小小把自己的美色呈之街市，度过余生。

"苏小门前长短条"是说，小小门前之柳亦是风流得尽，长枝短条随风摇，"即渐迷行处"，要说柳色迷人，摇摇曳曳掩了行人前路，大有可通之处，恐怕行人更愿意迷醉在西风夕阳之下。然而，若要在使一女子躲藏在疏枝稀柳中，可谓是掩耳盗铃罢。事实上苏小小就曾经被人认为藏于柳色中。苏小小本不是变色之龙，所以，可说苏小小本是柳。一个如春柳一样的女子，"娇软""瘦怯""可怜"美丽，却年年二月风剪。

上片侧重描画弱柳之形，但已是含情脉脉。下片侧重写其神韵，结处用苏小小之典，更加迷离深婉，耐人寻味。

# 卜算子

塞梦

【原文】

塞草晚才青，日落箫笳动①。戚戚凄凄入夜分②，催度星前梦。

小语绿杨烟，怯踏银河冻。行尽关山到白狼③，相见惟珍重。

**【注释】**

①箫笳：箫和胡笳。

②戚戚：悲伤的样子。凄凄：形容心情凄凉悲伤。

③关山：关口和山岳。白狼：即白狼河，今辽宁大凌河。

**【赏析】**

《卜算子》又名《百尺楼》《眉峰碧》《楚天遥》等。相传是借用唐代诗人骆宾王的绰号。骆宾王写诗好用数字取名，人称"卜算子"。

这首《塞梦》是纳兰于塞外羁旅时思念妻子所作。

"塞草晚才青"，是日落时分，边塞的草在黄昏的天色里才显出青绿的颜色，此处也暗指白日行军匆忙，杂事诸多，只有黄昏时分陷入安静时才开始觉得周围景致的苍凉。

"日落箫笳动"，夕阳才缓缓落下，箫笳之声便在大漠上蔓延开了，这里"箫笳"指的是管乐器。箫声婉转幽凉，笳声沉郁悲切，二者交错，突显出塞上荒凉空远的景色。卢纶《送张郎中还蜀歌》有句："须臾醉起箫笳发，空见红旌入白云。"也是借箫笳之声延伸出这个大漠的苍凉。

"暮色四合，箫笳沉凉，这一个夜入得如此缓慢凄清，我已不忍再看，转回营帐时却一步一回顾天际星光，原来这一场羁旅，所想要逃避的也不过是对你的相思无涯。用情之至，却使得在各自天涯之时噬骨之痛，那么，我若速速睡去，你是否也能赶来见我一面，聊解相思，也告诉我，家乡的柳枝、清河可有了什么变化。"

　　"戚戚凄凄入夜分"一句用典，出自李清照《声声慢》："寻寻觅觅，冷冷清清，凄凄惨惨戚戚"，描写的是自己在入夜后愁惨的心情，与易安相仿，那么不难理解所隐含的意思也是"乍暖还寒时候，最难将息"。杜甫《严氏溪放歌行》："况我飘蓬无定所，终日戚戚忍羁旅。"所要表达的也便是这般羁旅生涯惨淡悲愁的心情。

在这般心情的驱使之下，终究相思难耐，只得"催度星前梦"，催促引渡妻子的梦魂来到边塞，与自己相会。此句化用于汤显祖《牡丹亭·游魂》："生性独行无那，此夜星前一个"一句。《牡丹亭》又名《还魂记》，是汤显祖的传世之作，小说描写了杜丽娘与柳梦梅生死离合的爱情故事，汤显祖在该剧《题词》中有言："如杜丽娘者，乃可谓之有情人耳。情不知所起，一往而深。生者可以死，死可以生。生而不可与死，死而不可复生者，皆非情之至也。"而纳兰在此处用以指代夫妻情深，是以纵使关山阻隔，也愿梦魂相聚。

到了下阕，也不知是睡了醒了，妻子那娇影袅袅娜娜地竟真的出现在了眼前，更欲耳畔轻柔情话私语，只是这个时节银河尚冻，路人皆不敢踏足那冰封的小河，杨柳蒙烟，天寒彻骨，却不知伊人独自如何能到得了这塞外边关荒凉之地。

于是紧接着"行尽关山到白狼，相见惟珍重"一句便解释了妻子魂魄如何抵达的塞外，却是将关山踏遍才寻到远在白狼河的丈夫，这一句也暗喻了妻子不畏关山路途艰难，思念夫君，想要见到夫君，必要见到夫君的深情。晏几道《鹧鸪天》："从别后，忆相逢，几回魂梦与君同。今宵剩把银钮照，犹恐相逢是梦中。"与此处有相似的妙处，虽然纳兰并未真正见到妻子，但两首词皆是指情人相见，亦真亦幻，梦里梦外难辨，相见却又不敢确认的恍惚心情。

既是相见了，应是有百般情话关切相问，可是相别之久，相思之深，却让酝酿了这许多年的千言万语在心绪中百转千回，不知从何言起，最终吐出口的，只有珍重二字。想来情到深处反而不能言语，甜言蜜语该多是独处之时盘旋。词到此处，蕴含了一语将破未破的玄机，万里迢迢相聚却只道一声珍重，情意盘旋缱绻，一唱三叹，使闻者不由得只觉一片感怀在心，却又不敢妄作言辞以打碎这梦魂相聚的深绵。

这首《塞梦》，典型而深刻地描写出纳兰常年羁旅在外，厌于扈从生涯，时时怀恋妻子，思念家园，故虽身在塞上而相思不灭，遂朝思暮想而至于常常梦回家园，与妻子相聚。短短数字，将这种凄惘的情怀刻画得淋漓尽致，入木三分。

# 卜算子

五日

【原文】

村静午鸡啼，绿暗新阴覆。一展轻帘出画墙，道是端阳①酒。

早晚夕阳蝉，又噪长堤柳。青鬓长青自古谁，弹指②黄花③九④。

【注释】

①端阳：农历五月初五日，端午节。

②弹指：形容时间极短，本为佛家语。《法苑珠林》卷三引《僧祇律》："二十念为一瞬，二十瞬名一弹指，二十弹指名一罗预，二十罗预名一须臾，一日一夜有三十须臾。"后来诗文多作"一弹指顷"，表示极短的时间。

③黄花：菊花。

④九：指农历九月初九日，即重阳节。

【赏析】

这首词所选取的不过是小山村里夏天正午时候的一幅极为平常的图景，却用层层对照、相互关联的手法写出了词人心中独到的情思和深长的意味。

正是午夏时分，鸡鸣之声响起在寂静的村落，阳光下树木的枝叶明暗层次，阴阳错落。那轻帘开处，端阳节的酒香溢满在空气中。可夕阳终究会到来，那不知疲倦的知了又会在河畔长堤的柳荫中嘶叫不已。不由想到，古往今来，没有谁能够留住鬓边的缕缕青丝，时光急急地流逝，而今也是如此，不过是弹指之间，就又到了那秋意倍浓的黄花时节。

从听觉角度打量，在"村静午鸡啼"一句中，词人用鸡的叫声反衬出山村的安静，这与王维的"蝉噪林愈静，鸟鸣山更幽"有异曲同工之妙。我们不禁会想，为何闹中可以取静呢？原因是这些闹声（鸡鸣、蝉噪、鸟叫）本身只是些轻微、细小而不易引起人们注意的动静，因此只能在静谧的氛围中才能引起人的关注，人的关注最终凸显了周围环境的安静。

同样的，"又噪长堤柳"看似写蝉声，却透露出夕阳河畔一缕静谧的乡村气息。但这声蝉叫却不再单单只是"静"的旨归，蝉声在我国古典诗词中承担着时光易逝、年华老去的蕴意，此外蝉声也惯有浓厚的悲凉意味。这些特殊意味的流露最终指向本词咏叹时光易逝的主旨，感慨之情油然而生。

从午日到夕阳西下这半天内的跨越，不过是词人对于目前之境的近程写照；而从"端阳酒"到九月黄花时节，却是词人心中更远处的联想和感喟。这两组时光轴上的端点，一大一小、一远一近地照应着词人心之所想，情之所发。

随后，"青鬓长青自古谁"却将这种相对性伸展到更为普遍、更为深邃的人生主题上——生命有限。词人却并没有在此更多地着墨，没有写自己在这有限的人生旅程中，是要报国杀敌，干一番轰轰烈烈的事业，还是茗茶赏花，自得其乐而已，因为他写词的本意并不在此。只是想到秋日很快就会到来，恍然之间，就是一弹指的工夫，手中的酒樽中又会盛满有着浓浓秋意的黄花酒，又是一年将尽啊，年年如是，青丝终将耐不住时光的变迁，心中便觉无限惆怅。

意到而发，所发之意回味无穷；意尽而止，所止之处恰得其妙。

# 采桑子

【原文】

彤霞久绝飞琼字①，人在谁边。人在谁边，今夜玉清眠不眠②。
香消被冷残灯灭，静数秋天。静数秋天，又误心期到下弦③。

**【注释】**

①飞琼：指许飞琼，传说中的仙女，西王母身边的侍女，后泛指仙女。

②玉清：原指仙人。陈士元《名疑》卷四引唐李冗《独异志》谓："梁玉清，织女星侍儿也。秦始皇时，太白星窃玉清逃入衙城小仙洞，十六日不出，天帝怒谪玉清于北斗下。"这里指所思念的人。

③心期：心愿、心意。

【赏析】

我所思兮在桂林，欲往从之湘水深。侧身南望涕沾襟。

《四愁诗》里，那个忧心烦怏的男子，是绝望的。迭唱"人在谁边"的你，却更绝望。

湘水深深，毕竟还有舟楫可渡。宫门幽幽，又有什么可以渡？

所以，你只有等待。残灯明灭枕头欹，谙尽孤眠滋味。而伊人，在"清且浅"的河汉中，行行渐远，行行渐渺。成一种仙音，让人终生留恋。

这首《采桑子》，上阕写仙境，下阕写人间。天上人间，凡人仙女，音书隔绝，唯有心期。

首一句"彤霞久绝飞琼字"，便点出仙家况味。道家传说，仙人居住的地方有彤霞环绕，于是彤霞便作了仙家天府的代称。飞琼是一位名叫许飞琼的仙女，住在瑶台，作西王母的侍女。据说瑶台住着仙女三百多人，许飞琼只是其中之一，她在某个人神相通的梦境中不小心向凡间泄漏了自己的名字，为此而懊恼不已——按照古代的传统，女孩家的名字是绝对不可以轻易示人的。最后"飞琼字"的"字"是指书信。如此，整句话即谓：许久没有收到仙女许飞琼从仙家天府寄来的书信了。那么，既无书信可通，不知道仙女现在正在哪里呢？她为何还不寄信给我呢？她心里到底在想什么？——迭唱"人在谁边"，叹息反侧。

"今夜玉清眠不眠"，玉清也是一位仙女的名字，在人间也留下了几多美丽的故事。据唐人笔记，玉清为梁玉清，她是织女星的侍女，在秦始皇的时代里，太白星携着梁玉清偷偷出奔，逃到了一个小仙洞里，一连十六天也没有出来。天帝大怒，便不让梁玉清再作织女星的侍女，把她贬谪到了北斗之下。"今夜玉清眠不眠"，也就是说容若在惦记着那位仙女：今夜你在玉清天上可也和我一般的失眠了吗？——容若自己的无眠是这句词里隐含的意思：正因为我无眠，才惦记着你是否和我一样无眠。容若是在思念着一位仙女吗？这世间哪来的仙女？这，就是文人传统中的仙家意象了。仙女可以指代道观中的女子，也可以作为女性的泛指。写爱情诗，毕竟无法直呼所爱女子的名姓，所以总要有一些指代性的称谓。

　　词的下阕，由天上回落人间，由想象仙女的情态转入对自我状态的描写。"香消被冷残灯灭"，房间是清冷的，所以房间的主人一定也是清冷的，那么，房间的主人为什么不把灭掉的香继续点燃，为什么不盖上被子去暖暖地睡觉，就算是夜深独坐，又为什么不把灭掉的灯烛重新点起？那是因为，房间的主人想不到这些，他只是静静地坐在漆黑的房间里"静数秋天"，静静地计算着日子。也许仙女该来信了吧？也许该定一下相约的时间了吧？等待的日子总是过分的难捱，等待中的时间总是过分的漫长。待到忽然惊觉的时候，才发现"又误心期到下弦"。就在这一天天的苦捱当中，不知不觉地晃过了多少时光。这末一句，语义朦胧，难于确解，但意思又是再明朗不过的。若"着相"来解，可以认为容若与仙女有约于月圆之日，却一直苦等不来，捱着捱着，便已是下弦月的时光了；若"着空"来解，可以认为容若以满月象征团圆，以下弦月象征缺损，人生总是等不来与爱侣团圆的日子，一天一天便总是在缺损之中苦闷地度过。此正如《诗经·关雎》所言：求之不得，寤寐思服；悠哉悠哉，辗转反侧。

# 采桑子

**【原文】**

谁翻乐府凄凉曲①，风也萧萧，雨也萧萧，瘦尽灯花又一宵。
不知何事萦怀抱②，醒也无聊，醉也无聊，梦也何曾到谢桥③。

**【注释】**

①翻：演唱或演奏之意。乐府：诗体名，初指乐府官署所采制的诗歌，后将魏晋至唐可以入乐的诗歌，以及仿乐府古题的作品统称乐府，宋以后的词、散曲、剧曲，因配乐，有时也称乐府。
②怀抱：心胸。

③谢桥：谢娘桥，古时称所爱的女子（或妓女）为"谢娘"，称其所居处为"谢桥"。

**【词评】**

眼界大而感慨深。

——梁启超

这词表现一种莫名其妙的心情，诗人在风雨中听到凄凉的曲调，不知怎的，变得坐立不安，寂寞、凄凉、失望、空虚的情绪，笼罩着他的心头。他患的是时代的忧郁症。

——黄天骥《纳兰性德和他的词》

【赏析】

你听，你听。谁在历史深处轻声哼起了《葬花吟》？

雨声淅淅沥沥，打着李易安眼眸里栽种的那株芭蕉。我悄悄地打开心窗，那些我们曾经一一命名的青鸟，飞向了一把把铜锁。我等你敲门。所有的门，所有的灯都在等。火焰还没有熄灭，我的眼睛始终在点燃着它。

千山万水，天下的风景都在这里。其实我知道自己为何这样伤心。只是无奈。无奈。我是一只华丽的酒杯，你是我的酒，我的河流，却已经干涸，不知流向何处。而桃花，依旧笑着春风。而我，再也不是你的良药，再也不能进入你的梦。

究竟是谁在静寂的夜里翻唱着凄切悲凉的乐府旧曲？此时此刻，一灯荧荧如豆，四壁默默昏黄，词人茕茕孑立，落寞清寂的影子投在墙上，如一段段伤

心的往事。萧萧的风声随之伴和，那是李煜悲歌的惆怅；雨声亦复萧萧，那是苏东坡悼亡的感伤。如斯风雨之夜，词人唯有孤灯相映，独自听了一夜的雨，眼见灯芯燃尽、散作灯花。一"瘦"字，仿佛让人寻觅到李易安那比黄花还瘦的身影；一"又"字，表明了夜不成眠已不止一日，这愁情的沉重，怎堪言说？

那么，词人为何连连彻夜难眠呢？是身世遭遇的感慨？是理想失落的悲愁？抑或是触物思人的感伤？

词人的回答是："不知何事萦怀抱"。原来这一怀凄婉，却是情发无端，是一种对社会、人生朦胧而迷惘的体验和追问。因为无法命名，所以词人清醒时百无聊赖，即使借酒沉醉也难遣满怀愁情。

那无论是清醒或是沉醉，都难以逃避的苦闷究竟何为呢？追问到底，倏然笔锋一转，荡出一句"梦也何曾到谢桥"，于是所思之人呼之欲出，跃然纸上，读者便可豁然明白，此词当是一篇思念之词。因为所谓"谢桥"，代指谢娘所在之地。谢娘者，于唐宋诗词通常泛指所恋之美人。在此处，词人重新翻用了北宋晏几道的名句："梦魂惯得无拘检，又踏杨花过谢桥"。于晏几道，虽身陷俗尘，但是灵魂终究是自由的，如同晴空之羽，可以飘然入梦，在梦中与心爱之人相会。然于纳兰更多的是绝望：纵能入梦，果真能如愿到访谢桥，重与离人相聚吗？

尽管思念热烈如火，可是梦境终究不能随心所欲地掌控的。记得在《红楼梦》第一百零九回中，宝玉在黛玉死后日夜悬念，然而黛玉芳魂竟不入梦，于是宝玉慨然叹曰："悠悠生死别经年，魂魄不曾入梦来。"这句诗可视为"梦也何曾到谢桥"的另一注脚。或许所恋之人，今生不复相见，后约无期，而连魂梦也未可重逢，致使词人不由自主地向小晏抗辩，以冰雪般的声音幽幽地质疑：天若有情，又怎会让人欲梦也无缘一见？

# 采桑子

【原文】

严霜①拥絮频惊起，扑面霜空②。斜汉③朦胧，冷逼毡帷火不红。

香篝④翠被浑闲事，回首西风。何处疏钟⑤，一穗灯花似梦中。

**【注释】**

①严霜：凛冽的霜，浓霜。霜起而使百草衰萎，故称。

②霜空：秋冬的晴空。

③斜汉：指秋天向西南方偏斜的银河。

④香篝：熏笼。古代室内焚香所用之器。

⑤疏钟：稀疏的钟声。

**【赏析】**

塞上的夜，沉沉如水。月落的时候，秋霜满天。罗衾不耐五更寒。

曾几何时，小园香径，人面如桃花。你牵着她的手，闭着眼睛走，也不会迷路。那时的翠被，是多么的温暖。那时回廊下，携手处，花月是多么的圆满。

如今，边塞。在每个星光陨落的晚上，你只能一遍一遍数自己的寂寞。守护一朵小小的灯花。在梦中，已是十年飘零十年心。

此篇苦寒、孤寂。作于何年何地，难以确考，而从词中描写的情景看，可能是作于扈驾巡幸途中，有论者以为是在其妻卢氏病殁之后。

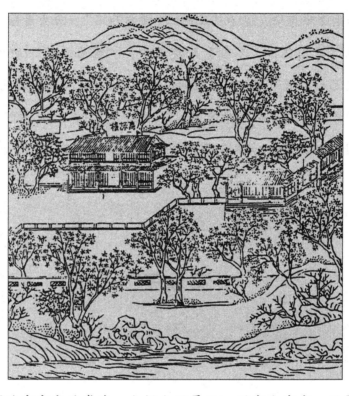

词中是写边塞寒夜的感受。上阕全用景语，写塞上寒夜，而景中已透露出凄苦伤感。首句"严霜拥絮频惊起"，"絮"字似乎可作两解，一指柳絮般的雪花，二是指絮被。作雪花解，整句话谓严寒的霜气卷起雪花如飞絮飘扬；作絮被解，则是说在寒冷的霜夜，半卧着以絮被围裹身体。但观"频惊起"三字，"絮"应该为絮被，因为夜里奇寒，拥被不能取暖，几次三番地被寒冷惊起。屋里的境况如此，那外边如何呢？"扑面霜空。斜汉朦胧。"天空寒雾迷漫，银河斜横长空，但朦胧不清，冷气相逼，使得行军的毡帐里燃起的炉火也红不起来。

下阕，联想、回忆、幻境相结合，写似梦非梦的心理感受。"香篝翠被浑闲事"。回想当初家中，熏笼焚香，其暖融融，怀拥翠被，温暖舒适。当然，这种暖意不仅是身体上的，更是心理上的。因为"香篝"也好，"翠被"也罢，都是隐隐地指向词人的妻子的。这一切在那时都是"浑闲事"，再平常不过了，但在现在，却是殊难想象，遥不可及的。"回首西风"。回头看帐外，只有西风在吹，方知在"冷逼毡帷火不红"的环境中，"香篝翠被"的生活确实似在"梦中"，离自己已经很遥远了。最后两句，"何处疏钟，一穗灯花似梦中"。这时词人听到稀疏的钟声，而帐中只有"一穗灯花"，在灯光朦胧中似在梦中，不知身在何处，孤凄情怀，不免难以忍耐。词中景情俱到，含思要眇，良多蕴致。

# 采桑子

**【原文】**

冷香萦遍红桥梦①，梦觉城笳。月上桃花，雨歇春寒燕子家。

箜篌别后谁能鼓②，肠断天涯③。暗损韶华④，一缕茶烟透碧纱⑤。

**【注释】**

①冷香：清香。红桥：桥名，在江苏省扬州市，明崇祯时建，为扬州游览胜地之一。

②箜篌：古代拨弦乐器名。有竖式和卧式两种。

③肠断：形容极度悲痛。

④韶华：美好的光阴，比喻青年时期。

⑤碧纱：绿纱灯罩。

【赏析】

那一夜，你宿在红桥。睡中，郁金香的冷香幽幽。醒来，只有孤寂的空城，凄楚的笳声。

自从离别后，天也悠悠，地也悠悠。伊人的离去，让你断肠的琵琶。永远地爱上了休止符。

高山流水的琴韵，已无处可寻。而所谓青春，本是一杯浓浓的香茶，只是后来，香气越来越淡。寄词红桥桥下水，扁舟天涯谁是伊？

　　这首词叙述所爱的女子离去后的苦闷心情。上景下情。景象的描绘由虚到实，虽未言愁而愁自见。抒情之笔又直中见曲，且再以景语绾住。其黯然伤神之情状极见言外了。

　　上阕描写春夜。红桥指红色栏杆的桥，不是扬州的红桥。作者扈驾南巡到扬州，是在康熙二十三年（1684）十月至十一月间，与这首词描写的时令不符。红桥是夜宿地点，用"冷香"，与下面"雨歇春寒"有关。"萦遍"二字，描写花香之浓郁，梦中也能闻到。"梦觉"句，写梦醒后的情景。雨已停歇，月亮破云而出，城楼上隐隐传来笳声，窗外的桃花在月光下散放清香，帘栊间燕子静静地栖息。作者用白描的手法，写春夜的景色，简练而贴切。正如张继《枫桥夜泊》诗，只用"月落乌啼""江枫渔火"数字，就烘托出秋夜的气氛。故王国维在《人间词话》中说："大家之作，其言情也，必沁人心脾。其写景也，必豁人耳目。其辞脱口而出，无矫揉妆束之态，以其所见者真，所知者深也。"

下阕写别后的怀念，一别之后，箜篌空悬，不免睹物思人，黯然神伤。而令人肠断者，岂是无人会弹箜篌，实是怀念伊人远隔天涯。犹如辛弃疾《满江红》词："人去后，吹箫声断，倚楼人独。""暗损"二句慨叹美好年华的消逝。一缕茶烟，飘进碧纱窗，使人产生"今日鬓丝禅榻畔，茶烟轻飏落花风"的心情。

# 采桑子

咏春雨

**【原文】**

嫩烟分染鹅儿柳①，一样风丝。似整如欹，才着春寒瘦不支②。

凉侵晓梦轻蝉腻③，约略红肥④。不惜葳蕤⑤，碾取名香作地衣⑥。

**【注释】**

①鹅儿柳：泛起鹅黄色的柳枝。

②不支：不能支撑，谓力量不够。

③轻蝉：指蝉鬓。此处指闺中人。

④约略：略微、轻微。

⑤葳蕤：形容枝叶繁盛的样子。

⑥地衣：地毯。

【赏析】

春天的雨，有着美丽的唇。说出的第一句，是薄薄的雾，轻轻地凝在杨柳眉间，天也朦胧，地也朦胧。春风吹来的时候，她便瘦弱晴丝，托不起一只荡秋千的蝴蝶。

春天的雨，又像是闺中的女子，眼角都是三月天气，因此喜欢睡懒觉，不喜欢小花伞。她的小脚，常放在云的怀里，偶尔打江南雨巷走过。

然而无情的还是她，推着春雨的小车，轻碾落花无数。

容若有着一种不可言喻的自然情节，他的词"纯任性灵"，给人一种"纤尘不染"的感觉。敏感任性的天性与人生的真切体验化成的词，感觉特别的自然流丽、清新秀隽。比如这首咏春雨的《采桑子》。

春雨如何表现？是不是句句皆需有"春"有"雨"？后蜀欧阳炯曾写过一

首描写春景的《清平乐》："春来阶砌，春雨如丝细。春地满飘红杏蒂，春燕舞随风势。春幡细缕春缯。春闺一点春灯，自是春心缭乱，非干春梦无凭"，句句不离"春"字，不但颇不达意，反而显得矫揉造作，给人以堆砌之感。容若此阕咏春雨之词，妙在词中无一句春雨，却又句句不离春雨。

首句即从初春之弱柳写起，别是一番心思。"嫩烟分染鹅儿柳，一样风丝"。春雨微细若烟雾，落在泛起鹅黄色的柳枝上，仿佛是空中飘洒着游丝一样。说"嫩烟"，说"鹅儿柳"，说"催"，都使人感到这是春天特有的那种毛毛细雨，也即"沾衣欲湿"的"杏花春雨"。这种细雨，似暖似冷，如烟如梦，情思杳渺难求，正如秦观《浣溪沙》："自在飞花轻似梦，无边丝雨细如愁。""似整如欹，才着春寒瘦不支"，这句是说微风吹来，细雨若直若斜，就好似弱柳刚被春寒，娇瘦不支。容若词，"瘦"字用得实在妙极，这"瘦"一出来，清婉也就有了。

　　"凉侵晓梦轻蝉腻，约略红肥"。古人言弱柳，总是不自觉地将它与娇弱的美人联系起来，比如张先《满江红》"过雨小桃红未透，舞烟新柳青犹弱。记画桥深处水边亭，曾偷约"中就用新柳隐喻他娇美的恋人。容若此句也是如此，将弱柳拟人，托以闺中女子。也许有人会问，容若此词里并未直言闺中女子啊。的确，直言确实没有，容若用的是"轻蝉"借代。明叶小鸾《艳体连珠发》："如云美焉，是以琼树之轻蝉，终擅魏主之宠。"容若此处，即以轻蝉这一古代妇女发式代指闺中人，谓春雨凉意袭人，晓梦初醒，令人烦恼，但略显安慰的是，她又看到红花已绽，略显鲜丽。然而"天公不作美"，这"约略红肥"喜人的春景，转眼之间就变成了"绿肥红瘦"。末句，"不惜藏蕤，碾取名香作地衣"。春雨真是无情，一点怜花之心也没有，就这样催落名香，化作红红的地衣一片。春雨欺花，所谓风流罪过，明是怨春，实是惜春情怀，由此描摹刻画便将春雨之形神表现得尽致淋漓。

## 【词人逸事】

纳兰性德从1678年到1684年每年有很多时间随康熙出巡或奉使在外，这首词便是他陪同康熙出巡塞外时所作。宦海生涯使他深谙皇室内幕。多次出巡又使他得到体察民情的机会。所以他虽然出身于富贵之家，生活在朱邸红楼中，作为贵胄公子、皇帝近臣的八旗子弟，身上却没有纨绔习气，视势利似尘埃，视功名如糟粕。他借咏雪道出自己"不是人间富贵花"的感慨，道出了卓尔不群的高洁情操，同时抒发了不慕人世间荣华富贵，厌弃仕宦生涯的心情。

# 采桑子

## 【原文】

非关癖爱轻模样，冷处偏佳。别有根芽①，不是人间富贵花。

谢娘别后谁能惜，飘泊天涯。寒月悲笳②，万里西风瀚海沙。

## 【注释】

①根芽：比喻事物的根源、根由。

②悲笳：悲凉的笳声。笳，古代军中号角，其声悲壮。

【赏析】

雪一直都是文人骚客笔下的常客，他们将雪看作灵性、高洁之物，竭尽所能去赞美、描绘。而容若却不是这样，他爱雪的圣洁高雅，却只是捧于掌心，用满目的爱怜看着这朵朵的雪花飘然而落，就好比有些情感，淡淡的记忆，远甚于轰轰烈烈的记录。

纳兰性德从公元 1678 年到 1684 年，每年有很多时间随康熙出巡或奉使在外，这首词便是他陪同康熙出巡塞外时所作。康熙十七年（公元 1678 年）十月，纳兰容若扈从北巡塞上之时，惊讶于这里的雪居然如此凛冽，有着不同于中原的气势，便有感而发，写下了这首词。

这首《采桑子》原有小题"塞上咏雪花"，它浸染着北方塞外的风情，读起来格外激昂人心：我并不是偏爱雪花轻舞飞扬的姿态，也不是因为它越寒冷越美丽，而是因它有人间富贵之花不可比拟的高洁之姿。谢娘故去之后还有谁真的了解它、怜惜它呢？它在天涯飘荡，看尽冷月，听遍胡笳，感受到的是西风遍吹黄沙的悲凉。

　　容若虽然出身于富贵之家，身上却没有纨绔习气，反而视势利似尘埃，视功名如糟粕。容若借咏雪道出自己"不是人间富贵花"的感慨，表现了自己卓尔不群的高洁情操，同时也抒发了不慕人世间荣华富贵、厌弃仕宦生涯的心情。

　　"谢娘别后谁能惜，飘泊天涯。"下片的词句透着沉沉的分量，仿佛一个衣着华贵的青年，神情忧郁地立于雪飘万里的寒风之中，就连雪花飘满他的肩头，也浑然不觉，只是一心在想，这情这景，除他之外，还有谁在远方一同关注。这句话似在问天，其实是在问他自己。"谢娘"是指东晋著名才女谢道韫，此刻，容若将自己与她相提并论，是在表明自己自有风骨，不同于世间的凡夫俗子。

　　在纳兰眼中，荣华富贵、名利权势不过都是过眼烟云，再多的富贵也比不上他那颗向往自由的心。漫天的飞雪从天飘落却又瞬间融化成水珠，这就好比

容若那颗高贵的心，假使硬要去承受世间一星半点的纠缠，那么，他宁愿化作水来结束自己。

因此，词的最后那句"万里西风瀚海沙"就更显得悲凉壮阔。仿佛一个拥有不羁灵魂的才子，想融入广袤的天地之间，却一直没有机会。或许，容若一生的追求，只有被那时的片片雪花瞥见，而后，又随着雪花落地，一同埋入这塞外的土地之下，无声无息，销声匿迹。

# 采桑子

【原文】

桃花羞作无情死，感激东风。吹落娇红①，飞入窗间伴懊侬②。

谁怜辛苦东阳瘦，也为春慵。不及芙蓉，一片幽情冷处浓。

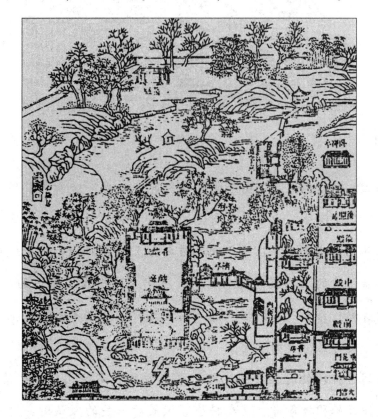

【注释】

①娇红：嫩红，鲜艳的红色。这里指花。

②懊侬：烦闷。这里指烦闷的人。

【赏析】

容若的心，时刻都像晶莹剔透的水晶，迎着阳光，透着忧郁的光芒。在这首小令中，容若淡淡地写出了伤春自怜的哀伤。这表面上看是一首伤春伤离之作：桃花并非无情地死去，在这春阑花残之际，艳丽的桃花被东风吹落，飞入窗棂，陪伴着伤情的人共度残留的春光。有谁来怜惜我这像沈约般飘零殆尽、日渐消瘦的身影，为春残而懊恼，感到慵懒无聊。虽比不上芙蓉花，但它的一片幽香在清冷处却显得更加浓重。

容若在写这首词的时候年纪尚轻，早先他拜在名师门下，熟读四书五经，中了举人后便开始积极备考，就在科举考试最后一关的殿试时，他却突然得了风寒，失去了参加由皇帝亲自主持考试的机会。

在床榻上无聊躺着的容若有感而发，写下了这首《采桑子》。他想，如果桃花是有情的，在春天过去的时候，就这样被东风无情地吹落，实在是悲凉。正如同自己，要想等到下一次的殿试，便是三年之后了。当别的学子与皇帝侃侃而谈的时候，本是踌躇满志的他，只能守着病榻，看着飘零的桃花，与这残春一起度过。

可见，这首词是容若借着伤春抒写伤怀之情。所以，容若在词的上片写到的"懊侬"，正是为了这件事情。花开花落有时，但零落总是让人不甘心的，桃花本是要零落成泥碾作尘的，却正巧一阵东风，吹入了容若的小窗，为这个陷入烦闷的才子聊以慰藉。

看到桃花无可奈何的命运，容若也为自己感伤了起来，从下片开始，"谁怜辛苦东阳瘦"，便是容若的自况。所谓"东阳瘦"说的是南朝著名诗人沈约，沈约和容若是一样的美男子，有才有德，容若以沈约自比，既是说自己风流才俊，更是感伤自己身体单薄。而后所接"也为春慵"，更是说出自己的身心之所以如此的慵懒，并非是为其他闲杂之事所累，只是春天就要结束了。

"不及芙蓉，一片幽情冷处浓。"虽然容若认为桃花妖艳，却还是比不上芙蓉的清幽芬芳。其实，容若这里所指的芙蓉并不是荷花，而是联系到唐朝李固在芙蓉镜下科举及第的典故。李固在考试落第之后游览蜀地，从一位老妇人那里得知，自己明年会在芙蓉镜下科举及第。结果第二年，李固果然中第，榜上那句"人镜芙蓉"也刚好印证了老妇的预言。容若因病失去殿试的机会，于是有感而发，叹一句"一片幽情冷处浓"，写尽了自己懊恼的"幽情"。

# 采桑子

【原文】

拨灯书尽红笺①也，依旧无聊。玉漏迢迢，梦里寒花隔玉箫。

几竿修竹②三更雨，叶叶萧萧。分付秋潮，莫误双鱼到谢桥③。

【注释】

①红笺：红色笺纸，多用以题写诗词或做名片等。

②修竹：长长的竹子。

③双鱼：指书信。谢桥：这里指情人所居之外。

【赏析】

词的开篇，便是词人扑面而来的无聊情绪。他在灯下给她写信，即使写满了信纸却仍是意犹未尽，心里惆怅无比。虽然词中并未提及信的内容，但从"依旧无聊"这四个字中，便已经略知一二。此刻，漏声迢迢相伴，令人如醉如痴，仿佛在梦中与她相见，朦朦胧胧不甚分明。室外秋雨敲竹，滴在树叶上，点点声声，淅淅沥沥。词的最后，纳兰不忘提醒自己，不要将这孤独寂寞的苦情都付与此时的秋雨中，而忘记了将写好的书信寄给她。

世界之大，悠悠众生，心中有个记挂的人，或许才没那么孤单。借着昏黄的灯光，将满腹的思恋倾注于纸间，让我告诉你，即使我们天各一方，也依然

隔绝不了我对你的思念。这种悲伤无望，却又充满想象的爱情，看似无聊，却是持久永恒的。

诗词中，"红笺"多是用来指相思之情，只要写出红笺，一切便都在不言之中了。下接一句"玉漏迢迢，梦里寒花隔玉箫"，引自秦观的词句"玉漏迢迢尽，银河淡淡横"。漏是古时候计时的一种器具，常被叫作玉漏、银漏、春漏、寒漏等。

诗词中，"漏"一向是寂寥、落寞、时间漫长的意向，在这里也不例外。以"玉漏"表达长夜漫漫，时空横亘的无奈之情。时间是相思最大的敌人，容若大概在这首词中是想表达自己爱着一个人，却无法接近。在接下来一句"梦里寒花隔玉箫"中，揭晓了容若感慨时光的缘由。

"玉箫"并非是指乐器，而是一个人名，在这首词中，它指代心里思念的情人。而"寒花"，就是寒冷季节里开放的花。接着，词的下片不再写心情，转而写窗外的景色，既然无法入睡，那干脆看着外面的景色，来缓解内心的惆怅吧。

"几竿修竹三更雨，叶叶萧萧"，雨后的夜景，树木萧萧，好比自己的心情，无奈之中透着几分茫然。结尾一句"分付秋潮，莫误双鱼到谢桥"，呼应了开篇的那句"拨灯书尽红笺也"。在这里，"分付秋潮"中的"秋潮"是指"有信"。古人眼中，潮水涨落是有一定时期和规律的，所以，人们便将潮水涨落的时期定位如约而归的期限。因此，这句词是说要将信托付给秋潮，向那个收信的人表达自己的心意，预示着凡事能够完满结束。